八月十五云遮月

百年江南·范小青中短篇小说集

范小青 著

四川文艺出版社

图书在版编目（CIP）数据

八月十五云遮月 / 范小青著. — 成都：四川文艺出版社，2020.1
（百年江南·范小青中短篇小说集）
ISBN 978-7-5411-5528-4

Ⅰ.①八… Ⅱ.①范… Ⅲ.①中篇小说—小说集—中国—当代②短篇小说—小说集—中国—当代 Ⅳ.①I247.7

中国版本图书馆CIP数据核字（2019）第222648号

百年江南·范小青中短篇小说集
BAINIANJIANGNAN FANXIAOQINGZHONGDUANPIANXIAOSHUOJI

八月十五云遮月
BAYUESHIWU YUN ZHEYUE

范小青 著

出 品 人	张庆宁
策划统筹	崔付建　陈　武
责任编辑	谢雯婷　宋　玥
特约编辑	罗路晗
责任校对	汪　平
封面设计	叶　茂
出版发行	四川文艺出版社（成都市槐树街2号）
网　　址	www.scwys.com
电　　话	028-86259285（发行部）　028-86259303（编辑部）
传　　真	028-86259306
邮购地址	成都市槐树街2号四川文艺出版社邮购部　610031
印　　刷	山东泰安新华印务有限责任公司
成品尺寸	149mm×215mm　开　本　16开
印　　张	20　　　　　　　　字　数　223千
版　　次	2020年1月第一版　印　次　2020年1月第一次印刷
书　　号	ISBN 978-7-5411-5528-4
定　　价	38.00元

版权所有·侵权必究。如有质量问题，请与出版社联系更换。028-86259301

目 录

八月十五云遮月 …………………… 001
雨城命案 …………………………… 060
上学去 ……………………………… 100
门　神 ……………………………… 144
片　段 ……………………………… 188
夏天，不是收获的季节 …………… 220
春风化雨 …………………………… 267

八月十五云遮月

一

天亮前,有三被一种声音惊醒了,有三努力地辨别了一下,他感觉那声音像是父亲的咳嗽声,很剧烈,很厉害,厉害得使有三不敢相信那是父亲的咳嗽声。有三从床上坐起来,夹在帐门上的木夹子依然紧紧地夹着帐门,像一只墨黑的螳螂静静地站立着,在漫长的童年时代,有三常常将捕获的螳螂和纺织娘放在帐子里,它们总是无声无息陪他度过一个又一个漫长闷热的夜晚。从帐门外拽进蚊帐里来的电灯拉线横跨在帐子的空间,有三坐起来的时候,拉线在有三脸上碰了一下。有三每天都做好预防蚊子进来的工作,蚊子仍然能够钻进来,有三拿它们没有办法。朦朦胧胧的晨雾开始从窗外向屋里弥漫，因为在夏季，门窗是开着的，早晨清新的空气弥漫在有三家破旧低矮的小屋里，浑浊和燥热经过一夜的熬磨已渐渐退去。有三侧耳倾听了一会儿，母亲已经起床，在灶屋里起火烧煮，柴火在灶膛里发出噼啪噼啪的声音。远远近近有几只公鸡暗号照旧叫了一会儿，便停息了，再没有别的声音。有三坐了一会儿，他想听一听父亲是不是仍然咳嗽，可是声音一直没有再响起来，有三有些疑惑，会不会是他在梦中听到了什么。有三重新躺下，却再也睡不着了，屋后的竹林在晨风中轻轻摇曳，有三的窗正对着竹林，树影婆娑，现在的竹林越来越少，许多人家屋后已经没有竹林，有三忽然意识到那一种声音也可能不是父亲的咳嗽声，而是从竹林里发出来的砍竹子的声音。有三努力回想，但是他无法确认自己的想法，有三开了灯，灯光照射着他的眼睛，脑门有些晕眩，早晨的灯总是特别亮，不像夜晚，电压总是不够，灯像鬼火似的，帐子里停着两只大肚子蚊子，它们没有预感死期的来临，饱餐之后，好像不想动弹了，有三将它们拍死在帐子上，帐子上又多出两团酱红。帐子已经很旧，母亲将它补了又补，有三以后将越来越少地使用这项旧蚊帐，母亲的心情十分复杂，母亲希望有三不再使用这项旧蚊帐，母亲又希望有三能常常使用这项旧蚊帐。

有三下了床，走到灶屋。"刚才是什么声音？"有三问母亲，"你听到没有，是不是……"

"什么？"母亲的脸被灶火映得通红，母亲脸上纵横交错的皱纹在火光的映照下，像刀刻一般，汗水挂在额前，母亲用手臂抹了一下额头，朝有三笑了一下，说："什么声音，没有什么声音。"

有三想了想，朝父亲屋里看看，有三说："是不是，是不是父亲刚才咳嗽,好像是剧烈的咳嗽,很厉害。"

"没有,"母亲摇了摇头,说,"没有,不是他的声音。"

父亲一点声息也没有,自从父亲病倒以后,本来就很少说话的父亲,更加沉默,沉默得好像从此不再存在,有三轻轻地走到父亲屋门口,朝里看看,乌黑的蚊帐下垂着,挡住从后窗透进来的晨曦,屋里仍然黑黝黝的,父亲的床上,一点动静也没有,有三退回到灶前。"我听到什么声音,就醒了,"他蹲下来,蹲在母亲身边,灶火映在脸上,脸颊有些发热,有三帮母亲打一个稻草把子,交给母亲,母亲将草把送进灶膛,火旺起来,母亲身上,散发着夏天略有些霉潮酸涩的气味,有三说,"你真的没有听到,不是爸爸咳嗽,那会是什么声音,"有三再次回忆睡梦中听到的声音,"后面竹林里有没有什么东西?是不是有人在砍竹子?"

"哪有,"母亲又笑了一下,"哪有什么东西,你不习惯在家睡觉了。"

"也许,"有三挠了头皮说,"是有些不习惯了。"

"再去睡一会儿吧,时间早呢,"母亲停顿了一下,又说,"上了班,就没有早觉睡了。"

"睡不着了,"有三说,"醒了就再也睡不着。"

母亲有些担心地看看有三,说:"怎么会,老人才这样,小孩子怎么会这样。"锅烧开了,母亲起身,将一大箩糠倒进锅里,搅拌了一下,重新又蹲到灶前烧火。

"做这么多猪食,"有三看了看倒空了的箩筐,"猪这么能吃?"

"猪么,"母亲说,"除了吃,别的也没有什么了,也没好吃的,就让它吃个饱吧。"

"那是,"有三心不在焉地附和着母亲的话,"它也没有别的什么好享受。"糠经过烧煮腾出的热气使有三觉得很陌生,有三揉了揉鼻子,说,"现在还割不割猪草?"

"偶尔也要割的,这个,"母亲向锅子指指,"这就是草糠,不过现在的人,割草的少了,我这边的,是你二姐送些来,平时也不割,我也割不动了,猪草很多,不像从前,割不着,现在的人,拿谷糠给猪吃,拿谷子给猪吃的也有,嘴吃刁了,草糠就不怎么稀罕,从前,草糠也没得它吃。"

有三笑起来,说:"猪也晓得讲究了。"天色慢慢地亮了,父亲屋里仍然没有声息,身体瘫痪而神经系统仍然健全的父亲是不是将永远沉默下去,像植物人,有三心里隐隐有些作痛,"天亮了,我出去看看。"有三说着,向外面走去。

天亮起来,村庄的轮廓渐渐地清晰了,夜里下过一场大雨,雨后的早晨,空气格外清新,村口两棵遥相对望的老树已经被放倒一棵,老树曾经被雷劈了,仍然活下来许多年,青枝绿叶,生机勃勃,因为要修一条能通汽车的路,把它放倒了,才发现树早已经空心,树心里居住着一群会飞的老鼠,其实老鼠会飞是不可能的事情,因为老鼠住在树里,它们在树上跳来蹿去,像飞一样,像松鼠。老树放倒的时候,老鼠大放悲声,然后四处逃窜,无影无踪,剩下的一棵老树,无怨无悔默守着自己残余的生命。能通汽车的路已经修好,汽车却一直没有来,支书曾经有过购买一辆汽车的打算,但是终因凑不起钱而作罢。在清晨寂静的气氛中,汽车路泛着白亮的光一直向前延伸,在稍远一点的地方,与乡间的公路衔接,公路上,头班车还没有到达,有三离开家乡,就是在这里搭上开往城里的车,有三若是回来，乡村班车会在公路的这一个点上将他放下，车子继续向前，或者是向后，向着某一个终点，或者是起点。沟渠里的水，像要溢出岸边，水浸漫着田脚边的野草闲花，稻田像产妇的乳房一样饱胀，有一种喷薄欲出的意思，初升的光线将沟渠的水照出粼粼波光，村子里的家禽家畜，经过一夜调息，重新焕发精神，在笼子里和圈栏里低吟浅唱，迎接新的希望，家家户户的烟囱，开始冒起稀淡的白烟，农妇们做着千篇一律的早饭，天空出奇地明朗。夜里的雨很大，大雨过后，有三就睡着了，有三好像做了几个梦，到早晨都已记不清，只留下其中的一个，好像是最后的一个，他梦见自己和冬平去赶飞机，赶到飞机场的时候，飞机刚好起飞，他们抬头望着升空的飞机，这时候有三听到一阵奇怪的声响，像是父亲咳嗽，又像有人在竹林里砍竹子，有三醒了。

夏季的炎热还没有从地平线下升起来，清凉湿润的气候并没有使有三郁郁不欢的心情开朗起来，父亲的情形像一块巨大的磨盘压在有三的心头，有三总觉得父亲的沉默与他有关。医生认为父亲的肉体已经没有好转的希望。事后根据有三的推断，父亲倒下去的那一刻，有三怀着激动的心情在人才交流市场发出的一张表格上签下自己的名字，几分钟以后，用人单位的鲜红的令人激动的印章压在有三的名字旁边，在有三的感觉里，表格的下端，像一幅画着一轮红日的画，有三签署的名字，像追逐太阳展翅飞翔的一只海鸥。父亲倒下的时候，四周没有人，父亲在田野上躺了很长时间，一直到母亲等不到父亲回家吃饭而出来寻找，母亲发现父亲躺在窄窄的田埂上，躺得毕工毕整，像被人搬过似的，父亲半张着嘴，口水涎湿了衣服，涎湿了周围的一大片泥土。母亲坚持说，父亲知道自己要发病了，所以父亲在倒下来之前自己先躺下去的。对母亲的这种想法，父亲始终不置可否，别人再也无从得知父亲倒下去时的真实情形。父亲其实并没有说出发病的准确时间。刘二在父亲倒下前经过田野，他看见父亲躬着腰，一丝不苟地锄着地里的杂草，刘二笑着说，锄什么草，现在谁还锄草，刘二说，现在的粮食和草一样，没人管，父亲没有说话，他从不开口，父亲继续锄草，刘二走了过去，走出一段路，回头看看，他没有看到父亲，他以为父亲蹲到地边拉屎去了，他继续往前走，这时候刘二听到小学的广播里开始播放眼保健操的音乐。

父亲的病对这个家犹如大厦倒塌，栋梁断裂，有三在学校里得知父亲的消息，消息是冬平告诉有三的。不可能，有三说，不可能，在有三的记忆中，或者说在有三的心目中，父亲的身体像是铁打的，摧不垮，多少年来，父亲像一棵根深叶茂的大树，昂然挺立，替有三的家遮挡风霜雪雨。是的，冬平说，村里的人都不相信，但这是事实。父亲确实倒下了，父亲是突然倒下的，父亲并没有预感他即将倒下。在相当长的一段时间里，有三的头脑里一片空白，有三无法想象以后的家将是一种什么样的情形，让有三感到意外的是母亲的态度，母亲并没有表现出惊慌失措，母亲一如既往，有条不紊做着她应该做的事情，但是有三并没有为此感到安慰或者宽心，在母亲淡淡的神态中，在母亲微笑的表情和微闭的嘴唇里，像是隐藏着母亲积聚了一辈子的无数想法，母亲的出奇地平静，牢牢地附着父亲无望的病体，它们组成了一个巨大的磨盘，压在有三心上。

有三沿着屋脚边的小径，绕过围墙，慢慢向屋后的竹林走去，竹林有一两分地的面积，在从前的村子里有三家的竹林算不上一片大竹林，现在却不一样了，现在村子里的竹林越来越少，几乎少到没有，不见了。有三家的竹林，便有些稀罕起来，常常有村里的人，过来讨一根竹子去，晾衣服什么的。到春天，雨后，春笋冒出来，很多，很兴旺，也送些给别人吃。有三站在竹林的边缘，微风将竹子吹出一些轻微的声响，确实有一些残留的被砍去了竹子的竹根，但是看上去都不是新鲜的痕迹，有人从竹林边的小径经过，停下来，朝有三看看，有三说："天胜，你回来了？"

天胜点点头，说："是有三吧，好多年没见了。"

"是的。"有三说，"你当兵去的时候，我还在中学里念书。"有三想起一些往事，有三和天真是同学，天真念到初中就辍学了。

"听说，"天胜随手在一株竹子上扯下一根竹叶在手里拉扯着，眼睛仍然盯着有三，"听说，留在城里工作了？"

"是的。"

"在哪个单位？"

"律师事务所。"

"好，"天胜笑了一下，笑得有点古怪，说，"有出息。"

"也没有什么，"有三有些不好意思，"也算不了什么，一般性的工作。"

"像我们，"天胜说，"当了多年的兵，还是回家。"停顿一下，又苦笑笑，说，"我在部队，也算认真了，天真嫁人，我也没有回来。"

有三不知说什么好，像天胜这样的事情，在乡下很多，也算不上什么，当了兵，几年，或者更长一点时间，再回来，仍然在乡下种田，平平常常过日子，好像并没有出去当过兵，也没有见过别的什么世面,也没有那些当兵的记忆和纪念。

"冬平呢,"天胜又说,"冬平要回来教书,是不是?"

"也许,"有三说,"分配是这样分配的。"

天胜将手中揉烂了的竹叶扔了,重新又摘了一片,继续搓揉:"冬平不如你运气。"

"也难说,"有三犹豫着,关于冬平的事情,他似乎不好多说什么,大家问冬平的事情,有三总是有些犹豫,有三说,"也许事情还没有最后确定。"

"是吗,"天胜扔掉了第二片竹叶,心不在焉地朝远处的大山看看,说,"你知道天真吧,现在天真挺好,在县城里开个饭店很来钱,"说着又似笑非笑地咧一咧嘴,"走了,到镇上去,看看有什么运气没有。"

有三目送天胜远去,天胜几次提到运气这个词,使有三的思绪不由不在这个词语上停留下来,在大学时代的最后一个暑假冬平没有回来,他仍然留在城里寻找运气。从乡下出去念书的孩子再回到乡下来教书这种情形和出去当兵再回来种田在乡下一样的普遍,这算不了什么,几乎没有人愿意再回来,但是几乎所有的人都回来了,只有少数,像有三这样,有三希望冬平能够寻找到运气,这事情很难说,也许运气正在城里的某一个角落里守候着冬平,只要冬平走过那里,运气就会突然蹿出来扑向冬平。

母亲在屋里喊有三吃早饭,母亲沙哑的嗓音绕过屋子,穿出围墙传过来,有三应了一声,往家里去,有三走到父亲屋门口:"爸,你醒了,"有三说,穿过窗户进屋来的光线投射在父亲的双眼上,使父亲的眼睛闪闪发亮,父亲的神态仍然和往常一样。父亲不说话,他用眼睛示意他听到了有三的问候,父亲没有明确的表示,谁也不知道新的一天将会给父亲带来什么,谁也不知道新的一天父亲将会有些什么变化。母亲盛了一碗稀粥,走到父亲床边,小心翼翼地替父亲围好一块手帕,然后母亲一匙一匙地喂父亲吃粥,父亲的嘴基本上不怎么蠕动,从有三站立的位置,有三看到父亲的喉结一伸一缩,一张一弛,咽下稀粥,母亲不时地放下粥碗,用手帕擦父亲的嘴,使父亲的样子看上去不显得十分僵硬。有三退到外屋,喝了一碗粥,母亲还没有做完给父亲喂粥的工作,有三重新走到父亲的屋门口,犹豫了一下,说:"我到村里看看。"有三注意到母亲看了父亲一眼,父亲脸上没有任何表示。"你去就是,"母亲说,"家里也没有什么事。"

"我去看看,"有三说,"我去看看有没有我的信件。"

母亲没有再说话,她继续专心地给父亲喂粥,有三慢慢地走出来。在母亲后半辈子的生命里,将一遍又一遍永远没完没了地重复这样的工作,而父亲,将没完没了地睁着双眼,看着母亲工作,有三的心里隐隐作痛。

村里的办公室是两间平房,是多年前造起来的,村支书想选新办公室的想法和他想买汽车的想法一样,总是没有能够实现。有三走进村办公室,村支书正在和会计说话,村支书看起来有些激动,嘴角上泛着些白色的泡沫,将手中的玻璃茶杯在手里转来转去,茶杯里的水却一滴也没有溢出来,有三踏进去的时候,听到会计说,我也没有办法,乡里就是这么说的,我也不知道怎么办,所以向你汇报。你没有办法,我就有办法?村支书说,我也和你一样,村支书正对着大门坐着,说这话的时候,他已经看到有三,村支书笑了起来，说："是有三。"

有三走进来，说："支书好，会计好。"

会计说："好什么呀，不好。"

"那你先去吧，"村支书对会计说，"这事情，慢慢拖着。"

会计狐疑地看看村支书，"拖着？"他说，"拖着你承担？"

村支书向会计摇摇手："算我承担吧，好了吧。"支书说着站起来，招呼有三："来，有三，坐。"

会计有些心灰意冷似的走出去，一会儿又折回来，"有三，"会计盯着有三看看，"你爸，好些了没？"

有三摇摇头，"还那样，"有三的口气很沉重，"医生说，也就只能那样了。"

村支书说："也算命大，当时那样子，像是救不过来了，有三你没有看见，怕人着呢。"村支书将泡好的茶端到有三面前，有三双手接了，村支书说，"医生说，救到现在这样，最大的努力了。"

"努力有什么用，现在这样，废人一个似的，"会计像和谁生气，说话的口气有些犯冲，"钱倒花了不少，怎么办，村里还垫着一笔呢。"

村支书说："话不能这么说，能救总是要救的，钱的事情，另当别论。"

会计没好气地说："我的话，不中听，"他说，"我不说就是。"走了出去。

有三有些尴尬，村支书说："没事，会计不是对你的，他和我，有些事情，有些疙瘩，你别介意，他才不会对你。"

有三说："我没在意，我过来看看，有没有信件什么。"有三注意到村办公室的布置仍然和从前差不多,变化不大,有三说,"这几年,村里也不容易。"

"有什么容易不容易,"村支书笑了一下,说,"也就那样,过去吧,你看信,我给你看看,"村支书到信袋里找了一遍,"没有。"

有三也朝信袋看看,信袋里总共只有两封信,不是他的名字,有三有些失望,他笑了笑,村支书看着他,突然想起了什么,说:"对了,看我这记性,差点忘了,有人给你打电话,已经很晚了,电话打到村里,我已经熄了灯,刚要走,就听到电话铃响,我想,这么晚了,谁会打电话过来,我还以为乡里有什么要紧事情,谁知道是找你的。"

"是谁?"有三问,"哪里打来的?"

"是城里打来的,"村支书想了想,摸摸口袋,掏出一张纸条,交给有三,"这上面,是他的电话号码,让你给他回电话。"

有三看了看电话号码,有些奇怪,说:"这个号码,是冬平的。"

村支书凑过来也看了看电话号码,说:"是冬平吗,他也没有告诉我他是冬平,"村支书有些遗憾,说,"这个冬平,连我的声音他也听不出来。"指指电话,"打吧,看冬平有什么事,我这电话,刚刚改了程控,能打长途。"

有三不是很希望当着支书的面给冬平打电话,但是支书紧盯着他,有三无法,照着那个号码打过去,那边却没有人接,村支书听到话筒里嘟嘟的呼叫音,支书说:"奇怪,怎么会没有人接。"他有些疑虑起来,说,"会不会是我记错了号码?"

"不会的,"有三说,"电话号码我知道,这是学校宿舍传达室的电话,没有错,放假了,大概没有人吧。"

"等一会儿再打，"村支书说，"冬平要回来教书，是吧，有三？"

"也许，"有三斟酌了一下，慢慢地说，"也许，也可能事情还没有最后确定。"

村支书笑了一下，说："名单已经到了县教育局，他们告诉我的，是冬平的名字，大概不会错吧。"村支书征求意见似的看着有三。

有三说："大概不会错，"他在村支书的注目下，喝了一口水，说，"分配是这样分配的。"

村支书说："那就是了，分配了就是了。"村支书停顿了一下，又说，"其实，冬平回来也好，冬平不像你。"村支书好像说了半句话。

"一样的，"有三说，"其实冬平在学校里比我认真，功课比我好，只是分配的时候，现在很难讲，分配的时候，有些事情，不好说。"

"有三你不知道，其实冬平，怎么说呢，说起来是迷信了，你会笑话。"村支书神色像是有些严峻，像要说什么重要的话，可是过了好一会儿也没有说出来，却摇了摇头，说，"算了，不说也罢，说了你也是笑一笑吧，反正冬平这样的，最好是在家里守着。"

"那是说说的，"有三果然笑起来，"那只是说说的，冬平在大学四年，不是很好么，有什么。"

"也许吧，"村支书说，"有些事情是很难说的。"村支书没有就这个问题再往下说，他热情地看着有三，让有三喝茶，看有三喝了一口，便拿起热水瓶给有三加水，忙过了一阵，支书说，"有三，做大律师了，别忘了我们乡下的人。"

"哪里大律师，"有三有些不好意思地摇摇头，说，"才刚刚开始,还不知以后会怎么样呢。"

"我们家的老二,你知道的,"村支书说,"今年升高三了,明年的这时候,也考大学了,有三,想听听你的意见,怎么样?"

有三说:"往后的大学生,自费的越来越多,今年已经占了一半,明年还不知怎么样呢。"

村支书叹息了一声,说:"是呀,我怕负担不起他呢。"

"哪里,"有三说,"支书家的条件还是可以的。"

"小孩子自己要读,不管条件了,总要让他读的,"支书看着有三,脸上放出红光,说,"现在他晓得用功,拿你做榜样。"

"我有什么,"有三说,"我也没有什么,一般性的。"

支书笑眯眯地看着有三,说:"我就喜欢你这样的,有了成绩也不晓得骄傲,才好。"

"支书,谢谢你,"有三站起来,说,"我走了,要是还有电话来,你就说我给他打过电话,没人接。"

"好的,"有三走了几步,又停下了,犹豫一下,问支书,"村里,有没有什么建设,比如……"有三形容不出比如什么,那一种奇怪的声音,像是砍竹子,也可能是砍别的什么,比如为了修路或者为了进行别的什么建设砍掉一些树木,从前砍村口的那一棵大树,应该也是差不多的声音,"比如砍树,或者砍别的什么……"

"什么建设?"村支书疑惑地看着有三,"砍什么树?你怎么想到建设。"

"随便问问,"有三说,"我早晨听到一种声音,像是砍树,随便问问。"

"不知道。"村支书说。

有三往家里去，远远地看见母亲在院子里晒柴草，有三走近家院，母亲看见了他，母亲直起腰来，说："有三，进屋看看，谁来了。"

屋里的人已经闻声迎了出来："有三，想不到是我吧。"

"冬平，"有三完全意想不到，"你怎么，你怎么回来了，刚才还在给你打电话，大概弄错了，昨天晚上，不是你给我打电话？"有三说，"电话号码是你的。"

"是我让别人打的，那时候，我已经上路了，"冬平情绪激动，说，"坐了一夜的火车，到站的时候，天刚好开始亮，我还迷迷糊糊呢，好像在咣当一声中，就到了。"

"是不是……"有三说，"是不是……"

"是的，有三，"冬平一字一顿地说，"是的，有三，事情解决了。"

二

农历的七月初七，这是一个比较好的日子，巧日，从前的人家在这一天将出嫁的女儿接回娘家，怕王母娘娘拆散美好姻缘，是一种求得长久团圆的美好愿望，现在基本上没有这样的事情，但七月初七的日子仍然是有的，记得起来的人，会想办法弄个西瓜让大家吃一吃，七月七，买个西瓜刀上切，也不知从前的牛郎织女与现在的西瓜有什么关系，或者没有什么关系。一大早，冬平就过来了，站在有三家门，轻轻地喊了一声，有三已经起床，刷了牙洗了脸，就听到了冬平的喊声，有三从窗口朝外看，冬平站在有三家院子门口，向里张望，看到了有三，冬平笑了一下。

"冬平来叫我了，"有三走到灶屋门前，对母亲说，"我去了。"

"让冬平进来，"母亲说，"你们吃点东西再走。"

"不了，"有三说，"怕赶不上头班车，我们到县城，买点东西吃。"

"也好，"母亲说，"去吧，今天是七巧日，好日子。"

有三走了出来，"走吧，"有三说，"今天是个特别的日子。"

"什么？"冬平大概不知道今天是七月初七，冬平说，"什么，什么特别日子？"

"七月初七，牛郎织女，"有三笑起来，说，"是好日子。"

他们踏着夜间下来的露水，向村外走去，有人在河边洗衣服，河水荡起一圈圈的涟漪，不断地向河对岸扩散，洗衣服的人抬头看看有三和冬平，笑了一下："这么早，你们两个出去？"

"出去走走。"有三说。

"赶头班车？"

"赶头班车。"

有三没有说出他们将要到什么地方去，他们走出村口，沿着村里的那条没有汽车经过的汽车路向公路走去，初升的太阳照在他们的脸上，冬平侧脸看看有三，"有三，"冬平说，"你说今天是好日子。"

"我母亲说的，"有三说，"农历的日子，我也记不得，如果是七月初七，那是好日子，叫作七巧。"

"也许，"冬平正要往下说，远远地看到公路上班车已经停在站牌下，"头班车来了，"冬平急急地说，"快跑。"

有三拉了冬平一下,"别跑了,"有三说,"跑也来不及了。"

头班车只稍稍停了一下,完全是一种象征性的停靠,没有人上车,也没有人下车,头班车并没有注意到这边路上的有三和冬平,它稍作停顿,便又上路,很快远去,消失在公路的尽头。

"不巧,"冬平说,"今天头班车,是不是提早了。"

"不急,"有三安慰冬平,说,"一会儿,一会儿就有中巴车来。"

"我知道,"冬平的情绪看上去有些低落,慢慢地说,"反正不怎么巧,是想坐头班车的,没坐上。"

有三笑起来,说:"塞翁失马,焉知非福。"

"那是,"冬平也笑了一下,显得有点不好意思,说,"话是这么说。"

村里的汽车路不算很长,但筑得很平整,很讲究,泥土是拣的最好的泥土,从沿河上的垄田里挖来,大家从那边把泥土挑过来,垫在路基上。路的两边种上两排整整齐齐的树,树虽然还小,但也已经显示出它们的风采,再过几年,树长大起来,这条路会更加壮观。在综合指标的评定中,这条村级汽车路,被评为一级路。有一年暑假,有三回家时,筑路的工作正在进行,有三从公路上往村里走,他看到父亲正挑着满满一担泥土,从沿河的田里走来,父亲和有三在尚未筑成的路上见了面,父亲朝有三笑了,没有说话,有三说,我来替你挑一段,父亲摇了摇头,没有让有三挑。现在路早已经筑成,宽阔而且平坦,它骄傲地守候在田野之上,耐心地等待汽车的到来,可是父亲却已经躺下,也许再也爬不起来,父亲的生命像一条断了源头的河流,像一条已经看得见尽头的路,父亲已经不再需要什么,他唯一能做的事情,就是默默地守候随时可能到来的结束。

村子已经被他们扔在身后，他们一踏上乡间的公路，中巴车就来了，现在乡村的中巴车也多起来，有三招了一下手，中巴车停下，他们踏上中巴车，售票员就向他们伸出手。"到哪里？"售票员说，"买票。"

"到县城。"有三从口袋里掏钱。

冬平拉了一下有三的手。"怎么让你买。"冬平掏出钱来，买了两张票，将票捏在手里，看着有三，"你是陪我去的。"

有三笑了笑，没有和冬平就该谁买票的事情多说什么，有三应该明白冬平的心情，有三知道该怎么做。

车上的位子大都空着，有三和冬平到后边找个位子坐下，前排的座位上有个上了年纪的人回过头来，盯着有三看了一会儿，略有些疑惑地问："你是有三？"

有三点点头，"你？"有三想不起曾经在哪时认识了这个人，"你认识我？"有三说。

"我是后村的，"那人勾过头来，仍然觉得有些不方便，便站起来，向有三这边过来，坐到有三旁边的位子上，说，"那一年，参加高考，我和你在同一个考场，前后座，你忘记了？"

"有印象，"有三说，"有印象的，后来，你考了哪里？"

"哪里，"那人笑了笑，说："哪里也没有，像你这样的，能有几个。"

"哪里，"有三也笑笑，说，"我也没有什么，一般性的，没有什么。"

说话间，中巴车再次停下，有人慢慢腾腾上车来。"快点，快点,"售票员催促着,向上车的人伸过手去,"到哪里?"和有三说话的那个人朝车窗外看了一下,突然慌慌张张站起来,说:"我到了,"走到原先坐那里,弯腰从位子下面提起一个网兜,网兜里装着几个西瓜,抓紧了网兜的拎绳,说,"我到了,给丈母家送几个西瓜,"他向有三笑着,看到车门已经关起来,急急地说,"哎,我下车。"

售票员皱着眉头看他,"又是你,"售票员说,"你烦不烦。"

司机回头看了一眼,开了车门,那人提着西瓜下车,站在路边,看着车子往前去,有三回头朝路边看看,那人正向他挥手,有三笑了一下。

冬平也回头看看,说:"这个人,看上去有年纪了,怎么会和你,和我们一起考试。"

"不知道,"有三说,"也许,年纪不大,看上去老。"

售票员哧了一下鼻子,说:"你相信他,有病。"

"谁有病?"有三说,"刚才那个人有病?"

"你看不出呀,"售票员说,"不过,是个文的,文痴,不打人。"

有三觉得有些不可思议,想了想,说:"看起来,是有些,是有些那个,不过……"有三又想了想,"不过,他知道我的名字。"

"这有什么,"售票员说,"我们这些人的名字,他都知道,"她朝车上的乘客看着,大家都笑了,售票员一直紧绷的脸也露出些笑意,说,"他就有这个本事,见过一面,就能记住名字。"

"他很聪明,"有三说,"一般有这种病的人,都是聪明人。"

乘客和售票员的话题热烈起来,他们议论那个精神病人,并且从他的身上引申开去,说其他的精神病,也说精神病的种种形态,有三没有再和他们搭话，只是在他的印象中，那个提着西瓜下车去站在路边向他挥手致意的人，有三更愿意相信他确实和他在同一个考场相遇过。有三靠窗坐着，他将目光投向车窗外，车窗外的田野上几乎没有农民在劳动，晚稻已经栽下，水也灌得满满的，像是没有别的什么事情可做了，现在的农民，好像已经把种田看得很轻松，不像从前。在有三外出念书的几年时间里，乡下的变化是很大的，有三回想从前的许多事情，有三觉得那些事情已经离他很远很远，远得好像是上一个世纪发生的，远得好像不是有三曾经亲身经历，而是从某一本书从某一个历史故事中看来的，父亲的硬朗的压不垮的身躯已经从家庭的屋顶下抽了出去，远远地消失在历史的另一头，有三伸出的手，再也触摸不到。

中巴车开开停停，一路上客下客，忙忙碌碌，到终点站的乘客并不多，有三和冬平在短短的时间内已经迎送了好几批乘客，快到县城的时候，冬平碰了碰有三的肩膀，说："有三，我有些担心，"冬平好像在考虑应该怎么表达自己的意思，"有三，会不会很麻烦？"

"不会的，不会有什么麻烦，"有三轻松地说，"不是说，今天是七巧日。"

"说是这么说，"冬平显得信心不足，"谁知道呢，现在的事情，不到最后落实，都不能算巧。"

"没事，"有三说，"等会到了教育局，先找田仁，估计田仁能帮上忙。"

"田仁是谁？"冬平想了一会儿，想起来了，说，"是不是我们的校友，比我们高两届的？"

"高三届，"有三说，"我们升二年级，他就毕业了，分在教育局,现在算起来,也有三年时间,也算老同志了。"

"他在哪个科?"冬平说,"最好是在人事科,如果在人事科就好了。"

"不管他是哪个科,"有三说,"只要是在教育局就行。"

"那是,"冬平说,"熟人好说话,现在都这样。"

中巴车开进了县城,县城的车站乱哄哄的,刚一下车,就有人兜上来,压低嗓门问,要不要进口表,要不要打火机,要不要住宿,要不要洗澡,有发票,有三笑了起来,说,不要。冬平跟在有三后面,他们一起出了站,向一位老人问了一下方向,便直奔教育局去。

教育局有一个小小的很简单的传达室,传达室老头的头压得很低,差不多要埋到桌子上去,他根本没有看有三和冬平一眼,任随他们往里走,有三走了一段,又退回到传达室,向老头打听田仁是不是在教育局,老头仍然没有抬起眼睛,只嘴里嘀咕一声,有三也没有听得很清楚,好像是说,别问他,他不认得这里边的人,有三踮起脚向传达室里看一下,才发现老头原来是在摆一盘棋,自己和自己对弈,有三走开去,正要告诉冬平,突然听到老头一声喊,你们找谁,自说自话进去了?有三说找田仁,老头忽然又低下头去,伸出一只手向有三挥一挥,有三忍不住笑了,向冬平示意了一下,他们一起往里走。老头的声音忽地又传过来,老头说,田仁出差了,你们找不到他。冬平朝有三看看,有三笑着说,你听他的,他自顾往里去,老头也没有再追究。有三走到办公室走廊前,回头看看老头,他基本上看不见老头的脑袋。

田仁果然出差了,田仁的同事问有三有什么事情找田仁,有三犹豫了一下,没有说什么事情,从田仁的办公室出来,冬平叹息了一声，说："不巧。"

"没什么，"有三说，"我们这也不是什么开后门的事情，公事公办，没有田仁也行。"

人事科在走廊顶头，里边有好几张桌，显得很拥挤，到处堆放着各种材料，两台大吊扇，开到最大的档上。电扇摇摆的幅度很大，转出呼呼的响声，让人觉得它们随时可能要掉落下来，把自己的脑袋削了，削下来的脑袋会朝窗外直飞而去，掉到马路上，在县城的街上翻滚。窗户大开，窗外大街上的人声车声和各种各样的突发的奇怪的声音毫无遮挡地从敞开的窗户中漫进来，有三在嘈杂的声响中再次想起早晨有一个声音将他从梦中惊醒。办公室里好几张桌子都是空着的，只有一位年轻的女同志和一位中年男同志，他们都埋头处理自己的工作，像是没有感觉到有人走进了他们的办公室。

冬平犹豫了一下，向年轻的女同志走过去，女同志抬起头来，看看冬平，又看看有三："找谁？"

冬平无声地将用人单位的介绍信交给她，她接过去，看一下，向办公室另一位戴眼镜的中年男人指了指，说："这事情，你们找老张，老张负责。"

有三和冬平向老张那边走过去，有三掏出烟来，给老张递上一根。

"谢谢，"老张摆了摆手，没有接有三的烟，"谢谢，我不抽烟。"

有三注意到老张的手指间发黄，有三笑了一下，说："抽吧。"

老张的手指犹豫了一下，伸展开来，老张也朝自己的手指看看，笑了起来，接了有三的烟，点起来。"把档案带走？"老张很认真地将冬平交给他的用人单位的介绍信看了一遍，又看了一遍，将纸捏在手里摩挲着,过了好一会儿,才说,"单位落实了?"

冬平朝有三看看,有三说:"落实了,"停顿一下,又说,"基本上落实了。"

"是你?"老张盯着有三看了一会儿,"是你?"

"是我。"冬平说。

"噢,我搞错了,"老张转向冬平,说,"如果单位落实,档案我们可以直接发到你们单位。"

"是这样的,"有三说,"档案暂时先放在人才交流中心。"

老张有些疑虑地看看有三,再看看冬平,"放在人才交流中心?"老张慢慢地说,"这就是说,并没有最后落实?"

"怎么说呢,"有三看看冬平,冬平有些尴尬,有三朝冬平笑笑,说,"应该算是落实了,是不是,冬平?"

冬平说:"应该是的,单位跟我说,先试工三个月。"

"试工?"老张有些惊讶,"试什么工。"

"现在都这样,"有三说,"试工的情况很多。"

老张接过有三递来的第二根烟,点着了,吸了一口,慢悠悠地说:"多不多我也不怎么清楚,我也不是个多嘴的人,以我的看法,像是不怎么牢靠。"老张吐出一串浓浓的烟,烟雾好像要将老张的脸遮挡起来似的,老张继续说,"你到教育局报到,这工作是牢靠的,我是说,今年你是正式分配来的,所以,不存在什么问题,当然还有个往哪个乡分配下去的问题,我们可以考虑你本人的要求和愿望,想回家的,或者想和对象分得近一些的,尽可能满足,但是,如果你把档案带走,试了三个月,或者哪怕更长一点的时间,试一年,两年,不行了,再回来,就难说了。我们县,虽然算不上什么,但是这几年,每年回来的大学生也不少,这情况你知道吧?"

"我知道。"冬平说,"我知道。"

"所以,"老张说,"我劝你再慎重考虑考虑,也许,是我考虑得太复杂,说错了,算我没说。"

冬平的心思像是全跑到眉心里去了。"有三,"冬平皱着的眉头正对着有三的眼睛,"有三,你说呢?"

"你自己怎么想,"有三说,"关键是你自己的想法。"

"你说呢,"冬平又重复了一遍,张着两手,"我不知道了,我也不知道了,我费了多么大的力气,才……"

老张"啊哈"一下笑起来,说:"噢,我知道了,对象在城里,是不是?"

"没有,"冬平脸红了起来,朝有三看看,好像要有三替他说明似的,"没有,哪有对象。"

有三也笑了,说:"谁知道。"

"没有对象在那里,你费那么大的劲做什么?"老张依然坚持说。

"我还是,"冬平下了决心,他撇开对象的事情,紧紧绕住自己的主题,说,"我还是试一试,我会努力的,我把档案带走,我就是来办这件事情的。"

"这种情况,我们还是第一次碰上,"老张说,"我们请示一下局长再说,好不好?"

"其实这种情况,很多的,"有三说,"今年大学分配有很多像冬平这样的情况。"

老张点点头,说:"也许吧,我相信会很多的,也许以后越来多,只是,我们县,今年还是第一次出现,所以……"

有三又递上一根烟,老张摇摇头,说:"烟不抽了,多抽了,对身体也不好。"

年轻的女同志在另一边笑起来,说:"主要是要下班了。"

老张看了看有三手里的烟,坚决地摇了摇头,说:"你们这样,过几天再来看看,我们尽量办。"

"还要过几天?"冬平说。

"局长今天在县里开会,不到局里来,我得等他明天来上班。"老张说,"上了班也是一大摊的事情,每个科都有一大堆要局长拍板的事情,我的事情,也不知轮到什么时候处理。"老张将冬平的事情说成是他的事情,这让冬平和有三心里都有些被安慰的感觉。

走出教育局,日已当午,冬平有些茫然地看着县城大街小巷里急急走过来又急急走过去的行人,冬平站着,好一会儿不动弹,"肚子饿了,"有三说,"找个地方吃饭。"

"不巧,"冬平说,"事情不巧。"

"也不算不巧,"有三重复说,"也不能算不巧,现在办事情,有几次能够一遍就解决的,没有的,今天这个老张,算是不错的,你说呢?"

冬平忧心忡忡,跟着有三慢慢地往前去,有三说:"天真在县城里开了个饭店,我们找找看。"

冬平仍然不作声,有三也不好勉强他,有三到街上打听天真开的饭店,说是有一个天真的店,不过不是什么饭店,只是一个小吃店,卖卖馄饨面条什么,就在前面的一条小巷子里,指路人古里古怪的眼神和话语,使有三心里起了一种异样的感觉,他慢慢向前面的小巷子走过去,冬平默默地跟在有三背后,走出一段,冬平说:"算了,那里边不像有店。"

"再走一段看看,没有我们再退出来,"有三说,心里越来越觉得奇怪,天真的店,开在这么偏僻的小街上,能有什么生意,正想着,迎面在小街的拐角上,果然看到了一只大炉子放在街面上,炉子上有一只大锅,大锅里正腾着热气,有三说:"是了。"

一个很瘦小的年轻姑娘站在大炉子边,锅里腾出的热气将她的脸熏得红红的,姑娘抓着一把偌大的水勺正在往锅里加水,水是从旁边的一口水缸里舀出来的,水缸里的水浑浊不清,从上面舀一下,下面的沉淀都翻了上来,翻腾的脏水在有三眼前晃动,有三看到缸底像有一团黑黑的块状物浮了上来,在水面上绕了下去,没等他看清楚,又沉下水底去,姑娘往锅里加了水,看炉火不怎么行了,叹了一口气,开始往炉子里加煤,煤炭就放在炉边的一个筐里,姑娘伸手抓一把,扔进炉子,再伸手抓一把,扔进炉子,用嘴对着炉膛吹几口气,炉火便旺起来,锅里的水很快就煮开了,姑娘的手在黑乎乎的围裙上一擦,从桌上的一只面匾里抓起一把面条扔了一下,回头对守在店堂里的一个客人说:"别急,马上就好。"姑娘抬头看到有三,又看了看跟在有三身后的冬平,她笑了一笑,伸出黑乎乎的手向他们俩招了一下,"先生。"

冬平被炉子里的烟和锅里的热气熏得有些难受,远远地退开去,有三走近小店,小店又小又脏,窄窄的像弄堂一样的店堂里只有两三张破旧的桌子,几张不是断角就是瘸腿的凳子,桌面凳面上厚厚的油腻闪闪发亮,房顶上结着一层又一层的蜘蛛网,黑色的灰尘吊在店堂的半空,随风飘荡,像挂的灯笼,墙上乱七八糟贴着不知是哪一年的年历和一些乌七八糟的纸张,已经看不清它们的本来面目和颜色,有一张发了黄的营业执照,一份含糊不清的价格表,还有一张卫生先进的奖状,屋角里堆着些乱七八糟的杂物,店堂因为幽深,光线不好,白天也开着灯,只是那盏灯,和这屋子一样的昏暗,像一个迷魂殿,好像人一走进去,就会迷失方向,就会昏昏欲睡。天胜说,天真在县城里开了个饭店,天胜说,很来钱。

"先生,"门口的姑娘招呼有三,"吃什么?"

有三说:"我们想找一个人,"看姑娘笑,他不知有什么好笑的,说,"这店,是不是天真开的?"

姑娘依然笑眯眯的,朝店里喊了一声:"老板娘。"

从窄窄的像弄堂一样的店堂最深处的一扇小门洞里走出一个胖胖的中年妇女,胖乎乎的手里,抓着一把瓜子,一路出来一路往地上吐瓜子壳:"什么事?"她摇摇晃晃,像是很疲倦,把桌子凳子磕磕碰碰,守在店里等吃的客人笑骂了一句什么,有三没有听清楚,"是有三,"胖女人喊住了正要退出去的有三,"既然来了,吃碗面再走。"天真说。

有三张了张嘴,一时有些不知所措,天真指指身边的空座位,说:"站着干什么,坐,这边坐。"

有三想朝天真笑笑,却笑不出来,回头朝冬平说:"坐一会儿。"便慢慢地坐下,店里的桌子凳子比较矮,有三的腿长,坐下来,腿屈着,心里也有些别扭。

"吃面吃馄饨?"门口掌勺的姑娘问,"吃什么?"

有三看看冬平,冬平两颊有些发红,但是表情漠然,好像这一切事情均与他无关,好像他根本不知道天真,也不知道天真开的什么店,他也不饿,也没有食欲,也没有任何的想法,这地方是个肮脏小店,或者是豪华酒店,都与他无碍。"吃面吧,"有三说,"随便,简单点。"

"今天出来的?"天真站在有三面前,又高又胖,像一堵墙,声音却仍然很清纯,"我们有六七年没见了,吃瓜子。"她把手里抓捏着的瓜子放到有三面前的桌上,瓜子在她汗津津的手心里被捏成一团。

"八年。"有三说出一个准确的数字,"你初二的时候辍学的。"

"你倒记得,"天真从桌上抓起瓜子塞进嘴里,"噗"地吐出瓜子壳,动作迅速而优雅,笑了一下,说,"我自己也记不得。"

"开了个店。"有三说,"你很来钱。"

天真"嘻"了一下,说:"天胜,嘿嘿。"她好像有些得意,说,"叫他来,他不肯来。"

"叫天胜来?"有三不明白,说,"叫他来做什么?"

"来帮我的忙,"天真不停地吃瓜子,吐瓜子壳,瓜子的香味引诱着有三的辘辘饥肠,天真继续说,"他大概有什么想法,他是哥,我是妹,他就不肯来帮我。"

有三再朝天真的小店四处看看,他看不出这地方有什么需要天胜来帮忙做的事情,一个用手抓煤抓面条的姑娘,一个嗑着瓜子的老板娘,像是足够了,有三说:"你就开了这么一个店?"

"面来了,"天真让了一下,让姑娘把两碗面端到有三和冬平面前,面上各加了两个荷包蛋,天真说,"要不要放辣,要放辣,桌上有辣酱瓶,自己倒,小心,这辣可是正宗辣。"天真看着有三和冬平吃面,自己继续抓桌上的瓜子吃。

冬平抓起辣酱瓶，往面里倒了不少辣，挑起一大筷子面条，往嘴里塞进去，有三看了，有种不寒而栗的感觉，冬平吃下一口去，深深地吸了一口气，说："辣。"

"你不是哑巴呀，"天真说，"以为你是哑巴。"

"没有，"冬平咳呛了一声，像要掩饰他的不好意思，两颊又红起来，他的情绪像是被辣好了些，"我主要，主要是事情没有办成。"又吞下一大口辣，吸着凉气。

"冬平在城里联系了工作单位，"有三说，"到教育局拿档案，没拿到。"有三简洁地说。

"能拿到，"冬平说，停了一下，又说一遍，"能拿到。"

"噢，"天真说，"都到城里去，在乡下也没有什么意思，到城里试试，也许……"她看他们都吃完了面条，问道："还吃不吃，饱没饱？"

有三和冬平同时说："饱了。"他们艰难地从小矮凳上站起来，"走了，"有三说，拿出十元一张的票子交给天真，天真将票子交给门口炉边的姑娘，姑娘接了票子，扔在钱盒里，再没有别的什么表示，有三和冬平走出来，天真将他们送到小街上。"再见，"天真说。

"再见。"有三说。

天真回进店堂，摇摇晃晃径直往店堂最深处的小门洞进去，店堂外，仍然留下那个姑娘。

"她没有找钱，"冬平说，"你给了她十元钱，我看了价格表，鸡蛋面两块钱一碗。"

"算了，"有三说，"也许忘记了。"

"哪有这样的，"冬平说，"哪有这样的。"

"你以前，不是很能吃辣的，"有三奇怪地看着冬平，"怎么突然厉害起来了。"

"我是怕……"冬平像是被辣够了，连连吸气，吸了好一会儿才停息，说，"那面，实在是让人，"冬平脸微微红了一下，说，"辣一下感觉好得多。"

"天真……"有三说了两个字，就不往下说了。

"天真怎么？"冬平问。

"没有什么，"有三说，"没有什么。"

他们一起站立在县城的街头，火辣辣的太阳当头照着，中午街上没有什么人，树荫底下有几个人躺在地上睡觉，从身上的装束看，不像是这地方的人，像是外地来的，一群孩子穿着短裤汗衫人手一支洒水枪从街的一头奔过来，口中高喊着什么，将水枪里的水洒出来，又高喊着奔过去，反反复复，有人从窗户里探出头来骂了一声，吵什么吵，小孩子听而不闻，仍然高声叫喊着远去。

看着孩子远去的背影，冬平愣了一下，两颊仍然红红的："现在怎么办？"冬平说，"回家？"

"我想，"有三认真地想了想，慢慢地说，"我想，我们干脆直接去找局长，该怎么是怎么，也好有个说法。"

"这样，好不好？"冬平既担心又充满希望地看着有三，好像有三不是有三，而是局长的儿子，或者是一个和局长有关系的人，"局长会不会生气？"冬平想了想，又说，"还有老张，他知道我们直接找局长，他会不会生气？"

有三摆了摆手，说："哪能想那么多。"

冬平显得有些激动，脸上两团潮红渐渐扩大："现在就去？"

有三看了看手表："现在不行，正是午睡时间，我们现在先到前边的街心公园歇一会儿，到时间再过去。"

冬平不再说话，默默地跟着有三，他们走到街心公园，找一片阴凉处，有三先躺下了。"歇一会儿，"有三从地上望着冬平，冬平的脸颊红红的。也许因为天气太热，烘的，冬平的脸颊总是红红的。

"你睡吧，"冬平说，"我不累，我坐一会儿。"

有三迷迷糊糊地睡了一会儿，朦朦胧胧，好像只睡了很短的一段时间，像是做了个梦，看见冬平，在学校的大礼堂里，冬平在高高的台上，台下坐满了人，有三坐在前排的位置上，他能清清楚楚看到冬平的表情，冬平站在空荡荡的台上，满脸是笑，他先是轻轻地清了一下嗓子，接着嘴一张大，就开始唱歌，唱的是一支有三曾经熟悉、但一时想不起来的童谣，有三从来没有听见过冬平唱歌，有三觉得冬平唱歌的样子很滑稽，有三正想笑，突然就看到冬平哇的一声，从台上向台下喷出一大摊的鲜血，有三低头看时，鲜血浸漫了有三脚下的一大片地。有三猛地惊醒过来，心脏一阵乱跳，知了在树上鸣叫着，街角有个老太太在敲冰棍箱，发出极有规律的声响，买冰棍，老太太没精打采地喊了一声，停息半天，再喊一声，买冰棍，四周再没有别的声音，冬平坐在老地方，眼睛盯着远处的某一个建筑物，有三坐起来，说："冬平，你唱歌？"

"没有，"冬平说，"我唱什么歌，我正想叫醒你。"

有三看看表，有些奇怪："怎么，这一会儿我就睡了一个小时？"

冬平笑起来，说："还一会儿呢，你呼噜打得够水平。"

"你真的没有唱什么？"有三又问了一遍，"好像是一支小时候唱过的什么歌。"

"没有，"冬平说，"你知道我从来不唱歌，我一直在看时间，现在，是不是差不多了？"

有三站起来，冬平也跟着站起来。"真的去？"冬平又有些犹豫，"就这样去，好吗？"

"好的，"有三说，"这有什么，又不是做什么坏事情。"

县里的会已经开了一会儿，有三和冬平在会议室门口守着，不断地有人进进出出，有人朝他们看看，也不说话，走出去，像是上厕所的样子，绕了一圈又进会议室去，再有人出来，朝他们看看，问他们找谁，有三告诉说是找教育局长，那人说，在里面，我替你们去喊出来，也不问有三冬平是干什么的，有什么要紧事情，自顾返回会议室去，不一会儿，就出来了两个人，先前的那一位，朝有三笑笑，说，局长来了，自己便走了出去，也不听他们找局长说什么话，跟在后面的局长是个胖胖的一团和气的中年人，笑眯眯地，看看有三，再看看冬平，说："你们找我？"

"对不起，局长，这时候把您叫出来，"有三说，"不好吧……"

局长"啊哈"一笑，说："好，有什么不好，这会开得好长，"局长像是很得意，"我正要想法子开溜。二位，"局长盯着有三看看，又盯着冬平看看，笑了起来，指着冬平说："我认得你，你是那一年县里理科高考状元，是你吧？"

冬平两颊通红，手足和眼睛都不知往哪儿放，垂着两手呆呆地站着，一时无话。

"局长记性真好，"有三说，"一点不错，他是理科第一名。"

"四年了，"局长感叹地说，"一晃已经四年，时间真是快，我们都要老了。"局长赞赏地看看冬平，说，"你的那事情，我已经和老张说了,把档案拿去就是,这个老张,办事太谨慎,这种事情,好事情,政策范围内的,有什么好汇报的。"

冬平朝有三看了一会儿,自个儿又愣了半天,才小心翼翼地说,"那我,那我们……"

局长点点头,说:"你到老张那边去拿,"掏出手帕擦擦汗,说,"这天气,真是,里边像个大蒸笼,外边像个大火炉,无处藏身,不知你们跑到县城哪里去,我就估计还没有回去,老张说要设法通知你,你现在去就是。"

"这就走?"冬平疑疑惑惑地说,"这就走?"

"走吧,"有三拉了一下冬平,"走吧,局长要开会。"

"什么会,开不开也一样,"局长笑眯眯地目送有三和冬平走远,慢慢地走进会议室去。

老张正在办公室里抽烟,烟雾和热气混成一团,把办公室的空气搅得十分浑浊,呼呼的吊扇扇出一股又一股的热浪,有三和冬平走进去,老张抬头看见他们,扬了扬手,说:"来了,我估计你们没有走。"

"没有走。"冬平说。

"那是,"老张说,"换了我我也不放心走的。"说着从手边的抽屉里取出一个很大的牛皮纸信袋,向冬平扬一扬。

"拿去吧,"老张说,显得很高兴,"小心,别丢了,这是一个人的全部。"

冬平小心地接过信袋,里边装的东西很少,大概只有薄薄的几张纸,信袋却出奇地大,出奇地醒目,档案袋三个大大的黑体字让人有一种触目惊心的感觉。

有三给老张递过去一包没有拆开的烟,老张笑了一下,说:"整包就不必了,抽一根吧。"说着自己动手拆了包,从里面抽出一根烟。

"谢谢你。"冬平说。

"不谢。"老张说。

冬平将牛皮纸信袋抱在胸前,从老张的办公室走了出来,有人怀疑地看着冬平和有三,注意冬平手里抱着的信袋,疑虑的目光一直追随他们到大门口,传达室的老头仍然将头埋在桌子上,等他们出了大门,才发出一声喊:"手里拿的什么?"

冬平红着脸将信袋向老头举了一下,老头根本没有抬头,也没有说话,也没有丝毫要阻止他们出门的意思。"走吧,"有三说,"他根本不管。"

出了门,冬平朝自己怀里看了看,说:"就这么抱着,怎么忘记带个包出来,就这么抱着?"

有三说:"到前面街上的店里买个包。"

他们去店里买了个包,将信袋装进去,冬平将提包紧紧夹着,太阳渐渐地失去了白昼的威风,街上的人开始多起来。"真巧,"冬平说,"今天是个巧日子。"

"是的。"有三说。

冬平长长地吁了一口气:"总算,"冬平说,"解决了。"

他们踏上了往乡下去的末班车,末班车走得很慢,一路上要带上许多晚归的乡下人,有三在车上又打了个盹,他看见汽车已经到了他们的那个站头,他已经看到了自己的村庄,看到了树里的那条汽车路在夕阳下泛着白色的光,白色的光像闪电一样,车身晃了一下,有三突然醒了。

"什么声音?"有三盯着冬平看。

"什么声音?"冬平两眼炯炯有神,脸色潮红,说,"哪有什么声音。"

"是打雷的声音,我听到打雷的声音,很响,"有三回忆着说,"我以为要下雷阵雨了。"

"哪有?"冬平指指西天。

西斜的太阳映红了半边天,暮看西边晴,来日定是晴,有三愣怔了好一会儿。

冬平轻快地笑起来。"你肯定做梦了,有三你真能睡,我睡觉不行,老是睡不好。"冬平说,"今天是个好日子。"

三

要出租的房子是一幢老式宅院木结构楼房二楼西边的一间,和老太太的房间一墙之隔,和大宅院里别的人家也都是一板之隔,房间原来是老太太的养女住的,养女和老太太关系也没有什么不好,只是一般性吧,但是养女希望能有自己的一块地方,所以一直想搬出去住。后来终于有一天,事情发生了变化,养女有了一套在居民新村的公寓房,养女整理整理就搬迁出去,留下老太太一个人守着祖上传下来的旧房子。养女走的时候,有些恋恋不舍,同时也有一种自由解放的感觉,养女说,妈,我会常常来看你,你有什么事情,让人捎信给我,我会回来的,养女说这话的时候,完全游刃有余。现在养女结婚用的那一间屋子空了出来,老太太一看到这间空房就有心律不齐的感觉，老太太请人写了一张招贴，贴到街上，有三和冬平一起来看房子，他们走进房间的时候，听到隔壁的猫发出一声凄厉的叫声，把有三和冬平都吓了一跳，没有事，老太太说，没事，是猫，大白天猫也会叫，猫什么时候想叫它就什么时候叫。有三和冬平互相看看，他们说不出什么话，对房子，他们不知道说什么好，这是城里人住了许多年的房子，他们没有话说。这院子里的房间，老太太枯瘦的手伸出来，向窗外一指，这院子里的房子，从前都是我们家的，老太太说，脸上露出许多自豪的态度，后来，老太太说，后来就给我两间，其实两间也够了，我一个人住，一间就够，怎么样。老太太看着有三，又看看冬平，她看不出他们两个人中是谁能够做主，老太太说，你们商量商量，或者你们可以四处看看，有自来水，和老太太一起向有三和冬平介绍房子的中年妇女说，有自来水，但是没有厕所，有三不知道中年妇女的身份。没有厕所怎么办，有三说，不上厕所？中年妇女笑起来，你担心什么，总会有让你排泄的地方，我们怎么办，你们也怎么办，你们可以再四处看看，老太太说，她慢慢地往外走，中年妇女也跟着走出去，把有三和冬平留在屋子里。

"怎么样？"有三说。

"怎么样？"冬平说。

"那就租吧。"有三说。

"那就租吧。"冬平说。

八月份的天气依然炎热，有三和冬平搬来的时候，西晒的太阳将西屋晒得像个大蒸笼，墙外毫无遮挡，没有一棵树，也没有一片竹林，有三家屋后保留下来的村里的最后一片竹林，那一片在炎热的夏天仍然能保持的清凉世界,将永远地留在有三的记忆中,也许到有三下次回家时,那一片竹林也已经和其他许多竹林一样不复存在,有三从很小的时候就在那一片竹林中度过夏天。养女住过的房间里,板壁上的张贴画都没有撕去,有三慢慢地将这些画一张一张地揭下来,汗水顺着脸颊往下淌。"够呛,"有三说,"这屋子。"

"太阳下去就会好些,"老太太摇着一把扇子,站在他们的门口,笑眯眯地看着他们忙,老太太好像一点也感觉不到天气的炎热,她的枯瘦平静的脸,像一张画着许多道道的白纸,又像一幅木刻画,悬挂在房间门口,老太太说,"你把这些好好的画撕了。"

"不太习惯,"有三似有些抱歉,说,"总是感觉到是别人住的房间,不太习惯。"

"那是,"老太太说,"刚刚过来,总有些不习惯,时间长了,就会好起来,就像是你自己的房间。"

楼下的小院子里,响起一个女人尖利的嗓音,"倒霉的炉子,又熄火了。"女人说,"刚才还好好的,谁在跟我捣鬼,阴损我们。"

老太太从楼上的回廊朝下看看,"谁阴损你,"老太太说,"谁跟你捣鬼。"

"谁阴损我,谁自己心里有数。"女人的动作非常粗重,院子里传上来丁零当啷噼噼啪啪的声音,一会儿,一股浓浓的白烟从下面升腾上来,老太太呛了一阵,慢慢地往楼下去。

白烟很快弥漫到有三他们的屋子里,有三关上门,烟和声音一起从门板和墙板的缝隙中钻进来,有三笑了一下,说:"这地方,便于互相监督,一丝空气也逃避不了。"

冬平也笑了笑。"我觉得这地方挺好,"冬平说,他的情绪比较好,看起来对租下的这间屋子还是满意的,"至少,我们有个落脚之处。"

楼梯嘎吱嘎吱响起来,声音非常逼真,非常近切,楼上的半壁回廊,共有八间房间,脚步声停在其中某一间的门前,接着是钥匙声和木板门开合的吱呀声。"像电影里的声音,"有三说,"音响效果很不错。"

"有三,"冬平有些担心地看了有三一眼,"你的吃饭怎么解决,"他停了一下,说,"我们单位,有食堂。"

"没事,"有三说,"总能解决的,我们单位总共才十几个人,有三分之一还是不在编的。"

天渐渐地晚下来,房间整理得差不多。"怎么办,肚子饿了?"有三说。

"你说怎么办。"冬平说。

"到大排档吃凉面。"

"好的。"

他们关上门,下楼来,穿过乱七八糟拥挤不堪的院落,走到院门口,老太太跟了过来,"你们两个,"老太太压低声音,鬼鬼祟祟神神秘秘地说,"你们两个,要做饭,可以在楼下客堂里加个煤炉。"

有三回头朝楼下客堂间看看,老太太把他拉出一段,离院门远了点,鹰爪般枯瘦的手紧紧捏住有三的手,老太太仍然低声说:"没事,你别看里边挤,都是挤的我的地方,"有人从老太太身边经过,警惕地看了老太太和有三一眼,老太太立即闭了嘴,等人走过,才又说,"楼下那一间,本来是我的,现在,"老太太停下来,显得有些激动,她喘了口气,继续说,"你看看,现在烧香的赶走和尚,像什么，你，"她伸出另一只瘦骨伶仃的手戳戳有三，又戳戳冬平，"还有你，你们，尽管在那里做饭，看他们怎么样。"

"好的。"有三说。

"说好了，"老太太紧追不舍，情绪有些亢奋，"说好了，你们明天就去买煤炉，我帮你们排地方，别理他们，他们那些人，废话多。"

"好的。"有三说。

老太太放开了有三，幽幽的目光盯着冬平一会儿，然后笑了笑，慢慢地走开了。

有三和冬平沿着小巷走出去，"这个老太太，"有三说，"话多。"

"是的，"冬平说，"老人都这样的。"

有三没有接冬平的话，老人话多，一般都是这样，但是，有三想，父亲也老了，母亲也老了，父亲一言不语，母亲也只有片言只语，有三的心里像压着一块巨大的磨盘，很沉重。

他们吃了凉面，在外面漫无目的地逛了一会儿，让屋里的热气尽量多散发掉一些，回来的时候，发现院子里坐满了人，有的在乘凉，有的在做事情，老太太正神采飞扬地讲说着什么。

"他们提出来的，我也没有办法。"老太太看到了有三，颤颤巍巍地站起来，朝有三说，"正好，你来了，"老太太的眼睛闪闪发亮，说，"你说，是不是你提出来要放一个煤炉在这里。"

"就算是吧。"有三笑笑。

老太太声音洪亮起来，说："我说的吧，怎么怪我，"老太太像个得胜的将军，"放个煤炉，也是应该，人家也要吃饭。"

七嘴八舌的声音嘈杂在有三耳边。"别急别急，"有三说，"也没有非烧煤炉不可的事情，无所谓，烧就烧，不烧就不烧，那东西，我们怕还用不来，再说，也不知道煤在哪里买。"

"小事情，"老太太急急地说，"煤就在煤店里买，你不认得，我带你去就是，不远，出了弄堂口就是。"

"计划供应，"有人在黑暗中说，"你们有煤票？"

"没事，"老太太又说，"有议价的。"

"很贵。"

"贵不了多少。"

"才工作的人，有几个钱。"

"那也不一定，现在的事情，难说。"

有三和冬平往里走，被老太太挡住，说："乘一会儿凉再上去，现在屋里，热气还没有散，热死。"

有三犹豫了一下下，停下了脚步，冬平也跟着停下来，大家的目光，在黑暗中向他们注视，使他们有些不自在，好在光线很昏暗，谁也看不清谁的脸，更看不清脸的表情，老太太去搬了两张凳子过来，说："说好了，煤炉你们也不用再去买新的了，我有一只旧的，给你们用。"看有三不说话，又补充道，"虽说是旧的，也和新的一样，一样用。"

"漏烟，"有人说，"呛死人。"

"不是那一只，"老太太说，"我另外还有一只。"

冬平站着有些疲劳，上楼去，不一会儿又下来，说："待不住，热。"

院子里的人忙忙碌碌，男人当院穿个短裤洗凉水澡，女人家在屋里洗澡的声音，清清楚楚传到院子里，投在窗上的身影在有三眼前绕来绕去，能够清楚地知道是在脱衣服，还是在穿衣服，女人洗了澡出来，穿着汗背心，端一大盆衣服，坐在院子搓洗，小孩子在人的腿缝中钻来钻去。

"你们是学什么的？"

院子角落里有个戴眼镜的人发问，有三猜不出他的确切年龄，从声音判断，像有四十多岁。"我学的法律。"有三说，"他学的化学。"

"两回事，"戴眼镜的人说，"我是学历史的。"

"戴博士，"有人说，"戴博士是专家。"

"他们开我的玩笑，不敢。"戴博士"嘿"地一笑，说，"不过话说回来，像我这样，也不见得就比博士差多少。"

"所以，"大家笑起来，有人说，"叫你戴博士也没叫错。"

夜色深了些，有小孩子的人家哄着孩子睡觉去，另外一些人也开始打呵欠，热气渐渐地退下去，院子里也空了些，但是戴博士仍然坐在角落里，没有将他的坐凳搬移得近些，他说："我估计，你们住到这里，大概是别无选择，"戴博士说，"我不一样，我住过来，是我特别的选择，我的研究项目，研究课题，就是东门外。"

"什么东门外，"有三说，"东门外？"

"我们这地方就是东门外。"戴博士情绪高涨起来，"你们不是本地人，你们可能不太清楚，东门外，在我们这个城里，几乎是一个专用的名词，象征什么，知道吗？"戴博士的镜片在屋里透出来的灯光的照射下，隐隐约约地闪着光，他看着有三头顶上方，使有三觉得他的头顶上好像出现了什么奇怪的东西，"你知道东门外的言外之意吗？"

有三摇摇头，朝冬平看看，冬平不知在想什么心思，并不知道有三看他是什么意思，茫然地看看有三，看上去冬平的精神不怎么好，有些萎靡。

"死亡之坑，"戴博士说，"东门外，就是死亡之坑。我是专门研究这一带的历史，三十年前，我正是为此而来。"

"三十年前？"有三说，"你在这里住了三十年？"

"三十年算什么，"戴博士说，"三十年算不了什么，我也可能再花三十年的时间。"

"你看上去，"有三说，"年纪不大。"

戴博士摸摸自己的头，他的头发略有些秃顶，使戴博士看上去很像个真的博士，戴博士没有就自己的年龄多说什么，他的心思仍然在他的研究课题上，他说话的时候，不像有些人，专注地盯着听讲着，戴博士从来不注意有三的神情，他好像并不在意有三和别的人愿不愿意听他说，他的目的，不是让别人听，而是让他自己说。"三十年前，"戴博士朝四周一划拉，说："三十年前，这里发生过一桩奇怪的事情，我是从报纸上看到的，我就寻找到这里，"戴博士指指老太太，说，"我记得，我找到这里的时候，她正好从这扇门里走出来，手里抱着个孩子。"

"哪有这样的事情，"老太太用扇子拍打着飞来飞去的蚊子，说，"说什么戏话。"

戴博士并没有和老太太追究有没有那件事情，对于老太太的断然否认，戴博士没有在意，也没有去纠正老太太的说法，他沿着自己的思路往下说，"从那时起，我就迷上对东门外的研究，过了不久，我就搬来了。"

老太太干笑了一声,说:"说得像真的一样。"

戴博士一点也不受老太太的干扰,继续说:"我研究了三十年,弹指一挥间。"

"你在哪个单位工作?"有三说。

"你猜猜。"

"社会科学院。"

"不是。"

"哪所大学。"

"不是。"

"猜不着了。"

"猜不着就算是个谜吧。"戴博士说。

"三十年前,"有三说,"三十年前到底发生了什么事情?"

老太太向有三使个眼色。"你听他,盐钵头里出蛆。"老太太说着笑了起来。

"长毛坑。"戴博士的声音听起来好像突然严肃了,"长毛坑。"戴博士重复了一遍。

冬平站了起来,咳了一声,向有三说:"我去睡了,我有点累。"有三看着冬平走进楼去,脚步踩着楼梯嘎吱嘎吱响,有三抬头向楼上的走廊看去,他看到冬平开了房门,进去了,老太太说:"他是不是身体不好?"

有三想了想,说:"也没有什么,可能累了,也可能热的。"

戴博士进自己屋里倒了一杯水来喝了几口,放在坐凳旁的地上,仍然看着有三头顶外的某一处,看了一会儿,又将目光移到自己的脚底下,用脚顿一下脚底下的地皮,说:"这地下,躺过成千上万的死尸。"

老太太"呸"了一口。"你听他的,"老太太仍然笑眯眯的,说,"戴博士说得像真的一样。"

有三看不出老太太和戴博士哪个是真的,有三有些疑虑,在搬迁来的第一个夜晚,这地方就使有三产生出一种奇怪的感觉,有三说:"东门外,原来不是老城区的范围。"

"你的思路是对的,"戴博士说,"这地方,从前是一片荒地。"

"哪地方从前不是荒地呢?"有个住在楼下的邻居,出来倒水,说了一句,并不等戴博士的回答,端着水盆已经进去了。"话是这么说,"戴博士扶了扶眼镜,说,"荒地当然都是荒地,再早的时候,连荒地也没有呢,只有海洋,是不是,话哪能这么说,东门外的长毛坑,千人坑,是事实。"

老太太一只手撑着膝盖,慢慢地站起来:"好了,好了,睡吧。"老太太慢慢地往楼上去,脚步沉缓,声音沉闷,但是很有节奏。

戴博士抬头看看满天的星星,"明天又是大太阳,"戴博士说,"睡了。"

"睡了。"有三也站了起来,将坐过的凳子放到墙角跟,觉得手心里有些黏湿,到自来水龙头放水洗了洗手,戴博士已经进了自己的屋,门依然开着,有三正在想要不要和戴博士说一声再见,看见戴博士走到门口,向他点头致意,有三也点了一下头,便绕过楼下的客堂间,往楼上去。

有三轻轻地推了一下门,门没有关上,虚掩着,冬平没有说话,大概已经睡着了,发出很轻微很柔和的声息,有三倒了一点热水,擦了一把,将凉在杯子里的冷开水,一口喝干,熄了灯,钻进帐子,听着楼上楼下各家各户的睡觉前奏曲,大约有半个小时,声音渐渐地平息了,四周安静了一会儿,没过多长时间,隔壁人家的呼噜声此起彼伏地开始了,偶尔有谁家的孩子在梦中啼哭一两声,所有的大大小小的夜间的声音,无一遗漏地钻进有三的耳朵。有三仰起身子朝冬平床上看看,隔着帐子有三看不见冬平的睡相,但是凭感觉有三认定冬平睡得很安稳,有三不停地摇着扇子,热气源源不断地从全身冒出来,有三心里有些烦躁,这时候有三听到楼梯上再次响起脚步声,听得出走路的人尽量放轻脚步,走到有三门口,停了,过了片刻,轻轻地敲了一下门,有三坐起来,开了灯。"谁?"有三问。

"是我。"戴博士说,"是我,戴博士。"

有三开了门,戴博士一只手捏着一本十六开本的厚厚的书,另一只手提着一架旧台扇,朝有三举起来,给有三看看,说:"我注意到,你们没有电扇,拿着用吧。"

有三不知道戴博士什么时候注意到他们屋里的情况,有三张着两手,不知是接下戴博士的电扇还是不接。

"接着,"戴博士说,"这么提着挺沉的,我是一个老人了。"

"你自己……"有三说。

"你以为我会自己不用给你们用,不可能有这种事情,"戴博士说,"现在不可能有,这一台是我多余的,才会提来给你们。"

有三接过电扇,朝冬平床上看看,如果冬平醒着,他应该请戴博士进来坐坐,或者,至少看一看,可是冬平床上仍然没有一点声息,戴博士说:"用起来吧。"转身要往楼下去,忽然又停了,将手里的那本大书交给有三,"还有这个,你有兴趣,可以看看,就是我说的，东门外。"戴博士将书交到有三手里，嘎吱嘎吱下楼去了。

有三回进屋子，找到插头，将电扇开了，虽然有些不太正常的杂音，但是到底凉快多了，有三在灯光下看了看那本大书，是一本街坊志，他随手翻了翻，果然有东门外，有三对戴博士的课题没有什么兴趣，有三也不知道戴博士是不是真的在搞什么东门外的研究课题，东门外只不过是一个古老城市中的某一小块地方而已，像这样的古老城市，捡一片瓦也许就是古老，别说是一块地方，如果有三多少有一点儿兴趣的话，有三的兴趣也只是在戴博士所说的三十年前，三十年前到底发生了什么事情，使戴博士从别的什么地方搬到这里来住，不想离去。

街坊志上没有关于三十年前的事情，记载的是很久以前的事情，那时候东门外是一处河湾，非常荒凉，坟冢相叠，浮棺累累，白骨处处，有几幢比较大的坟墓，但是没有碑记，所以也不知是谁谁谁的墓，有一个大土坑，十米见方，石条砌坑壁，坑沿高出地面一米多，深却不知其底，坑面上有石板平铺，石板中央以一块幢形黄石以镇压，黄石上刻有"雍正九年"四个字。

接着街坊志记载了多年前一位老人说的话，老人曾听他的祖父说，这个大石坑叫作千人坑，在1863年，清政府在城里杀了太平军一万余人，太平军的尸体堵塞了城里的河道，清政府便差人用篙钩把死尸沿着城中小河一路推过去，一直推到城外的大河里，尸体经小河入大河最后来到东门外的河湾，堵滞在河湾中，再被人用篙钩钩起来抛入千人坑。

从此东门外就有了如戴博士所说的象征意义和言外之意，长久以来荒无人烟，一直到二十世纪二十年代初，有人利用这地方地广人稀，将千人坑填拆，在原址上建起一个养鸭场，生意出奇地兴隆，天长日久，这荒凉之地居然也生气勃勃起来。

就是这么一个故事，这么一段历史，戴博士对这段历史有兴趣，也很正常，戴博士将他的三十年的心血放在这段历史上，有三不知道戴博士研究的成果如何，三十年里有什么进展或者有什么重大的发现，有没有可能对历史的记载提出修正的资料，有没有改写现有的街坊志以及其他许多涉及东门外这一段历史的书籍的可能，有三想，如果戴博士修正历史或者改写街坊志，他也许会将三十年前促使他来到东门外的那个事件写进他的序言或者后记。

有三将街坊志放在桌上，熄了灯，钻进蚊帐，蚊帐是新买的，很白，散发着淡淡的清香，有三静下心来，渐渐入睡。

天快亮的时候，有三突然听到屋顶上一阵猫叫，惨烈得像一把尖刀割划在有三的心口，有三猛地坐起来，感觉到自己的心脏异样地跳着，等了好一会儿，才慢慢地平息，有三将脑袋钻出蚊帐朝冬平的床看看，冬平床上，依然没有一点动静，有三奇怪冬平睡得那么沉实，这种尖利的像是能划破人心灵的叫喊声，居然惊不醒他。

"冬平。"有三尝试着轻轻地叫了一声，"你醒着吗？"

"醒着。"冬平说。

有三并没有预料到冬平真的醒着，黑夜里突然发出的冬平游丝般的声音，倒把有三吓了一跳，有三下床开了灯，冬平仍然躺在床上，并没有动弹，"你醒了，你也被猫叫惊醒了？"有三似乎没有十分的把握，又说，"你听出来是猫叫的声音吧，或者是什么别的什么声音？"

"没有，"冬平平稳地说，"没有什么声音，没有猫叫。"

"有的,"有三说:"我听得很分明,是猫叫,很尖,很刺耳,也许你睡得死,没听见。"

"哪里,没有,"冬平停顿了一下,也可能想了一下,说,"有谁家的小孩子哭了几声,其他没有,猫没有叫,我原来以为猫会叫起来。"

"那你,"有三耳边仍然回荡着猫的叫声,他不相信冬平的话,问道,"你这么早就醒了?"

"我没有睡,"冬平的口气依然平静,说,"我一直没有睡。"

有三奇怪地走到冬平床前,隔着蚊帐向冬平说,"你一直醒着,一个晚上,你一直醒着?"

"是的。"

"不可能吧,"有三说,"我以为你早就睡了,昨晚我进来的时候,一直到后来,你一点声音也没有。"

"我没有睡,"冬平说,"我睡不着。"

"怎么会?"有三说。

"不知道,"听冬平的口气,像在谈论一件完全无所谓的事情,他好像一点也不为失眠的事情发愁,他的语气始终平静如水,冬平终于撩起蚊帐,将蚊帐分别挂在两边的帐钩上,冬平的脸露了出来,有三发现冬平两眼浮肿,脸上红红的,看起来是没有睡好,"也许,换了个地方,有些不习惯。"冬平说。

"那不碍事,"虽然冬平并不显得焦虑,有三仍然安慰他,说,"异地失眠,这不算什么,过几天,习惯过来,就会好的。"

"谁知道,"冬平说,"也许吧。"

四

　　有三心里有些激动，虽然他曾经在这个律师事务所实习了几个月，和所里的人基本上都熟，但是，现在有三的感觉不一样，现在有三往事务所去的时候，完全就是一种进考场的感受，九月的天气虽然依然炎热，但也不至于热得让人额上挂下汗来，有三抹了一下额头，这使有三觉得自己有些狼狈，事务所是租用的街道办事处的旧房子，门前有两蹲石狮，龇牙咧嘴，从前也不知是个官衙还是巡抚衙什么，高大破旧的房屋，使有三在走进去的时候，忽然有一种空洞的感受，在那一刻，有三便想起了冬平，冬平老是无声无息，不说话，现在这时候，冬平是不是也像他一样有一种狼狈的感觉呢，也许吧，有三眼前重又浮现出冬平从蚊帐里钻出来的浮肿的脸和浮肿的眼睛，有三忍不住伸出手去，在左边的石狮子头上拍了一下。

　　"有三，"有人在有三背后叫了一声，"不进去，在这里拍石狮子做什么？"

　　季律师推着自行车，朝有三笑着。

　　有三有些尴尬，也笑了一下，看季律师停好自行车，便跟着季律师一起往里去。季律师指指主任办公室，意思是说，主任已经来了，有三点点头，走到主任办公室门口，站着，朝主任笑了一下，"你来了。"主任一边整理着桌上乱七八糟的材料，一边说，给有三的感觉，好像他今天并不是来报到，而是和季律师以及其他的人一样，正正常常来上班似的，这种感觉鼓励了有三的自信，有三纷乱的心情平静多了。

"都安置好了,"主任说,"住下了?"

"住下了。"有三说。

"还好吧?"

"还好,"有三说,"我和我的一个老乡,也是今年毕业的,同租一间屋,还可以。"

主任笑了一下,将整理好的材料归在一边,又动手整理另一堆材料,主任的桌上永远堆放着永远也整理不完的材料,主任给人的印象,永远在整理着材料,主任再次抬头看看有三,朝外间指指,说:"你的办公桌,还是实习时的那一张,"主任说,"别的工作什么,反正还那样,老规矩,谁接的案子谁办,你都清楚,也不用再介绍了吧。"

"我知道。"有三说,"没看见邱律师。"

主任点了点头,说:"正要和你说,邱律师病了,他手头有一个案子,你接过去。"

有三愣了一下,一般的生几天病,哪怕发烧什么,案子是不会转给别人的,有三有些担心地看着主任:"怎么了,邱律师身体一直很好的,什么病?"

"说不准,"主任摇摇头,"医生现在也说不准,暂时不让他出院。"主任看了一下手表,说,"我还有事情,要走了。"站起来在桌上许多材料中找出一份,交给有三,朝有三点了点头,便走出去。

有三跟着走出主任办公室,手里捧着邱律师接了手的案子,走到季律师跟前,"邱律师怎么回事,"有三不放心地问,"邱律师什么病?"

"咳嗽,"季律师说,"干咳。"

有三朝别的人看看，谁也没有就邱律师的病多说什么，有三走到自己桌前，慢慢地坐下来，翻看着卷宗，这是一个很简单的案子，女委托人发现丈夫有外遇，提出离婚，为了各自的利益，双方都请了律师，有三看了一会儿，觉得心绪仍然有些混乱，知道是为邱律师的事情，忍不住打扰季律师的工作，问道："住在哪个医院？"

季律师一愣，"你是说老邱？"季律师说，"你想去看他？"

"是的，"有三说，"他是我的指导老师。"

季律师说："我劝你过一段时间再说，邱律师现在脾气有些古怪，"季律师摇了摇头，"不知怎么搞的，一生了病就变得古怪了。"

"怎么，脾气大？"有三问。

"倒也不是脾气大，脾气大也就算了，也无所谓，"季律师说，"疑心病重，不能有人去看他，一看他，他就以为自己得了重病，要死了，就这样，看他的人在的时候，还正常，照样能说说笑笑，人一走，他就对家属吵闹，说若不是要死了，怎么会有那么多的人去看他，闹得天翻地覆，寻死觅活，家属吃不消，跑来求我们别再去看他，就这样，"季律师尴尬地一笑，"这算什么。"

"那就不去了，过一段再说，"有三想了想，问道，"在哪个医院？"

季律师将邱律师的医院和病区写在一张小纸条上，有三过去将小纸条拿了，放进口袋，大家不再说话，继续自己的工作，有很长的一段时间，没有人吭声，前后左右的房子，是街道办事处的别的部门，嘈杂不息，像有三冬平住的地方一样不隔音，但是，噪虽然噪了些，好在也没有什么特别刺耳的声音，小范围的声音杂些，大环境算是比较安静，街道办事处的书记走了进来，看看有三，没有问有三是谁,走到季律师跟前,看看季律师的桌子,嘴里念叨了一下;也听不分明念的什么,想了想,从衣袋里掏出一包烟,是好牌子,抽出一根扔给季律师,转身向别的吸烟的律师每人发了一根,自己并不抽烟,到处看了一下,走到主任办公室门口探了一下头,退过来,向季律师说:"我介绍的那个案子,老丁不知在不在弄?"不等季律师回答,书记又说,"老丁也是,年纪也一把了,身体也不好,也不知道休息。"

季律师说:"老丁好像就是为那个案子出去的。"

"真是的,"书记像是有些抱歉,说,"给老丁给你们添不少麻烦,其实也不是我的事情,也是别人托我,我也没有办法,推托不掉。"说着又四处看看,说,"你们这地方,卫生不怎么的。"他用手指指四周,"乱七八糟,国庆前要卫生大检查。"

大家笑了一下,书记说:"弄一弄,简单弄一弄。"笑了一下,慢慢地走了出去。

季律师向有三说:"在十八岁生日那天,抢劫。"

"谁?"有三没有听明白,"谁?"

"书记的什么人吧,"季律师说,"不太清楚,说是没有什么关系,是别人托的,也许吧。"季律师盯着有三看了一会儿,突然说,"有三,你哪一年?"

"什么?"有三说,"什么哪一年?"

"哪一年出生?"

"1970年。"

"啊哈,"季律师大笑了一声,笑声在大屋子里回荡着,季律师说,"1970年我们已经下农村插队两年了,是个老农民了。"

"那是。"有三说。

季律师朝其他律师看着，说："像有三这样，我们下乡的时候，还没有他呢。"

他们一起笑了，有三也跟着一笑，对于从前的插队青年，有三只是在后来听别人说过几句，没有什么记忆，也没有特别的感觉，知道那大概是一段什么样的历史。

"其实，"有三犹豫了一下，说，"其实，我们现在，也像是插队。"

季律师张了张嘴，像有什么话到了嘴边又咽了回去，怔了好一会儿，慢慢地点了点头，说："也是，"季律师笑起来，"像插队，不是洋插队，从中国插到外国，是倒插队，从乡下插到城里，也算是一种插队。"

中午，有三到外面吃了一碗面条，随随便便漫无目的沿着大街走了一段，没什么事情，又折回来，走到门口，却没有进去，将季律师写的条子拿出来看看，便往邱律师住的医院走去，医院离得不远，一会儿就到了，有三到了医院，才发现是中午休息时间，一律不得探病，探病时间在下午三点到五点之间。有三打听了一下，知道邱律师的那个病区，是肿瘤病区，这是有三已经预想到的，有三心里有一些异样的感觉，却说不清是一种什么样的感觉，他慢慢地沿着来路往回走，大街小巷人来人往，车水马龙，有三心里却有些空空洞洞的感觉。回到办公室，离上班时间还早，有三呆呆地坐了一会儿，拿了笔和纸，给父亲写信，有三像是有一肚子话，但是却无法写出来，父亲没有多少文化，而且父亲沉默，父亲的沉默像一块巨大的磨盘压在有三心上，也压在有三的笔尖上，常常使有三下笔的时候，有一种十分沉重艰难的感觉，有三想了一会儿，只是简单地写了一下自己工作和生活的情况，最后有三带上一句，告诉父亲，冬平也挺好。有三写了信，封好了，放在一边，电话铃便响了起来，有三去接电话，听到"喂"一声，有三听出来是冬平。

"喂，"冬平说，"有三？"

"是我。"有三有些奇怪，这时候冬平打电话给他，也许有什么事情，有三说，"冬平，有什么事？"

"没有，"冬平平平静静地说，"没事，我想告诉你一声，我打算回去了。"

"回去？回哪去，"有三以为冬平要回东门外住处，问道，"怎么了，冬平，是不是身体不好？"

"身体没什么，"冬平说，"我回乡下去。"

有三大吃一惊，愣了半天说不出话来，"冬平，"有三尽量小心地说，"是不是，单位变卦了？"

"没有，"冬平语气平稳，说，"单位没有变卦。"

"那为什么，"有三不能相信冬平的话，"你告诉我，为什么？"

"不为什么。"

"不可能，不可能没有原因，"有三激动起来，"冬平，你说，到底为什么，总有一个原因。"

"没有。"

有三抓着话筒，不知该怎么办，以冬平的性格，一般不会做出些莫名其妙的事情，有三说："冬平，这不是开玩笑的。"

"我不开玩笑。"冬平说。

"你的工作，"有三急切地说，"来之不易，我们的工作，都来之不易，冬平，是不是你不舒服，如果不舒服……"

"没有，"冬平仍然以不动声色的口气说，"身体可以。"

有三不知道自己还能再说什么，紧张地想了一想，说："冬平，你现在在哪，你等着我，我马上过来。"

"不用了，"冬平轻轻地笑了一声，说，"你听到火车的声音了吗，我现在已经在火车站，回去的火车马上就要开了。"

"开玩笑，"有三确实听到了火车的声音，有三额头上的汗水淌了下来，他用手抹了一下，对着话筒焦急地说，"冬平，冬平，你能不能，等我一下，你要回去也可以，我们见一见面你再走，我有话对你说。"

冬平将电话挂断了，有三站在搁电话的桌子边愣了半天。

"怎么了？"刚进来的季律师关注着有三的神情，"有什么事？"

有三摇了摇头，"没什么，"有三说，"一个老乡，有点事情。"有三将自己的桌子收拾了一下，对季律师说，"我一会儿就回来。"

有三挤在车站的茫茫人海中，心里忽然产生了一种时光倒流的感受，在大学念书的四年时间里，有三和冬平曾经多少次出入这个车站，他们从这里下车走进城市，他们又从这里上车回家乡去，他们对车站的一切已经非常非常熟悉，熟悉得就像他们对家乡的泥土和竹林一样，当他们奔波于城市和乡村之间的时候，他们还不知道他们的终点站在什么地方，现在，应该说一切都已成定局，有三和冬平都已经如愿以偿，冬平却突然说，他要回去。

有三穿过广场，走到候车室门口，他仔细地看了列车时刻表，才发现，能够在他家乡附近的那个四等小站停车的一天中唯一的一趟慢车，早在上午就已经发车，冬平没有走，至少，冬平没有坐这一趟车走,如果冬平真的想回家,冬平得等到明天。

有三稍稍放下心来,他在车站的各个角落转了几圈,没有发现冬平,有三骑上自行车,往东门外去,到了家,没有看到院子里有人,也没有什么声音,有三上楼时,一只猫从楼上溜下来,从有三脚边嚓一下过去了,无声无息,有三凭感觉知道冬平不在屋里,开了门看看,果然不在。有三再下楼的时候,碰到了戴博士,戴博士从自己屋里出来,看到有三,并没有对有三这时候突然回来表现出奇怪,只是随随便便问了一声:"回来了?"

有三不好细说,便含含糊糊道:"找一下冬平。"

戴博士推了一下眼镜,也没有问有三怎么想到要找冬平,却问道:"我给你的书,你看了吧?"

有三一时想不起戴博士给过他什么书,愣了一会儿,才想起那本厚厚的大书街坊志,有三点点头,说:"翻了一下。"

戴博士笑了起来,说:"我还有,"他朝自己屋里指指,说,"我有一屋子这样的书。"

有三"噢"了一声,想走,戴博士却大有留下他细细说话的意思,道:"怎么样,我说的吧,东门外是有故事的,死亡之坑。"戴博士看了看有三的脸色,笑起来,说:"不过你也别害怕,我在这里住了三十年,什么事情也没有发生,其实,我可以告诉你,我搬到东门外这里来住,就是指望着发生事情的,我总是预感,三十年前发生过的事情,还会重来。"

"什么事情?"有三心里挂记着冬平,戴博士这么一说,心里真有些不安了,"你说什么?"

"没有,"戴博士很遗憾地摇了摇头,说,"没有,我等了三十年，什么事情也没有发生。"

有三没有时间和戴博士谈街坊志的事情，急急地骑上车回单位去，一进门，季律师就指着坐在一边的一位中年妇女说："这就是你的委托人，周湘，等了你半天。"

"对不起。"有三说。

"没事，也许说对不起的应该是我，"周湘不动声色地说，"我说出来，也许你们会认为我在开玩笑，但是我是认真的。"

有三不知道她要说什么，有些紧张地看着她。

周湘却很放松地一笑，说："我打算撤诉，"她看有三好像有些不明白，又重复说了一遍，"我撤诉。"

有三有些措手不及的感觉，想了想，说："周医生，是不是因为我接了邱律师的案子，"有三说，"您对我不信任？"

"不是。"

有三有些尴尬，愣了半天，不知怎么再把话题延续下去，只好站起来，给周湘的杯子加满水，周湘盯着有三看，说："与你无关，就是邱律师在，我也是这句话。"

"为什么？"有三觉得再没有别的问题可以提。

"是我错了，"周湘笑了一下，笑得很天真灿烂，像个小女孩，"一切都是我搞错了，根本没有什么事情，根本没有发生过什么事情。"周湘说。

有三不知道周湘说的根本没有发生过什么事情，是不是指的周湘的丈夫外遇的事情，从道理上讲，这时候，周湘应该是沿着这个话题往下说的，因为丈夫有外遇，她要离婚，如果是她搞错了，丈夫并没有外遇，离婚的事情当然就没必要进行下去，有三喝了一口水,等待着周湘的下文,周湘却不再往下说,有三忍不住说:"怎么回事?"

周湘摇了摇头,说:"没有事情。"

有三有些气愤起来,但是他不知道该怎么对付这种奇怪的事情,在他实习期间,从来没有碰到过这样的情况,有三朝季律师看看,季律师也无可奈何地摇了一下头,表示无能为力。

周湘站起来,说:"就这样,我可以走了吧。"看有三不说话,又问了一句话,"是不是另外还有什么手续?"

"你决定了?"有三有些沮丧,说,"如果决定了,也没有什么手续可办的,你的委托书可以收回。"周湘接过那张有她的签名的委托书,看了一下,一笑。

"你想好了?"有三说。

"想好了,"周湘说,"其实我一开始就不必来麻烦你们,根本没事。"周湘走了出去,有三望着她的背影,心里有些莫名其妙,过了一会儿,回头问季律师:"这算什么?"

"就这样,"季律师笑笑,说,"这不算什么。"

有三心里再次生发出一些空空洞洞的感受,他很想把冬平打电话的事情告诉季律师,可是几次话到嘴边又不知怎么开口,咽了回去。

下班后,有三骑着车子来到大街上,心里乱乱的,又有些茫然,他不知道这时候该往哪儿去寻找冬平。有三慢慢地往前蹬着车,骑到了他和冬平的母校门口,有三停下车,想往校门里进去,却被门卫挡住了,有三的胸前既没有白校徽,也没有红校徽,有三在这个学校,已经没有了自己的位置,那么,冬平应该也一样,教室、宿舍、食堂、操场，一切依然如故，却已经不再属于有三和冬平，许许多多的新生已经占领了那些曾经属于有三和冬平的位置，冬平似乎没有必要再回到这里来，现在有三只剩下最后一个地方可以寻找冬平了，那就是冬平的单位，可是，当有三到达冬平单位的时候，单位已经下班，有三打听了半天，留在单位值班的人中，没有谁知道今天单位里是不是有一个新分配来的大学生，很久，他们说，我们单位大，几乎每天都有新来的人，他们说。

天色渐渐地晚下来，有三终于回到了东门外的小巷，巷子很窄，有三怕撞着人，下了车，推着，在巷子里慢慢地走，有三不知道自己回到住处以后该怎么办，冬平把一个很大的陌生的空间留给他一个人，他有些不知所措。

巷子里有人从有三身边走过，手里拿着几块月饼，有三心里忽然一动，这才想起，今天正是农历八月十五，有三抬头看看天，天上有很多云，看不到月亮，也许过一会儿，月亮会出来。

有三有些失魂落魄地回到了自己的住处，院子里的邻居都在忙碌着，老太太朝有三看看，说："怎么到现在才下班？"

有三勉强笑了一下，穿过过道上楼去，旧木楼梯在他脚下吱嘎吱嘎响着，有三上了楼，才发现房间门开着，房间里已经开了灯，冬平从房间里探出头来，朝有三一笑，说："怎么到现在才回来？"

"你没有走？"有三一脚跨过去，差点撞到冬平身上，激动地说，"太好了，冬平，你没有走。"

冬平有些惊讶有些狐疑地看着有三，愣了半天，说："什么？"

有三同样惊讶而狐疑地看着冬平，说不出话来。

冬平让开一点，让有三看到他身后桌上的酒菜和月饼，冬平说：

"你忘记了吧,今天是八月十五,看这些,我下了班去买的。"

"你开什么玩笑?"有三有些气愤地拉住冬平的衣服,说,"你开什么玩笑,害我跑了一下午,到处找你。"

冬平完全不知道有三在说什么,瞪着有三。

"你给我打电话,"有三激动地指冬平说,"你给我打电话,在火车站打的,我听到了火车声音,不会假。"

"什么?"冬平看着有三,"什么,什么电话?"

"你在火车站给我打电话,说马上上火车。"有三说。

冬平的惊讶变成了愕然,脸涨得通红,结结巴巴地说:"我,我给你打电话?我什么时候给你打电话?"

"是的,"有三说,"你说你要回家。"

"我要回家?"冬平像是想笑却不敢笑的样子,顿了一下,说,"我为什么要回家,我刚刚才来,我怎么会回家?"

有三盯着冬平看了半天,"你没有打电话给我?"有三问。

"我没有,不信你可以去问我们单位的……"

有三突然摆了摆手,不要冬平往下说了。

冬平有些害怕似的,想看看有三的神态,又不怎么敢仔细看他,张着两手站在桌子边,一时不知怎么办才好,有三却笑了起来,说:"你记得今天是八月十五。"

冬平说:"记得。"

他们一起走到楼道的窗前,抬头看天,天上仍然多云,月亮还没有钻出来,楼下楼上,家家户户,都在过八月十五这个日子。

雨城命案

一

捕快贼出身，这是一句老话，冬瓜现在回想少年时代到城西桃园偷毛桃被看园狗追得屁滚尿流的情形还历历在目。小城总是下着雨，永远也不停，桃园的地上尽是泥，冬瓜在逃跑的时候把脚跟的泥一直甩到后脑勺。冬瓜从来没有被抓到过，冬瓜为此很自豪，爷爷敲打冬瓜的后脑勺，敲下些泥巴来，爷爷说，捕快贼出身，长大了当个警察吧。偷毛桃的冬瓜真的当上了警察，逢到冬瓜值夜班的时候，冬瓜无聊地东想西想，他总是要想到这一句老古话，冬瓜现在很威风地把小偷追得屁滚尿流，城西的桃园早已经不复存在，在那里已竖起了新的楼房，雨却从来没有停过，雨季来过一次又来一次，小城已经不知道什么是雨季，雨季早已经从一种暂时的现象变成了永恒的时间。冬瓜庆幸小城的雨水不断，看园狗追着冬瓜的泥脚印，一直追到街口，可是雨水把冬瓜的脚印冲刷了，冬瓜撩起窗帘看着看园狗失落而沮丧地叫了几声，然后返回桃园去，冬瓜身上开始痒痒，毛桃的细毛钻进冬瓜的皮肤，冬瓜挠着痒痒，他没有听到爷爷的动静，冬瓜轻手轻脚走到爷爷的窗下，冬瓜看到了一幅触目惊心的情形，冬瓜现在努力回忆那情形，可是冬瓜怎么也想不起来，冬瓜只是记得那一天奶奶不在家，奶奶到冬瓜的姑妈家去了，冬瓜记得奶奶临走时说，要是天一直下雨，她就不回来住，在姑妈家过一个晚上，冬瓜记得的只有这些，那个关键的情节，冬瓜再也记不起来，冬瓜不知道这算是阻挠性症结还是遮蔽性记忆，或者是别的什么遗忘，冬瓜在警校学过一些，但是冬瓜忘记了。

冬瓜高中毕业后考上警校，两年以后出来做了警察，冬瓜的女同学现在再见到冬瓜，看冬瓜身穿警服的样子她们都很惊讶，她们印象中的冬瓜一定不是现在这样子。冬瓜从前很喜欢高中同班的一个女生，可是人家并不喜欢他，一直到冬瓜做了警察以后，女生还是不理他，冬瓜只好作罢。冬瓜现在的女友叫钱红，是位护士小姐，长得小巧玲珑，眉清目秀，冬瓜值夜班的时候就想着她，冬瓜决定再过些时间就问她结婚的事情。

雨继续下着，值班室一片寂静，趴在桌子上睡着了的张科突然醒了，抬头看着冬瓜："什么？"

冬瓜说："什么？没什么呀。"

张科朝电话看看："不是电话？"

冬瓜："不是，继续做你的梦吧。"

张科看看表，又趴下了。

冬瓜听着外面的雨声，他看着张科的背，听着张科的呼吸，张科并不是真正的科长，他不过是副科级的警员，但是大家都叫他张科，冬瓜想张科已经待了十年，抓了罪犯无数，只还是个副科级的警员。不过冬瓜也只是想想而已，他并不为自己的前途担心，冬瓜从来不想前途啦，未来啦这些东西，局里老资格的警员太多，没有那么多的职位，张科且能想得通，冬瓜没有理由想不通。冬瓜继续回忆那个雨天他从桃园逃回来，看到的爷爷屋里的情形，可是冬瓜仍然想不起来，后来张科睡醒了，对冬瓜说："你睡一会儿。"

冬瓜很快就睡去。

张科把冬瓜叫醒的时候，天已经亮了，换班的人也已经来了，冬瓜知道这一夜平安，雨还在下，冬瓜和张科披上雨披，他们到车棚里推了自行车一起出来，张科说："冬瓜，回头见。"

冬瓜说："回头见。"

他们分头而去。

冬瓜回到家里，爷爷买早点还没有回来，冬瓜等不及吃早饭，倒头便睡，睡得迷迷糊糊之时，好像做了一个梦，梦见一群人跟着张科到南苑宾馆吃早茶，香气扑鼻，冬瓜使劲吸着鼻子，叫着："好香啊，好香啊！"正欲将点心往嘴里放，突然被一只手"啪"地一下打掉了，冬瓜很恼火，正要骂人，回头一看，却是钱红正在身后朝他笑，冬瓜也笑起来，冬瓜正笑着，突然被人叫醒了，睁眼一看，真是钱红来了，站在门口朝他笑，冬瓜抹了一下涎出来的口水，愣了一会儿。雨还在下着，冬瓜发现桌子上放着爷爷买回来的点心，散发出诱人的香味。

钱红说:"愣什么,还不起来。"

冬瓜看看墙上的钟:"我才睡下。"

钱红说:"求你点事情,跟我走,回来再睡。"

冬瓜爬起来,抓了点心一边吃一边跟在钱红后面出来,没有看到爷爷,冬瓜自言自语:"到哪里去了?"

钱红说:"说谁呀?"

冬瓜:"我爷爷。"

钱红说:"我进来时,他正好出去,说是到居委会去。"

冬瓜没再说什么,拿了雨披和钱红一起出来,走到院子,看到隔壁邻居老董送一个人出门返回来,冬瓜和老董打招呼:"老董,送客人呀?"

老董在报社当副刊主任,平时上门来的作者很多,老董也已经习以为常,老董说:"出去呀,冬瓜。"

冬瓜点点头:"忙吧?"

老董说:"忙,自从给海平发了文章以后,更忙了,来找的人更多。"

冬瓜说:"海平,就是那个外地打工的海平?"

老董说:"是呀,他写了文章,我给他改了,发了,并且介绍了一下作者的情况,大家都关心,刚刚来的人就是来打听海平的地址的。"

冬瓜说:"你也够呛。"说着和钱红一起推着自行车出大门,问道,"到哪里去?"

钱红:"到我们卫生所去。"

冬瓜停下来:"做什么?"

钱红说:"我们所长请的你。"

冬瓜:"我好大的面子。"

钱红哼了一声:"那是,你面子怎么能不大。"

冬瓜:"什么事?"

钱红:"真啰唆,走吧,走吧,到了再说。"

他们骑上自行车,穿着雨披不怎么好上车,钱红把车子骑得歪歪扭扭,冬瓜骂了一句:"倒头雨,下不停。"

钱红没听清冬瓜说什么,回头看他,车龙头一歪,差一点撞了一位老太太,老太太仔细把自己的周身看了看,又看了看手里的菜篮,实在看不出什么,嘀嘀咕咕地走了。

冬瓜和钱红一起到了街道卫生所,他们直接走到所长办公室,摘下雨披,用手撑着,雨水顺着雨披的下摆往地上滴,所长看到冬瓜来,连忙上前握住冬瓜的一只手摇了又摇,冬瓜另一只手撑着雨披,他看看自己的手里全是水,冬瓜说:"这雨下得……"

所长点着头说:"是的,是的,下着雨,我最怕下雨,一下雨我就……"

冬瓜不明白所长说的什么,回头看看钱红,钱红朝他做了个鬼脸。

所长继续说:"雨下起来没完,我……"他看到冬瓜和钱红把雨披一直撑在手里,说,"来来,把雨披挂在这里。"

冬瓜和钱红挂好雨披,冬瓜说:"所长,找我有事?"

所长走到自己办公室门口,朝外张望了一下,回进来,轻声说:"有件事情想请你出出主意,我们卫生所的药,常常少……"

冬瓜:"有人偷药?"

所长:"不敢下结论,但是药少了是真的。"

冬瓜:"少了多少,多少价值?"

所长:"早就开始少药了,我有心做了些记录,每次少的量不多,但是次数很频繁,总数加起来就比较多了……"

冬瓜说:"胆子也够大,就在派出所的眼皮底下,也敢偷。"

所长说:"现在的,真是的,什么都偷,从前说杀人场上,自有偷刀贼,现在真有这样的事情。"

冬瓜:"你有没有报派出所?"

所长:"要是报派出所,就不请你来了。"

冬瓜:"如果有一定数量,你们还是报派出所的好。"

所长神秘地压低嗓音:"我怀疑是内贼,所以没有声张,这事情只有我和钱红两个人知道。"

冬瓜朝钱红看看,钱红很得意地笑了一下,冬瓜心想,你以为只有两个人知道是好事儿?冬瓜说:"所长的意思,让我……"

所长点点头:"请你来看看现场,能不能看出些破绽来。"

冬瓜咧了一下嘴,把我当福尔摩斯呢,冬瓜说:"少的什么药?"

所长:"大都是镇静、安眠药类。"

冬瓜:"偷那些药做什么,安眠药一次又不能吃多,吃多了要老命的,偷多少安眠药做什么,别的药不少?"

所长:"基本上不少。"

冬瓜想了一想,说:"我看看现场。"

所长指指自己办公室的一只柜子:"药就放在我这里,就是在我这里偷了去的。"

冬瓜走到柜子前看看,心想,我这装得什么样。他假模假式地看看窗户，又量了一下从窗口到药柜的距离，所长和钱红看着他动作，所长一脸的崇拜。

冬瓜做了这些，摇了摇头，说："有没有外人进出？"

所长想了想："基本上没有什么外人，病人不许进来。"

钱红说："怎么没有，外地来打工的人也能进你的办公室，那不是外人？"

所长说："那也不算外人，是我们的职工，哪怕是临时工，也是我们的人。"

钱红哼了一声，不说话了。

冬瓜说："你发现少了药，没有加强防范？"

所长说："哪防得了，老话说，只有一夜做贼，没有一夜防贼。"

冬瓜重新又走到窗前，这一回他推开窗户，朝外面看看，回头说："外面就是泥地，天又老是在下雨，要是从窗户里进来，会留下脚印，带泥的脚印。"

所长说："是下雨，一直下雨，雨下起来就没完……"

冬瓜注意到所长说别的事情时都很正常，一说到下雨所长的脸色就有些不对头，冬瓜看不出哪里不对头，反正所长能把关于雨的话题一直延续下去，所长说："下雨的时候我就，我就，我总是，我总是……"

冬瓜问："你有没有看到过脚印？"

所长的话题从雨上收了回来，说："没有脚印，从来没有发现有泥脚印。"

冬瓜说："那就不是从窗户进来的，是从门进来的。"

所长说："所以我说是内贼。"

冬瓜又过去看看门,说:"门也没有被撬的痕迹,是用钥匙开进来的。"

所长气愤地说:"竟然还配了钥匙。"

钱红也说:"现在的人胆子大。"

冬瓜打了一个瞌睡,困意袭拢着他,冬瓜说:"情况我已经明白了,我回去好好想一想,也可能还要来两次。"

所长说:"谢谢了,这事情就拜托你了,我也不去和派出所啰唆。"

冬瓜说:"也行。"

所长将冬瓜送出门,钱红跟在一边,等所长进去以后,钱红说:"喂,冬瓜,我的事情怎么说?"

冬瓜看了她一眼,说:"什么事情?是你调工作的事情?"

钱红:"除了这,还能有别的?"

冬瓜说:"调工作也不是一时的事儿,很难呐,再说,我看你在这里待着也挺好,所长也很信任你么。"

钱红哼一声:"我不稀罕他的信任,一天到晚神神道道的,不知在想些什么。"

冬瓜说:"他怎么说到雨就打抖?"

钱红说:"抖了吗?我怎么没注意到?"

冬瓜说:"你看不出的,我看得出,他的心在抖。"

钱红很不以为然地说:"像真的似的,真以为自己是福尔摩斯了。"

冬瓜笑了,说:"少药的事,你怎么看?"

钱红扑哧一笑:"我怎么看,我又不是警察,我能怎么看,看你的啦。"

冬瓜："看你说的，我吃饱了撑的，少了几片安眠药还来找我，你做得出。"

钱红说："我也是被所长盯得没办法。"

冬瓜皱皱眉头："有这么个所长也够呛。"

钱红说："不光所长够呛，这地方人人够呛，忙得要命……"

冬瓜说："还忙呀，不是来了一大批外来工吗，我看你们是比以前好多了，不要身在福中不知福。"

钱红说："轮到你来教训我。"

冬瓜说："不敢，我……"他话说了一半，看到外地来打工的女孩子红袖抱着一大堆脏被单过来，冬瓜冲她一笑。

红袖看冬瓜和钱红站在一起，脸有些红，不好意思地笑了。

冬瓜说："抱那么多被单，不怕闪了腰呀。"

红袖说："不碍，做惯了的。"

冬瓜说："下着雨，洗这么多被单怎么干呀？"

红袖说："烘干。"

冬瓜说："够烦人的，这雨怎么总是不停。"

红袖眼睛里有些害怕的样子，她张了张嘴，好像想说什么，却没有说出来。

冬瓜说："你们那里，没这么多雨吧？"

红袖的害怕变成了恐惧，她连连摇头："没有，没有，我们那儿不常下雨的，这地方的雨……"她没有把话说完就走开了，红袖从冬瓜身边过去，冬瓜闻到她身上的药味。

钱红推了他一把："眼发直啦！"

冬瓜笑起来。

钱红说:"弄一大帮外地丫头,医院热闹着呢。"

冬瓜说:"谁让你们这些本地人都不想干呢。"

钱红说:"你怎么说,不想帮我的忙是不是?"

冬瓜看钱红有些生气,连忙说:"没有的话,我正托着人,很快有回音,你耐心等着。"

钱红说:"我可是告诉你,不调工作,你别开口提那事。"

冬瓜有数她说的是什么事,冬瓜又开始犯困,他打了个大大的呵欠:"我困死了,我回去睡了。"

他们一起出来,看到雨还在下着,才想起雨披没带出来,冬瓜返回所长办公室拿雨披,推门时把所长吓了一跳,所长正趴在桌上写什么,看到冬瓜,所长的脸有点儿变色,他用一本书把写着字的纸头盖了起来,说:"你,你怎么又……"

冬瓜指指雨披。

所长长叹一声:"雨……"

冬瓜拿下雨披出来,钱红已经走开了。

冬瓜骑着车子回去,还是没见到爷爷,他倒头又睡,再次醒来,冬瓜看看表,已经是下午三点多了,冬瓜想起和张科约好下午去提审一个犯人的,时间已经过了,冬瓜一下跳了起来,到外间看到爷爷坐着,问道:"有没有我的电话?"

爷爷摇摇头。

冬瓜指指自己腰间的BP机,又问:"你听到我的BP机响了吗?"

爷爷又摇摇头。

冬瓜不怎么相信:"真的没有?"

爷爷说："你怀疑我贪污你的电话？"

冬瓜笑笑，走出去到小店的公用电话去呼叫张科，他叫了两回，等了半天，也没等到张科的回电，他又呼了一回，再等，还是不回话，雨被风吹着斜打过来，打了他一身湿，冬瓜回家去匆匆吃了一碗饭，在爷爷不屑的目光中，他抓起雨披又骑车到张科家去。

冬瓜敲开了张科家的门，是张科的丈母娘来开的门，老太太一见冬瓜带了一身水要进屋，气哼哼地说："你注意点，本来这屋子就够潮的，你还把水洒进来。"

冬瓜退了一步。

老太太说："你来做什么，张忙人不在。"

张科的丈母娘管张科叫张忙人这大家知道，开始的时候大家还笑话张科，时间长了也不觉得有什么可笑了，冬瓜朝屋里看看，说："您知道他上哪儿了？"

张科的丈母娘没好气地说："他能上哪儿？"

冬瓜心领神会："上局里了。"

老太太看冬瓜要走，说道："你告诉张忙人，今天小孩子学校开家长会，四点半，他老婆没有空，叫他去！"

冬瓜说："好，我一定告诉他。"

冬瓜走开的时候，听到老太太在背后说："雨要下死人了。"

冬瓜一路上反复体味着这句话，这话算什么意思，不符合逻辑，雨怎么下死人呢。

二

冬瓜急匆匆赶到局里，张科果然在局里，一见到他，说："呼你怎么不回话？"

冬瓜说："天地良心，我没有听到呼，一定是我爷爷，听到了不叫我，真的，我……"

张科摆摆手，不让冬瓜再说："准备走，有案子了。"

冬瓜说："什么？"

张科看看另外两个警员，小王说："长宁街道卫生所的所长自杀。"

冬瓜吓了一跳："谁？长宁街道？卫生所刘所长？"

张科看看冬瓜："是姓刘，你认识？"

冬瓜有点儿心虚："就是钱红他们单位的……怎么可能，不可能的……"

张科说："你什么意思？"

冬瓜说："上午我还在他们卫生所……"冬瓜把事情说了，张科记下来。

冬瓜问小王："怎么？已经确定是自杀？"

小王说："有遗书，不过家属坚持认为不是自杀，要求立案侦查。"

冬瓜问："死因？"

小王："割腕。"

冬瓜浑身起了一层鸡皮疙瘩，外面的雨声滴答滴答，冬瓜想象所长的手腕的血也是这么滴答滴答的，冬瓜继续问："遗书说的什么？"

小王："是他自己要死的，和任何人无关。"

冬瓜说："就这两句？"

小王点点头。

张科看着冬瓜问："你上午去的时候，有没有发现有什么不正常的地方？"

冬瓜努力回忆。

张科说："少了一些安眠药，怎么会叫你去呢，这是不是他的安排？"

冬瓜说："什么安排？自杀的安排……"冬瓜说着想起些事情来，他说，"要说不正常，在提供失窃药品方面倒没什么不正常，奇怪的是只要一提到下雨他就有些异常……"

张科问："什么异常？"

冬瓜歪着头想了一会儿："我也说不清什么不正常，我还和钱红开玩笑，说一提到下雨，所长的心就在抖。"

张科说："这是你的感觉，钱红怎么说？"

冬瓜说："钱红没有这种感觉，她只说所长一天到晚神神道道的，别的也没有说什么。"

张科说："还有别的什么，你再想想。"

冬瓜说："好事叫我给碰上了，尸体呢？"

小王说："正解剖。"

冬瓜点点头，他想象所长的尸体躺在停尸床上的情形，冬瓜想，叫钱红来看看，钱红一准会晕过去，还有那个红袖，也会害怕的，冬瓜心里突然跳了一下，好像有一种什么东西触动了他，冬瓜想到在卫生所不仅所长对雨特别敏感，还有红袖……冬瓜想到红袖恐惧的眼神，冬瓜心里充满怜悯和同情，一个远方的女孩子，从不下雨的家乡来到这雨水不断的地方，她一定很孤独。冬瓜想，张科的丈母娘说，雨要下死人，难道真的？

张科整理了一些材料，站起来说："走，我们到现场去。"

张科带着小王和冬瓜一起来到卫生所长家。

所长家正闹着，大哭小叫，见到张科和冬瓜他们，一家一齐扑了过来，像是要向警察讨还所长似的。

张科把所长的妻子拉到一边，说："人已经死了，你们一定要镇定，你们坚持认为不是自杀，现在我们来查案子，你们这样闹，我们怎么查？"

所长的妻子抹了一把眼睛，说："本来我中午是不回来的，雨这么大，我不方便回来，但是今天中午我在单位食堂吃饭的时候，就觉得不对劲，我听到有个人在我耳边说，你快回去，你男人出事情了，我心里慌，放下碗就奔回来，我连雨披也没有带，淋了一身湿，我推开院门就看到他躺在院子里，我以为他犯了什么病，我怎么想得到他死了，我看他没有声息，我连忙去推他，可是怎么推也不动，我这才看到一把刮胡子的刀，我没有看见血，真的，血都被雨水冲了……好好的，怎么会去死，我不相信他是自杀的，他的遗书一定是别人写的……"

张科说："但经过鉴定，这是他的字。"

冬瓜突然想到上午他回所长办公室拿雨披的时候，所长慌慌张张地写着什么，难道他正在写着遗书？冬瓜有些发愣。

所长妻子哭着说:"我不管是谁的笔迹,反正他是不会自杀的。"

张科在屋里看了看,又出来到院子里看,雨还在下着,张科的身上被雨淋湿了,冬瓜说:"张科,雨。"

张科点点头。

所长妻子撑开一把伞,张科感激地看了她一眼。

张科看过院子,对冬瓜和小王说:"我们到卫生所去。"

他们在路上对所长案情进行了分析,为情,为财,为仇,人类的自杀和他杀,大凡逃不过这三类,所长究竟是为什么而死呢?冬瓜抹着脸上的雨水,恨恨地想,总不会为雨而死吧。

卫生院里人心惶惶,一个病人也没有,医护人员三五成群议论着所长的死,潮湿的走廊阴森森的,没有人走动,街道的主任和书记都在场,等候着张科他们,张科等人走进去的时候,各个门诊室里都有人朝他们看,但是没有说话的声音,钱红看到冬瓜,一脸的痛苦,冬瓜紧紧跟着张科,他们一同走进所长办公室。

钱红跟了过来,站在门口朝冬瓜招手,冬瓜只当不见,街道主任不知道钱红和冬瓜的关系,要赶钱红走,张科说:"冬瓜,你去一下。"

冬瓜出来,他们站在阴森森的走廊上,冬瓜对钱红说:"我在工作,破案子。"

钱红说:"我早跟你说,所长神神道道的,这地方我是不能再待了。"

冬瓜说:"死人的事情是经常发生的,再说你这是医院,又不是宾馆,死个把人还能吓着做医生护士的?"

钱红说:"我不和你说笑,我真的要走,这地方太怕人,你不替我调工作，我就辞职了。"

冬瓜说："钱红，怎么样，帮我们破案得了。"

钱红说："你走开。"

冬瓜说："说真的，有些事情还要问问你，你说说你们所长怎么神神道道？"

钱红说："我说不出。"

冬瓜说："只是一种感觉？"

钱红说："是。"

冬瓜说："他有仇人？或者经济上……"

钱红瞪了他一眼："你问我？我问谁？"

冬瓜并不和她计较，只是说："钱红，你想想，上午把我叫来，什么意思？"

钱红说："我怎么知道，一想起来心里就不踏实。"

冬瓜说："少药的事情，你们以前知道不知道？"

钱红说："早就知道，少药是真的，护士长她们都知道，只是没当回事情。"

冬瓜道："所长让你叫我来，是什么时候跟你说的？"

钱红想了想，"说了有几天了，我一直拖着，我不想叫你来，又老是下雨，不方便……"

他们正说着话，红袖走过来，冬瓜说："红袖你好。"

红袖听到冬瓜的声音，吓得浑身一抖，手里的盆子咣当一下掉在地上，响声震动了整个卫生所。

红袖站在走廊上不知所措。

冬瓜说："对不起，吓着你了。"

红袖说不出话来,只是愣愣地站着。

钱红说:"你帮她捡呀。"

红袖连忙蹲下去,捡盆子里的东西。

小王过来说:"冬瓜,张科让你进去。"

冬瓜如获大释,跟着小王进了办公室。

局里的电话已经追到了,验尸报告出来了,死者曾服用大量安眠药,致死原因比较复杂,有待进一步验证。

安眠药和割腕双管齐下,如果是一个自杀者,那么他死的决心看起来是很大的了,如果是他杀,割腕也许是一个假象,到目前为止,谁也不能下结论,所长的死是自杀还是他杀。

张科腰间的中文显示的BP机响了起来,冬瓜和小王探过头去看,看到上面写着:妻死,速归。

张科脸通红。

冬瓜想起老太太说过的开家长会的事情,现在再说已经迟了,干脆不说,小王看看张科,说:"会不会真有事情,你回去看看。"

张科摇摇头:"经常来这一套的,不会有事情,我们回局里,先汇报一下再说。"

回去的路上,张科一直心神不宁,车子经过离他家不远的一条街,小王又说:"张科,你去看一看,车子绕一下,不碍。"

张科看看冬瓜:"冬瓜,你替我跑一趟,看看有什么事,我去了就给缠上了。"

冬瓜勉强地说:"好吧。"下了车,也没有雨具,淋着雨直往张科家去。

张科家果然出了一点事情,老太太去学校参加家长会,路上滑,摔了一跤，把腿骨摔断了，冬瓜到的时候，已经从医院回来了，绑着石膏，正嚷着要方便，张科的妻子忙着给老太太塞痰盂，老太太却又尿不出来，张科的妻子拖不动老太太，冬瓜看着想上前帮一把，谁知老太太却说："你走开，男女有别。"

冬瓜哭笑不得，站在一边，不知怎么办。

张科的妻子回头看看冬瓜，说："是他叫你来的？"

冬瓜连忙说："出了命案，正忙着，走不开，实在走不开。"

老太太在床上哼哼："倒头的雨，下不完了，要没这雨，我也摔不了，倒头的雨，下不完了……"

张科的妻子对冬瓜说："你去跟他说，说他老婆死了。"

冬瓜陪着笑："嫂子，张科的中文显示机上已经显出来了。"

张科的妻子绷着脸："显出来他也不回来，在他心里，我这老婆比不上一个死人。"

冬瓜继续往脸上堆笑："哪能呢，张科在我们局里，是协会主席呢。"

张科的妻子问："什么主席？"

冬瓜笑："怕妻协会呀。"

张科的妻子仍然绷着脸："你去跟他说，下一次的命案就是他来破我的死因了。"

冬瓜拍拍胸："嫂子，我胆小，你可别吓我，我走了，我叫张科回来。"

冬瓜开溜的时候，听到老太太在床上痛苦地说："雨要下死人了。"

冬瓜想，雨下得死人吗？也许真能。

冬瓜一路小跑过来，车子还等着他，上了车，车就开动，张科焦急地等着冬瓜说话，冬瓜却不说，小王先忍不住，说："冬瓜，有事没有？"

冬瓜说："老太太摔了，骨折了。"

张科长叹一声，双手抱着头。

冬瓜说："没事，老太太情绪挺好的，你太太也没有多说什么，只是让我关心你一点，别让你吃了上顿没下顿。"

张科苦笑。

车子很快回到局里，分局副局长正等着听汇报，张科简单地说了一下，副局长指示他们尽快把案子的性质定下来。

自杀？

他杀？

冬瓜看着张科愁苦的脸，冬瓜回想上午和所长谈话的情形，冬瓜恨不得把所长从停尸床上拖起来问问他。

"你是自杀还是他杀？"

冬瓜注意到副局长也是心事重重的样子，副局长走到门口，停了一下，回头对送他的张科说："割腕致死能成立吗？"

张科说："现在还不好说，没有见到血水，血水都被雨水冲了。"

副局长抬头看看天，长叹一声："雨，不想停了。"

冬瓜想，大家都很在乎雨，这是为什么，连副局长也被雨弄得没精神。

雨滴滴答答地下着，冬瓜听到另外两个同行在说，失窃案也多起来，雨夜人的警惕性低，雨夜人好睡。

三

中午冬瓜坐在走廊上吃饭，他看着雨水不停地落下来，打在院子的地上，院子里的积水排得很慢，但是仍然能跟上雨水落下来的速度，不至于造成积水，雨城的雨总是不断，但也总是下不大。冬瓜吃着饭，他又回想起少年时代到城西桃园偷毛桃时的情形，冬瓜被看园狗追得像条狗一样地喘着气逃回来，雨水冲刷了冬瓜的泥脚印，冬瓜又看到看园狗失落地返回去的身影，冬瓜努力回忆那一天在窗户里看到的爷爷屋里的触目惊心的事情，冬瓜永远也想不起来了，冬瓜很失望，但是他也永远不放弃他的努力。爷爷正在屋里听天气预报，天气预报说，明天有小雨，爷爷平静地说，雨下不停了。

有一个人走进了院子，冬瓜看出他不像本地人，冬瓜说："你找谁？"

来人说："我找报社的董主任，是住这儿吗？"

冬瓜说："是。"他指指老董的屋子，又说，"不过，这时候他家里没有人，老董不在。"

来人犹豫了一下。

冬瓜说："你找老董什么事？"

来人说："我到过报社，老董不在，说他回来了。"

冬瓜说："老董中午不回来吃。"

来人叹息一声。

冬瓜说："你有急事？"

来人摇了摇头："急事也说不上，有篇稿子，想交给他，可是找了几天没见他的人。"他说着从口袋里拿出一篇稿子,自己看着。

冬瓜说:"你要信得过,放我这儿,我给你转交。"

来人又犹豫了一下,把稿子交给冬瓜,冬瓜看稿子的题目,《他乡的雨》,冬瓜想,又是雨,他抬头看看来人,又看看文章的署名,冬瓜笑起来:"你就是海平?"

海平也笑了一下:"我是。"

冬瓜说:"你现在名气很大了。"

海平说:"没有,没有什么,我只在董主任的帮助下,发了几篇散文随笔,都是写我们外地民工在这里生活的一些感受。"

冬瓜指指《他乡的雨》:"这也是你们外地人对我们这城市的感受?"

海平点点头:"是的,雨怎么这么多,我们那里,不怎么下雨,到这里来最强烈的感受就是雨。"

冬瓜摇着头:"完了,完了,我们这地方……"

海平说:"你们对这雨大概已经习惯了,我们外地人,实在是,实在是……"他好像在选择用词,一时不知怎么说才好。

冬瓜说:"你们是不是觉得难以忍受?"

海平点点头:"是有一点,这雨下得,总让人觉得要出什么事情似的。"

冬瓜说:"这是你文人的敏感。"

海平说:"我不是文人,不过我确实是比较敏感,你是警察是吧?"

冬瓜说:"这你也能敏感出来?"

海平笑了:"那倒不是,是老董给我讲过的。"

冬瓜有点儿兴趣："老董怎么说我的？"

海平说："说你小时候到城西桃园偷毛桃，被看园狗追得屁滚尿流。"

冬瓜"啊哈"一声。

海平继续说："和我小时候一样，我小时候也是，偷西瓜，偷玉米，偷红薯，多着呢。"

冬瓜说："被狗追过吗？"

海平说："追过，怎么不追。"

冬瓜晃晃海平的文章，说："《他乡的雨》，我看看可以吗？"

海平说："当然，请你指教。"

冬瓜又"啊哈"一声："也来这一套。"

冬瓜正要看海平的文章，突然BP机响了，一看，是张科呼他，赶忙到小店里给张科挂电话，张科告诉冬瓜，长宁街道卫生所来报告，昨天夜里抓到一个偷药贼，张科他们正在了解偷药的事情和所长之死有没有关系，让冬瓜吃了饭就到局里去，冬瓜想问一问偷药的是什么人，张科好像很忙，已经把电话挂了，冬瓜回过身来，向海平打个招呼，海平说："我也走人。"

两人一起出来，冬瓜推着自行车，海平没有车子，走在冬瓜一侧，冬瓜说："干我们这一行的，越忙越乱，越忙越赔钱，越忙错误犯得越多……"

海平点头说："但又不能不忙。"

冬瓜说："你能理解。"

海平和冬瓜在路口分手，一个朝东一个朝西走散了。

冬瓜赶到局里，张科正在向小王他们说什么，见了冬瓜，张科说:"有个外地来的临时工,女的……"

冬瓜说:"什么?"

张科说:"卫生所偷药的,是个外地女工,叫红袖。"

冬瓜脱口而出:"红袖?怎么会?"

张科说:"你是不是认识她?"

冬瓜有些尴尬,说:"也不能算是认识,钱红他们一个单位的,我去卫生所时见过几面,蛮好的一个姑娘。"

小王说:"怎么,长得不错是吧。"

冬瓜说:"那当然,水灵灵的。"

小王说:"你不怕钱红吃醋?"

冬瓜说:"她吃的哪门子醋,轮得着她吗?"

小王笑,指着冬瓜的嘴:"煮熟的鸭子。"

张科打断他们,说:"好了,我们去。"

冬瓜说:"到街道卫生所?"

小王:"那你说到哪里?"

三个人开着一辆三人摩托到了街道卫生所,红袖已经被看住了,正抹眼泪,看到冬瓜他们进去,红袖突然说:"是我杀的他,是我杀的他……"

张科和冬瓜他们吃了一大惊,本来准备好的一串问话,统统不管用了,连久经沙场的张科也愣了一会儿。

红袖继续抹着眼泪说:"他对我不怀好意,他一直想对我动坏脑筋……"

冬瓜有些发急:"只是想动坏脑筋?你要说清楚,到底是他对你怎么了……他有没有……"

张科不满地看了冬瓜一眼，冬瓜不说了。

钱红在窗户里探了一下头，冬瓜看见了，但他只作不见，钱红轻轻地敲打窗户，张科皱了皱眉头，卫生所的领导出去把钱红赶走了，冬瓜朝窗户看看，再也没有钱红的影子。

张科问红袖："你说是你杀了所长，你说说作案经过。"

红袖抬起泪眼，茫然地看着张科，她又看看冬瓜，但很快将眼光移开了。

张科又说了一遍。

红袖好像没有听明白，她不回答。

小王说："让你说说你怎么杀死所长的。"

红袖突然浑身抖了一下，说："我杀死所长，我怎么会杀死所长，我怎么杀得死他……"

张科和冬瓜他们面面相觑，过了一会儿，张科说："既然这样，回局里说吧。"

张科和小王带着红袖开着三人摩托走了，冬瓜留下来继续摸情况。

冬瓜向卫生所的领导和一些职工打听了一些红袖的事情，后来他看到钱红一脸怒气走来，冬瓜连忙上前，露出一脸紧张："钱红，快把你的自行车借我用用！"

钱红张着嘴，愣了，一只手却不由自主地去摸自行车钥匙。

冬瓜拿了钥匙赶紧开溜，回到局里，不见张科，只小王一人坐在那里打瞌睡，冬瓜连忙推醒小王，问道："红袖怎么样？"

小王说："果然关心着。"

冬瓜说："开什么玩笑？"

小王脸色有些奇怪,说:"说不清楚,前言不搭后语的,漏洞百出。"

冬瓜说:"我想也是,她那样子,怎么能杀得了所长……"

小王:"她甚至不知道所长是死在家里的,她说她在所里值夜班的时候杀了所长……"

冬瓜脸上浮起疑云,指指自己的头,说:"是不是这里面有问题?"

小王小心地摇摇头:"你可别乱说,张科为这事情犯愁呢,上面催得紧,好不容易抓个送上门来的,你可别自找没趣,有没有问题,会作精神鉴定的,轮到你说?"

冬瓜说:"那是,轮不到我说。"

小王说:"张科来了,你看那脸,小心。"

冬瓜闭了嘴。

张科坐在冬瓜对面,等了好一会儿,不见冬瓜开口,张科说:"怎么,冬瓜,一句没有?"

冬瓜说:"有,有,所里的人反映,红袖平时还比较正常,但一到下雨的时候就流眼泪,大家认为她是想家,这一阵不得了,天天下雨……"

张科:"她天天哭?"

冬瓜:"那倒不是,但是总之一下起雨来,红袖就不对头,外乡人,他们那地方没这么多雨,怕是被我们的雨吓坏了。"冬瓜突然想起外地打工的海平写的《他乡的雨》,冬瓜想,我有空一定得把这文章看一看。

张科有些生气:"冬瓜,这是在破案,你开什么玩笑?"

冬瓜说："我没有开玩笑，这是卫生所的人说的。"

张科说："是不是你们钱红说的。"

冬瓜说："天地良心，我连钱红的面也没见着。"

张科："那你骑谁的车子回来的？"

冬瓜无话可说。

张科说："还有什么情况？"

冬瓜说："有，有，从红袖房间里发现许多安眠药，看来所长说的安眠药失窃并不是假的。"

小王说："她偷那么多安眠药做什么，她自己吃？"

冬瓜说："没有，从失窃的数量和从红袖房间里发现的药看，基本上差不多，红袖偷了药就一直放在自己宿舍。"

小王说："奇怪。"

张科想了一会儿，慢慢地说："要和精神科医生联系一下。"他看看墙上的钟，已经是下午六点多了，张科说，"好了，你们都回去吧，我直接到医院去。"

冬瓜说："让我们去吧。"

张科摇摇头。

冬瓜说："不放心我们。"

张科说："是的，不放心你们。"

冬瓜和小王互相笑笑，冬瓜说："开路啰。"

出来推着钱红的红色女车，小王跟在后面直笑，冬瓜突然停下来，问小王："红袖怎么办？"

小王说："你说怎么办？"

冬瓜说不出来，只得回家去。

四

太阳出来了,大家欢欣鼓舞,可是没一会儿,太阳又躲起来了。终究还是雨。

终于连冬瓜也叹息起来。冬瓜说:"我们也受不了了。"

钱红突然奔进来,浑身湿淋淋的,头发都趴在脑门子上,脸上不知是眼泪还是雨水,狼狈不堪,冬瓜连忙上前:"钱红,怎么这样子?"

钱红哭起来。

冬瓜说:"哭什么,说呀,说呀,什么事?"

钱红哽咽着说:"早晨出去明明是好天气,太阳也出来了,我就没带伞,谁知才走了几步,就下起雨来,淋得我这样子……"

冬瓜说:"淋就淋了,哭什么。"

钱红说:"你知道我今天去报考公关小姐,偏偏碰上雨。"

冬瓜说:"就因为淋湿了你就没去?"

钱红:"这样子我能去吗?"

冬瓜看看钱红的样子,他想象钱红要是这样子去报考那情形一定很有趣,冬瓜不由笑出声来。

钱红愤怒地看着他。

冬瓜忍住笑,说:"其实你应该去,主要是考你的才能,样子虽然也重要,但是雨淋了你,又不是你长得不好。"

钱红说:"你有勇气,我可没勇气,这样子去报考,不被人笑掉大牙。"

冬瓜说:"那好,擦擦干,重新梳梳头,再去就是。"

钱红又流下眼泪:"迟了,已经失去机会了。"

爷爷走了出来,说:"你们进来说好不好,淋着雨舒服呀?"

冬瓜这才发现,他竟然和钱红就站在院子里说话,自己也和钱红一样淋得透湿,冬瓜说:"这下好了,和你一样淋湿了,你心理可以平衡些了吧。"

钱红扑哧一声笑了:"去你的,谁和你一样。"

冬瓜把钱红拉进屋里,拿出干毛巾让她擦,冬瓜看她擦脸的样子,突然想起红袖来,冬瓜说:"钱红,所里的人对红袖怎么看?"

钱红不高兴:"怎么看,有毛病。"

冬瓜说:"你说得可能有道理,红袖很可能有毛病。"

钱红说:"她有没有毛病,关我什么事。"

他们正说着话,外面有人喊冬瓜,冬瓜出来一看,是老同学长脚来了,奇怪地说:"长脚,你怎么来了?"

长脚说:"你装什么蒜,你爷爷让我来给你们捉漏。"

冬瓜摸摸脑袋。

长脚说:"有你的,家里漏雨,你居然不知道,你爷爷有你这样的孙子,真是孙子了。"

冬瓜不好意思地咧嘴笑。

长脚说:"你大忙人。"

冬瓜说:"是忙呀,没有办法,别人的活,越忙越出活,越忙越挣钱,越忙越有价值,我们这一行,越忙还越赔钱,越忙还越说你错的多,对的少,你说说。"

长脚搭起梯子,站在梯子上对钱红说:"钱红,跟我走,跟他,你没戏。"

钱红笑。

冬瓜说："长脚,你说话注意政策。"

长脚说："怎么,我说得不对?钱红,我告诉你,这人你是守不住的,她更爱的是罪犯而不是老婆,冬瓜,你说是不是?"

冬瓜说："有你这样挑拨离间的。"

长脚说："这是事实,不是挑拨,钱红,你说。"

钱红只是笑。

长脚往上爬,爷爷在下面说："小心些,当心滑。"

冬瓜说："让他摔下来才好。"

长脚说："钱红,你看看,他对朋友对亲人多狠心,对罪犯可是够仁慈的,我亲眼见过……"

钱红笑着说："我知道,尤其是对女罪犯,长得漂亮些的女罪犯。"

长脚高兴得直跳,把屋顶的瓦踩得吱嘎响,长脚说："好,好,钱红已经看透了你的本质。"

冬瓜说："我的本质可是透心红的,要不能当警察?"

长脚说："得了吧你,偷毛桃那时,你可是个透心黑,要不是雨下得厉害,你还不是看园狗的嘴下败将。"

冬瓜说："妙就妙在有雨么,要不我也不能去偷毛桃呀。"

长脚说："照你这么说,这雨还真通人性呢。"

钱红说："那是,通贼性。"

冬瓜说："你们倒别以为这是笑话,真有这道理,这些日子雨下得多,失窃案也多,有伤风化的通奸案也多。"

钱红说:"去你!"

冬瓜赌咒发誓。

长脚说:"那你更忙啦,又要捉贼又要捉奸。"

冬瓜说:"贼是要捉的,上错床的事情我们不管。"

钱红红了脸,很尴尬。

长脚说:"钱红,你看看,说话有多粗鲁,你还是早早地跟他拜拜。"

冬瓜说:"钱红正是听我的粗话听出瘾来,才跟我的,是吧。"

钱红说:"谁跟你?"

冬瓜他们说着话,长脚在屋上捉漏,冬瓜突然想起一件事情来,一拍脑袋:"不好,重要事情忘记了,我们头的丈母娘骨折了,自己不敢回去,叫我去帮他的忙,我倒忘了。"

钱红说:"是谁?你们那张科?"

冬瓜说:"是张科,苦兮兮的,我得走了。"

钱红叫住他,说:"我报考的事情泡汤了,都怪雨,调动的事情还得缠住你,你不能怨我,是雨不好,没有这雨,我说不定就考上了。"

冬瓜说:"那是,没有这雨,你一定考上。"心里却想着,都怨这倒霉的雨,要没有这雨,让你去了才好,你才知道自己有几斤几两呢,想是这么想着,嘴上却是万万不敢说的,脸上堆着笑对钱红挥手,走了。

冬瓜扔下钱红和长脚自己到张科家去,到了门口就听得里边很热闹,进门一看,一群半大的孩子正在给张科家帮忙做事,叽叽喳喳,冬瓜一看没他的事,赶紧想走,张科的妻子说:"你慢走,你给我带个信给他,让他别再回来了,我家里的事有人帮着,这些孩子,是我的学生,现在的人连孩子都不如。"

冬瓜说:"是,是连孩子都不如,我转告张科。"

冬瓜出来,到公用电话亭呼了张科,张科回电说在精神病院,让冬瓜赶去。冬瓜估计是红袖的诊断结果出来了,连忙赶往精神病院去。

冬瓜正在病院问询处打听,忽然看到那个写文章的海平也在,冬瓜说:"是你,你来看谁?"

海平说:"我来看红袖,她和我是同乡,我的《他乡的雨》其实就是写的红袖对雨的感觉。"

冬瓜说:"红袖对雨怎么啦?红袖……"

海平说:"我们先进去看看她再说吧。"

他们一起进了住院科,张科正等着冬瓜,看到冬瓜还带了一个人,觉得奇怪,冬瓜说:"这是海平,就是在报纸上写文章的那个外地民工,他和红袖是同乡,知道一些红袖的情况。"

张科点点头,示意他们坐下,冬瓜迫不及待地问:"红袖的诊断结果出来了?"

张科点点头:"出来了,精神分裂症。"

冬瓜一下子站起来:"果然,果然……"

海平叹息着说:"她早就跟我说,她要发疯,她说她忍受不了这地方的雨。"

张科皱着眉看着海平。

冬瓜却说:"海平的话也不是全无道理,他写的文章叫作《他乡的雨》……"

张科说:"冬瓜,我们谈案子。"

冬瓜说:"是。"

张科说:"所长的案子线头又断了,但是我总是不甘心把红袖这条线就这么让它断了,我想……"

冬瓜说:"我再和她谈谈,行吗?"

张科正是这个意思。

冬瓜和海平一起到病房看望红袖,红袖情绪低落,一看到海平,她就哭了,她说:"海哥,我要回家。"

海平两眼红红的,点点头:"回家,过几日我送你回去。"

冬瓜说:"红袖,你还认得我吗?"

红袖说:"怎么不认得,你真的以为我疯得连人都认不得了?我只是,我只是……见不得雨,一下雨我就难受,一难受我就想到要偷安眠药,真的,我不知道为什么,我偷了很多安眠药,都是在下雨的时候偷的……"

海平问冬瓜:"我写的那篇《他乡的雨》你看了没有?"

冬瓜摇了摇头。

海平没再说什么。

冬瓜想文章已经给老董拿去了,要看,也只能等到报纸登出来再看了,如果老董觉得报纸不能登,那我就到老董那儿把文章拿来看一看,冬瓜开始想象海平在文章中写的什么,他把他乡的雨写成杀人犯吗?还是写成虐待狂?或者,他乡的雨是一种毒素?

孤独?

恐惧?

绝望?

这和雨有什么关系呢。

冬瓜想我可不能走火入魔，张科已经对我皱眉头了。

他们告别了红袖走出来的时候，冬瓜听到海平在说："我诅咒……"

冬瓜没有听清海平的下半段话，海平诅咒什么呢，诅咒雨吗，这也许不公平，一切该发生的，没有雨也照样发生。

张科急切地想得到些新的消息，可是冬瓜令他失望，张科说："走吧，回局里汇报去。"

五

长宁街道卫生所又有事情，说是查出来失窃的药其实很多，根本不止是红袖偷的那一点点安眠药，有许多名贵药品也不见了，而且数量很大，这是在所长死之前失窃的，还是在所长死之后失窃的，谁也说不清楚，因为所长的死，暴露出卫生所一些问题，街道就开始检查，一查就查出许多问题，其中少药一项，大概算是刑事案件，于是又报了案。

药品大量失窃，和所长之死有没有关系，这是张科他们最关心的事情，所长是不是因为窃了大量药物而畏罪自杀，这种怀疑可以提出来，但是找到证据却很不容易。

突然有一天早晨，来了一个男人，自称是知情者，来报告所长自杀之因。

张科叫来冬瓜和小王，他们一起听他的叙说。

"他有病，性功能方面的病，一到下雨天，就会早泄，他的太太很不满意,她和我是一个单位的,后来我们就好上了,所长发现了,但是他敢怒不敢言,因为他有偷药的把柄抓在他太太手里,他偷过许多药,拿到街头卖给小贩子……他大概想不通,就自杀了……"

张科和冬瓜他们觉得一个案子就这么破了,很不甘心似的,张科问道:"你怎么有勇气来报告,你要知道这事情你摆脱不了关系的。"

男人说:"我知道,但是我不能不来。"

张科紧迫着问:"为什么?"

男人支支吾吾,过了半天才说:"我……不知怎么见了鬼,我现在也和他一样了,我也……一下雨我就那个,我不行了,我的心理作用太强,我不能不来报告,再这样下去,我老婆也要像他老婆一样了……倒头的雨!"

张科说:"这和雨有什么关系?"张科说话的时候,看了冬瓜一眼,冬瓜正在想象着《他乡的雨》那篇文章到底写的什么。

男人走后,张科说:"大概可以定案了。"

他们一起到了所长家里,所长太太听张科说了一句"你的奸情……"就哭起来。

排除了所长太太以及她的奸夫的作案可能,也排除了红袖以及其他一些相关人员的作案可能,所长的死因就能确定了,自杀,先服了安眠药,再割腕,死的决心果然很大,至于所长究竟是死于对自己的病的绝望,还是死于对雨的恐惧,或者是死于精神抑郁,这只有所长自己知道。

所长太太对张科交给她的关于她丈夫的死因的调查结论,不再持异议。

关于所长之死，这件事情就结束了。

张科和冬瓜他们都有一些惘然若失的感觉，雨还在下着，不知道要到什么时候停，案子会不断地来，但是现在冬瓜可以回去美美地睡上一觉，回家的路上，冬瓜看到钱红勾着长脚的手臂，两人合撑一把伞在雨中散着步，冬瓜骂道："我操！"但是他没有去惊动他们。

冬瓜终于可以睡上一个囫囵觉。

冬瓜一觉醒来，已是第二天上午十点多，他伸着懒腰走到院子里，看到老董愁眉苦脸地站在院子里发愣，冬瓜说："老董，怎么回事？"

老董说："冬瓜，你还记得，海平托你转交我的稿子《他乡的雨》？"

冬瓜说："当然。"

老董说："你看了没有？"

冬瓜说："没有，本来倒是想看看的，只是那几天忙着卫生所长的案子，实在没有一点点空，倒是很想看看的，是不是要登了？"

老董叹了口气："奇怪呀，我觉得这文章有点不对劲的地方。"

冬瓜说："他是不是诅咒我们这地方的雨？"

老董说："不仅如此，他在文章中还写了杀人，杀卫生所长。"老董说着，打了一个寒战。

冬瓜心里一惊，说："杀卫生所长，怎么可能？"

老董说："是真的，他写卫生所长利用雨夜非礼值夜班的外地女工，他不能容忍这种侮辱人的行为，他把所长杀了，采用的方法是先骗所长服用了大量安眠药，等所长睡去，再用刀子割所长的手腕……"

冬瓜目瞪口呆。

冬瓜说:"稿子能让我看看吗?"

老董说:"我正为这事情犯愁,我向我们老总也汇报了,老总也要看稿子,可是稿子却不见了,老总还以为我……"

冬瓜说:"被偷走了,是海平自己来偷的。"

老董想了一想说:"我起先也这么认为,可是后来一想,他既然要把稿子偷走,根本就不必把稿子交来,而且还是请你转交的,他知道你是公安上的,他完全没有必要把稿子请你转交,他要找我很好找。"

冬瓜说:"现在你没有任何可以证明这篇稿子里的内容的东西?"

老董说:"没有,除了我的大脑。"

冬瓜说:"我相信你。"

老董苦笑下。

冬瓜说:"你先别跟别人说,我来处理。"

老董担心地看着冬瓜,慢慢地说:"海平是个人才,他的文章写得真好,那篇《他乡的雨》,感人透了,他把我们这地方的雨写得简直……简直……没法说……"

冬瓜说:"我知道。"

冬瓜先到精神病院去,果然红袖已经不在那里,医院说有家属把她领走了,说是回老家治疗,还有当地医院的证明。

冬瓜没话可说,无可指责。

冬瓜从医院出来,直奔张科家去,远远地就看到张科家门开着,走近一看,张科正背着丈母娘出来,张科的妻子撑着一把伞跟在一边，冬瓜立定了。

张科一见冬瓜，立即紧张起来："冬瓜，有什么事情？"

冬瓜愣了一下，连忙问："老太太怎么啦？"

张科说："又得肠胃炎了，拉个不停，要上医院吊水了，真是的，骨折了躺在床上还得个肠胃炎。"

张科的丈母娘生气地哼哼，张科妻子说："怎么，倒是病人的错？"

张科没有接她的话，只是朝着冬瓜说："冬瓜，有事快说，耽搁了你负责！"

冬瓜说："没事，没事，今天我又没去局，哪能有什么事，有事还不得先找你张科，怎么会先找我？"

张科将信将疑地看着冬瓜，冬瓜说："我来背老太太吧。"

张科说："没事，你到我这里来做什么？"

冬瓜说："我也没到你这里来呀，我只是路过，在街那头看到好像是你出来，就过来看看，我正和钱红逛马路呢，你看，钱红还在那边等我呢。"

张科说："你得了，钱红跟了别人，你瞒谁呀。"

冬瓜说："张科你做侦探实在是块料。"

张科又看了冬瓜一眼："到底有没有事？快说！"

冬瓜下了决心："真的没事，有事我兜着，好吧。"

张科这才将老太太背了，沉重地往前走去。

冬瓜在背后看着他们三个人的身影，心里不好受。

冬瓜绕了一圈又回家来，爷爷正在捅院子里的阴沟洞，冬瓜看爷爷的背被雨打湿了，冬瓜说："我来吧。"冬瓜接过爷爷手里的工具，捅起阴沟来，爷爷回到走廊上，看着冬瓜麻利的动作，爷爷说："捕快贼出身，"冬瓜回头朝爷爷一笑，说："爷爷，我总是想不起来我在你屋里看到了什么，但是我一直在想。"

爷爷说："你什么也没看到。"

冬瓜摇摇头，他坚信自己是有那样的记忆的，虽然一时回想不起来，但是冬瓜有信心把它回想起来。

爷爷说："我只记得你被看园狗追得直喘。"

冬瓜说："我也记得。"

爷爷说："想不到你真的做了警察。"

冬瓜说："想不到的事情多着呢。"

爷爷看看天："今年这雨愈发的凶。"

冬瓜说："雨下得人心里闷。"

爷爷说："现在就知道闷啦，有你闷的呢。"

冬瓜想爷爷是不是知道了钱红的事情，不过冬瓜没有提出这事情。

冬瓜捅了阴沟洞，跟着爷爷回屋里，冬瓜又犯困了，对爷爷说："我再睡睡，有电话叫我，帮我听着点BP机。"

爷爷不说话。

冬瓜很快就睡去了。

冬瓜睡了不一会儿，就看到老董来了，手里拿着一份稿子，很抱歉地对冬瓜说："冬瓜，稿子找到了，掉在桌子的夹缝里了。"

冬瓜兴奋地跳起来："我看看。"

老董的手向后一缩："冬瓜，对不起，可能是我记错了，稿子上根本没有关于卫生所长的事情，写的是外乡人对他乡的雨的感受，写得真美……"

冬瓜说："老董你是不是害怕？"

老董不明白地看着冬瓜："我害怕？我害怕什么？"

冬瓜说："我明白，你把稿子给我看看。"

老董把稿子递给冬瓜，冬瓜认定这确实是上次海平交他转交老董的稿子，冬瓜认真地看着里面的文字，没有发现涂改过的痕迹，冬瓜正要细细地读这篇文章，老董说："冬瓜，我还得赶去向老总汇报，回头再请你看吧。"

冬瓜无奈地交出稿子，看着老董走出去，他听到院子里的雨声仍旧。

爷爷走了进来，叫起冬瓜："有电话。"

冬瓜说："刚才是老董来的吗？"

爷爷说："是呀。"

冬瓜说："老董走出去的时候你见他手里拿着稿子吗？"

爷爷说："见了。"

冬瓜拍拍脑袋："不是做梦呀。"

冬瓜到小店里去接电话，是钱红的电话，问冬瓜调工作的事情，冬瓜说："你不是托了长脚吗，你指望他得了。"

钱红说："那哪成，调工作不是件容易的事，得多托几个人才行。"

冬瓜说："那好，你等着吧。"

钱红说："等到什么时候？"

冬瓜看着屋檐下的雨，顺口说："等天不再下雨了。"

钱红说："你开什么玩笑，我可是当真的。"

冬瓜说:"我也是当真的。"

他们同时把电话挂了。

冬瓜回家来,倒头又睡,冬瓜梦见他又回到少年时代,他梦见自己又去城西桃园偷毛桃,被看园狗发现了,追得他屁滚尿流,冬瓜奔回家来,关上院门,他从院门的缝隙朝外张望,雨不停地下着,街上什么也没有,没有脚印,也没有人影子,冬瓜看到看园狗东闻闻西嗅嗅,一无所获,看园狗终于失落地走了,冬瓜一身潮湿,他正要进屋换衣服,突然被爷爷屋里的寂静所吸引,冬瓜回身走到爷爷窗下,朝里张望,在那一瞬间,冬瓜突然害怕地闭起了眼睛,他不想从爷爷那里看到什么。

爷爷说过,你什么也没看到。

冬瓜确实什么也没看到。

上学去

一

下雪的时候船在河里慢慢地走。船走得慢并不是因为下雪。雪落下来是最轻柔、最安详的，河面上风平浪静。从气候上讲，雪前暖，雪后寒，那么在下雪的时候，也许就维持了一种不暖不寒的状态。不知道北方的雪是不是很粗犷，事实上南方的雪是很温和的。

在南方并不是每年冬天都下雪，或者换一句式说在南方几乎每一年冬天都不下雪，这样的说法基本符合事实，但是事实并没有说在南方冬天绝对不下雪，事实上杨湾这地方在三年里就有两个冬天下了雪。杨湾这地方在三年中有两个冬天下雪，这样的情况，绝对算不上什么气象奇观。

在不常下雪的地方下了雪,这只能说明某一年的某一段时间北方的冷空气比往年更强烈一些,除此之外,还能说明什么呢,或者还会有别的什么意义呢?

好像没有。

这很正常。

船走得慢只是因为它走不快。这是一只摇橹的木船,一个人掌橹,一个人牵绷,在一拉一推中船慢慢地向前。河水在船头被分开,又在船尾聚拢,就像水在天上凝聚成雪,雪又在河里化成水一样,一切进行得有条不紊,无声无息。

船从菀乡朝杨湾走。杨湾是一个中心,杨湾四周菀乡、青云这样的公社有好几个。船要在河里走一天才到达目的地,所以乘船的人都准备了一顿午饭。在吃午饭的时候,燕怡第一次发现了弟弟颈项里的喉结,船舱很小,燕怡坐在弟弟对面,她抬头突然看见弟弟在吞咽食物时喉头有一个尖尖的核在上下滑动,燕怡很惊讶。

燕平注意到燕怡在看他,他说:"你看什么?"

因为发现了喉结,燕怡觉得弟弟的声音也变得粗嘎了,燕怡忍不住笑了一下。

燕平嘀咕了一声。

燕怡这时候想起三年前他们一家坐小船下乡。弟弟看见岸上有一只小兔子,他大叫起来,大家都笑他。燕怡明白,弟弟现在已经长大了。

燕怡其实不仅想起三年前的那只小白兔。那一年和这一年当然是不一样的,用不着更多的证明,弟弟的喉结就是证明。但是那一年和这一年也有相似的地方,燕怡认为,那就是雪,还有小船。

燕怡一家从城里搬到乡下来，就是在那时候，爸爸、妈妈、奶奶、燕怡和弟弟，到杨湾镇上接他们的队长，还有就是摇船的人。确实是很相似的情景。下着雪，小船在河里慢慢地走。那一次大家在船上说了什么，燕怡记不清，她记得的只有两句话。

掌橹的说："橹眼该加油了。"

拉绷的说："是该加油了。"

燕怡听见橹眼发出嘎吱嘎吱的声音。

这些就是燕怡的记忆。现在燕怡又坐在小船上，这一次能留下一些什么记忆呢？

吃过饭，大家来了精神，由利生提议，做成语比赛的游戏。燕怡、燕平、家宝一致赞成。利生是一个很用功的学生，在片中毕业考试，他是第二名，第一名是燕怡，燕怡也是很用功的，应该说他们四个人都是用功的。

这是1971年的冬天，他们四个人都已经初中毕业，现在他们乘船去镇上考高中，心里有点紧张，这也难免。

在1971年考高中这是一件很不一般的事情，那时候高中在停办三年之后重新开始招生。想读书的人很多，在片中毕业的初中生有一大半想去考高中，但是这不可能。

燕怡他们四个人是被推荐出来的，那时候他们很光荣。

有关成语的游戏无疑是一项很有益的游戏，家宝提出来报一字打头的成语。

家宝抢先想好了几个。

第一是家宝，说："一无所有。"

第二是燕平，说："一干二净。"

第三是利生，说："一帆风顺。"

第四是燕怡，说："一举两得。"

如此转了两圈，家宝报了"一无所有"和"一箭双雕"就再也想不出来了，他起先想好的比如"一马当先""一鸣惊人"都被他们三个人讲了去，家宝说："不来一字当头的了，来成语接龙吧。"

仍然是家宝打头，说："气象万千。"

燕平想了一下，说："千山万水。"

利生说："水到渠成。"

燕怡说："成家立业。"

到了家宝，他又抓耳挠腮了，家宝在抓耳挠腮的时候，他又想出了新点子。他说："不来这个了，我们来象形成语，比如我这样，"他抓抓头皮，摸摸耳朵，"这叫抓耳挠腮。"

燕怡燕平一起说："方家宝赖皮，方家宝赖皮。"

说归说，来归来，燕平做了一个皱眉头耸鼻子撇嘴巴的表演，表示"嗤之以鼻"。

利生做的是"袖手旁观"。

燕怡想了一下，过去拉拉家宝的耳朵，又指指家宝的脸，这是"耳提面命"。

如此闹了一阵，停下来，家宝叹了口气，说："我肯定是考不上的，陪陪你们吧。"

利生说："那也不一定。"

燕怡、燕平都说："那是不一定的。"

家宝说："其实我是不大想读高中。"

这样实际上家宝提到了两个问题：一是能不能考上高中，另一是想不想读高中。

这两个问题使四个赶考的学生都安静下来。

雪落下来，就化在河水中，除了水，什么也没有。橹眼发出嘎吱嘎吱的声音，后来燕怡听到跟船出来的本队的赤脚医生张兵和外村的一个老银匠的对话。

先是张兵说："雪下得真大。"

老银匠说："这两年天气在变化了。"

张兵说："不过落雪是蛮有意思的，我有好多年没有见到这样大的雪了。"

老银匠说："你喜欢落雪啊，落雪狗欢喜呀。"

船上的人都笑起来。燕怡认为这没有什么可笑的，他们的对话和赶考学生没有关系，他们并不关心心事重重的学生。上船的时候，燕怡听见母亲对张兵说："这几个孩子，拜托你了，一路照顾点。"

张兵说："你放心，我会照管他们的。"

可是上船以后他几乎就没有同燕怡他们说什么话，燕怡认为他是不屑同学生说话，他不把学生放在眼里，对此燕怡有点生气。

在乡下，张兵是一个很响亮的名字，张兵这个人身上有很多故事。据说张兵跟乡下的许多姑娘都有关系，但是这些姑娘没有一个有他的老婆那样漂亮，包括最骄傲的上海女知青程莹，也不过就是皮肤白一点，其他方面根本不能跟张兵的老婆比的。张兵的老婆是张兵在北方当兵时认识的，张兵复员的时候，就把她带回来了。据说张兵本来是要提干的，据张兵自己说，首长大概想招他做女婿。可是张兵在男女问题上犯了错误，张兵就复员了。张兵回来时是安排他在大队的党支部里工作的，可是张兵做党支部委员很不合适，张兵的鏊子总是出在女人身上。后来张兵就做了赤脚医生，赤脚医生的工作对张兵来说比任何工作更合他的胃口。

燕怡有几次听见母亲对奶奶说："桂贞的肚量真大。"

桂贞就是张兵从北方带回来的老婆。

奶奶则说："这个女人的德行好。"

燕怡以后再看到桂贞时，她看不出桂贞有什么不开心。

在乡下有一种奇怪的想法：像张兵这样的男人是很光彩的。

但是张兵对燕怡为什么连看也不看一眼呢。

燕怡十六岁，燕怡不是一个早熟的少女，但是燕怡也已经懂得被男人看一眼是一件很愉快的事情。

当然燕怡只是有点生气，并不是很生气，因为燕怡并不认为张兵有什么了不起。燕怡现在想的是考试，对考试燕怡是充满信心的，她认为四个人中间她的保险系数最大。

这不用怀疑。

如果照成绩录取，不仅燕怡没有问题，利生和燕平基本上也是十拿九稳的，家宝就有一点危险性了，但是家宝的另一个条件比较好，他是四个人中唯一的贫下中农子女，家宝的爸爸做干部。燕怡知道现在最担忧的不是家宝而是利生，利生的家庭成分比较高，是富裕中农，富裕中农是一个滑进滑出的成分，所以利生现在的心情也是滑进滑出。

从燕怡来说，她希望四个人都考取，四个人中扔下谁她也不愿意。

船在傍晚到达小镇杨湾，这里已经是一个雪的世界。杨湾街上行走的人很少。杨湾本来就是一个很小的地方，除了一座古塔和一所历史悠久的重点中学，杨湾几乎再也没有什么特别出众的东西了。

当燕怡他们在雪地里留下一串脚印，走进杨湾中学的时候，钟声响了，燕怡的心情很激动。

那时的她还不知道这是夜自习的钟声。

杨湾中学的食堂已经关门，所以燕怡在找到宿舍和自己的铺位以后，首先想的就是到哪里去吃晚饭。

他们四个人踩着雪在杨湾街上转了一圈，没有看到一家开着门的店。

如果说下雪是一种自然现象，这一点也不错，说下雪不仅仅是一种自然现象，这也不错，关键在于从哪个角度看问题，比如现在燕平说"雪真恶劣"，不只是燕平这么说，燕怡、利生、家宝都这么想，这就有了感情色彩，这种色彩无疑是灰色的，对雪的厌恶。

因为下雪，店门关得早，因为店门关了，吃不到东西，所以认为雪很恶劣，这就是中学生的想法，简单明了。

因为雪，他们便要饿着肚子准备明天的考试，这真叫人沮丧。

四个人又冷又饿，拖着被雪水湿透的鞋，重新回到杨湾中学。

张兵在集体宿舍门口等见了他们，他喊起来："哎呀小祖宗，你们到哪里去了？"

燕怡说："你来做什么？"

张兵说："请你们吃饭呀，不能饿着小秀才呀。"

燕平问："到哪里吃饭？"

张兵挥挥手，说："你们跟我走就是了。"

于是他们跟着张兵走到杨湾镇上的一家人家，主人是一位年轻的妇女，看见他们来，笑着说："张兵跟我说有小客人来，把我忙得，好了,全弄好了,吃吧。"

他们并不知道她是张兵的什么人,她和张兵有什么关系。该问的没有问,该介绍的也没有介绍,也许这根本就用不着问,也用不着介绍。

菜饭是一般的家常便饭,烧得很好吃,又是滚烫的。有了热量,学生的情绪好起来。

燕怡问:"那个老银匠呢,他怎么不来?"

张兵说:"他有他的去处。"

家宝问:"为什么叫他老银匠呢?银匠是干什么的?"

张兵说:"银匠就是打制金银首饰的。"

学生听了张兵的话没有什么反应,那时候他们都还不大明白金银首饰是怎么回事。

过了一会儿,张兵说:"你们信不信,他是一个老革命呢。"

燕平说:"你骗人。"

张兵说:"我不骗你们,他每个月到杨湾来,就是来领津贴的,他一个月有二十四块钱津贴。"

领二十四块钱津贴是可以相信的,但是说老银匠是老革命是不能相信的,学生对"老革命"这样的词是有自己的特定看法的。

关于老银匠究竟是什么人的谈话,后来并没有进行下去。

燕怡回到宿舍,另外几个女生都在看书,她们现在还不是这个学校的学生,暂时在这个学校还没有属于她们的教室和位置。

燕怡朝大家笑笑,他们中间有几个人也对燕怡笑笑。有人说"你来得最晚",也有人问燕怡是从什么地方来的。

燕怡自我介绍了一下,她们也都自报了家门,然后大家又各自埋头温书。燕怡不知道她们在温习什么。这些学生都是各个公社、片中推荐出来的优秀生,实力无疑都是很强的。燕怡虽然对自己的功课胸有成竹,但对别人她是心中无底的。燕怡现在很想了解一下她们的情况。

燕怡也拿出自己的书,但她不知道该看什么,她甚至觉得没有什么好看的。有关数学上的几何公式以及解方程的方式方法早已背得透熟,这不用怀疑;语文的基本功也不是一个晚上就能突击上去的。所以临来之前,片中的王老师反复强调,考试前夜不要看书,要放松,燕怡现在很想放松一下,同大家随便聊聊。可是她看女生都专心致志,她觉得有点心慌。坐了一会儿,她问从青云公社来的女生在做什么作业。

青云的女生朝她笑笑,把一本书的封面摊开来让她看,燕怡看到的是《趣味数学》。

燕怡从来没有听说过有这样的书,她在片中只是做教材书上的习题,没有别的什么参考书,因为片中没有参考书。

青云来的女生说:"全是练习题。"

燕怡忍不住说:"让我看一看好吗?"

青云的女生说:"我自己要做习题的,我还没有做完呢,一共是五百道题,我已经做了四百道,还有一百道。我哥哥说,做过这些练习题,考高中闭眼睛也能考出来,我哥哥从前考高中就是做了这本书的练习题,他考了第一名。"

燕怡说:"那你哥哥肯定帮你复习了。"

青云的女生说:"我哥哥可好啦,他在黑龙江插队,知道我要考高中,专门回来帮我复习的,这本书是他带回来的。我哥哥是老高中生，水平才高呢。"

燕怡说不出话来。

另外的几个女生眼睛虽然盯在自己的书上，但实际上她们都在听燕怡和青云公社的女生说话。青云的女生说了趣味数学以后，另一个女生有点骄傲地说："趣味数学都是初中题目，我听说这次考试很难，还有高中题目，我爸爸叫我看看微积分。"

微积分这三个字对于燕怡来说是很遥远和高不可攀的。她听说过微积分，在片中做习题的时候，碰上难题，学生就起哄，叫老师解，老师说："这算什么难题，以后你们上高中，上大学，要学微积分，才难呢。"

微积分在燕怡的心目中就是这样一个概念。

宿舍里的气氛活跃起来，又有人提出了语文的问题，说这次考试有古文题目，古文是很深的。又说自己已经背出了十几篇古文什么的。

如此谈话无疑给燕怡增加了很大的压力，在片中她是王牌，但是燕怡怎么会没有想到"井底之蛙"这个成语呢，她现在是不是成了井底之蛙呢？她怎么没有早一点明白山外有山人上有人这样一个极其简单的道理呢？

燕怡她还太年轻，什么经验也没有，但是以后她总会有的。

现在燕怡十分慌张，她跑到男生宿舍去，燕怡现在觉得弟弟和家宝他们成了她的依靠和支柱。

男生宿舍和女生宿舍毕竟大不一样，几乎没有人看书做习题，大家都在吹牛，燕平看见了燕怡，他跑出来，问："什么事情？"

燕怡说："你叫利生和家宝出来。"

燕平去叫了利生和家宝，他们站在走廊里，燕怡很紧张地说："你们怎么还在玩，我们宿舍里的女生，水平很高，都做微积分了，我们肯定考不过人家了。"

家宝笑起来，说："什么呀，什么微积分呀，我们这里你猜怎么样，刚才利生问过了，那几个连一元二次方程也不会解，是不是利生？"

利生点点头。

燕怡说："听说这次考试很难的。"

家宝说："我才不管呢，要死一起死，要活一起活，我都不怕，你怕什么。我们宿舍里几个人，根本不是凭成绩推上来的，就是凭家庭成分，你怕考不过他们？"

家宝说这话时，利生的脸很难看。

燕怡说："我是看我们宿舍的女生功课都好，用功得不得了，我来看看你们，我现在也不知道该看什么书。"

燕平说："照我看，今天晚上什么也不看，王老师也这么说的，不是吗？"

家宝说："就是。"

利生突然冒出来一句："我可能考不上了。"

家宝说："你这个人，怎么这样，我说都能考上，你信不信，不信我跟你打赌。"

没有人跟他打赌。

燕怡不再说什么，回到自己宿舍，仍然不放心，她厚着脸皮向青云来的女生讨了几道趣味数学题来做。

趣味数学题跟教材上的练习题不大一样，第一道题燕怡就被卡住了。

燕怡觉得答案并不难找,但是她找不到。

青云的女生回头看见燕怡尴尬的样子,她说:"哎呀,你怎么不明白,就是立个方程式,这么简单的题目你都不会,你做练习题做得太少了。"

确实是一道很简单的题目,燕怡不可能做不出来,可是燕怡确实没有做出来。燕怡的心理障碍太大,她的情绪很不稳定。当然这一切也都情有可原。燕怡说到底还是一个孩子,她还没有学会控制自己,她还没有经受过什么大的考验。

但是燕怡早晚会长大的,这不用怀疑,燕怡也一定能够经受以后的一次次的考验,这同样不用怀疑。

在燕怡准备迎接考验的时候,真正的考验却没有来。

第二天的考试出乎意料的简单,微积分和趣味数学都白做了,燕怡的担忧完全成为多余的。

考试的结果是皆大欢喜,看起来连那几个不懂一元二次方程的也可以过关了。

下午考试结束,燕怡四人相约踏雪去看杨湾镇上的古塔。一路上燕平、家宝喜形于色,但是利生却有点萎靡不振。

燕怡说:"利生你是不是有什么题目没有做出来?"

利生说没有。

家宝说:"这么容易的考试,做梦也求不到,你还不称心啊?"

利生说:"考试越是容易,我的希望越是小。"

家宝说:"你这个人,我知道,你是希望最好难一点,把别人都杀光,让你一个人上。"

利生连忙说:"我不是这个意思,主要是……主要是我们家……唉,大家高高兴兴,不说了吧。"

不说就不说了,别人也不再放在心上,但是燕怡对利生的看法稍稍有点变化,燕怡原来是很看重利生的,利生很用功,功课也好,燕怡对家宝却有一点看不惯,她认为家宝是靠牌头推荐出来的。现在燕怡的看法多少有了一点转变,她现在觉得利生这个人有点小肚鸡肠,想不开,放不下,反倒对家宝的印象比从前好了一些。

古塔是有名字的,叫万佛塔,因为这座塔里里外外雕了许多小佛像。塔有七层,在杨湾这样一个小镇上,塔显得很高大。杨湾周围的乡下,说起杨湾的古塔,都是很神往的。

塔在杨湾的南端,走到塔下,几乎就走到杨湾的尽头了。

附近没有什么人,只有很少几户人家。有一个老太太,开门看见学生踩着积雪,在塔下转来转去,指指点点。老太太说:"你们做什么,是不是要上去?"

燕怡问她:"能上去吗?"

老太太说:"我们这里的人都不上去。"

家宝问:"为什么,是不是没有梯?"

老太太说:"梯倒是有的。"

燕怡说:"那为什么不上去,不上去有什么好玩的?"

老太太没有说什么,她只是说:"我劝你们不要上去。"说过以后她就进屋关上门。

燕怡朝塔上看看,说:"就不要上去了吧。"

家宝说:"我要上去的。"

燕平也说要上去。

利生也要上去。

燕怡说:"好吧,一起上去看看。"

他们进了塔的底部,果真就看到许多浮雕小佛像。有一架木梯,他们就顺着木梯往上爬,木梯上积了厚厚的一层灰,看起来这里的人确实是不上塔的。燕怡不明白为什么他们不到塔上玩。

木梯发出吱嘎吱嘎的声响。家宝说:"你们先等一等。我一个人上去,四个人的分量太重,万一梯子坏了,就下不去了。"

家宝飞快地爬上了二层。梯子没有出问题,燕怡几个一个跟一个上了二层,又上到三层。

在没有其他高大建筑物的杨湾,三层已经是很高了,站在三层上就能看到杨湾的全貌了。

这时候的杨湾,一片白,一片寂静。现在他们大概不会再认为雪恶劣,讨厌了。

他们在三层上站了一会儿,四面八方都看过来了,天色渐渐地暗下来,塔里光线很暗。后来家宝说:"再上吧。"

燕怡说:"算了吧,回去吧。"

家宝说:"我要上去,还有四层,我要爬到顶,你们不上,我上了啊。"

燕平说:"我也上。"

燕怡说:"燕平你不要上了。"

燕平说:"我跟家宝上去。"

燕怡说:"你要上你就上吧,我和利生在这里等,快点下来啊,天要黑了。"

家宝和燕平就往上爬。

燕怡在三层上又眺望杨湾的雪景,她忍不住叹道:"真好,在下面是看不见的,这里的人不上塔真是古怪。"

利生叹了口气说:"你们以后到杨湾中学来读书,可以常常来看看的,我恐怕是来不了了。"

燕怡看看利生,利生心事重重。燕怡说:"利生你怎么的,老是说这种话,你是不是听到什么消息了,不告诉我们。"

利生说:"没有什么消息,我也不知怎么搞的,就有这种想法。"

燕怡朝利生撇撇嘴,她认为利生的想法是没有道理的。

利生的想法应该说是利生的一种预感,当然现在他和燕怡,他们也许还不明白什么是预感,他们以后会明白预感是什么的,人生之忧患,随时都可能降临,更确切地说,人生忧患根本是与生俱来的,这一点,他们以后也会明白的。

很快燕平就从上面下来了,他只上到四层,说上面很脏,到处是灰、蜘蛛网,还有老鼠,燕平不想再上去,家宝一个人上去了。

因为没有人说话,塔里很静,可以听见家宝脚下木梯吱嘎吱嘎的声音,这使燕怡又想起了橹眼的声音。

又等了一会儿,家宝下来了,脸色很不好,青灰青灰。

燕平问他:"上面有什么?"

家宝神色惶惶地说:"有一座大佛,坐在塔顶上。"

燕怡说:"真的。好看吗?"

家宝没有笑,说:"不好看。"

燕平说:"怎么会不好看呢?"

利生问:"是不是有什么不对的地方?"

家宝愣了一会儿,说:"他会说话。"

燕怡笑起来："真的，他说了话？"

燕平问："他说了什么？"

家宝说："他说这里不是你来的地方。"

燕怡他们三个人一齐笑起来。谁也不相信家宝的话。

燕平开玩笑说："他到底是佛还是鬼？"

家宝有点茫然地看看燕平，说："我不晓得他是佛是人还是鬼。"

他们又大笑起来。

家宝突然说："别笑了，快走吧，我听见他下来了。"

另外三个人被吓住了，屏住呼吸，果然听见有木梯的吱嘎声，由家宝带头，四个人急急忙忙下了塔跑了出来。他们在离塔很远的地方等了好一会儿，也不见有人出来。

但是燕怡他们再也没有说家宝骗人，因为他们都亲耳听见了木梯的响声，他们从家宝的神态中感觉到了什么。

他们一时没有走开，只是远远地对着塔站着，在暮色中古塔显得十分阴森可怕。燕怡想塔不应该是这样的，塔应该是一个热闹的地方。也许是因为冬天，因为下雪的缘故吧，到来年春天，在燕怡他们正式成为杨湾中学的高中生的时候，阳光明媚，春暖花开，再来看塔，那时就肯定不是现在这种样子了。

二

燕怡燕平在正月初三到家宝家去玩，这是从杨湾考试回来在船上就约好了的。去杨湾考试的四个人虽然在同一所片中读书，但并不是同一个队里的。在片中的时候他们从来不走动，现在都要走动走动了。燕怡他们先到家宝那里,再同家宝一道往利生家里去,这也是事先就排好的路线。

年前下的雪已经化了,天气很好,燕怡和燕平心情也很好,他们到家宝家的时候,家宝正在吃早饭,是咸炒年糕,肉丝、白菜和年糕一起炒的。家宝一定要燕怡和燕平也吃一点,他们就没有客气。正在吃的时候,家宝的爸爸从外面进来。燕怡有点难为情。家宝的爸爸说:"吃吧,吃吧,小同学。"

家宝大概已经跟他爸爸讲过燕怡他们了。

家宝的爸爸又问燕怡:"你爸爸是下放干部,是不是?老杨,我认识的,公社里的人都知道老杨的,一支笔杆。"

燕怡不好意思地笑笑。

家宝说:"所以杨燕怡作文写得好极啦,是你爸爸教你的吧?"

燕怡连忙说:"没有的,没有的,我爸爸从来不管我们的功课,你问燕平。"

家宝的爸爸说:"你爸爸也是心境不顺,我们都知道的。他怎么会站错了队,犯了错误,弄到乡下来?"

燕怡听了这话心里很难受,她低头不作声了。

家宝的爸爸看看她,笑笑,说:"不过我们都知道你爸爸在乡下不会待得长的,总归要用他的。"

燕怡又高兴起来,她不止一次听人家这样讲她的爸爸了。

家宝的爸爸又说:"听家宝说你们的功课很好,以后帮帮家宝啊。我们家宝,就是不肯用功。"

燕怡说:"家宝很聪明的,我们老师也说家宝聪明。"

家宝的爸爸笑了,说:"光聪明有什么用,聪明不用功,等于不聪明，对不对？"

大家一起笑起来。

燕怡原来以为家宝的爸爸是做干部的，一定很严肃，面孔很板，但现在接触下来，她觉得家宝的爸爸很随和，一点也没有干部的架子。

吃过炒年糕，就到家宝自己的小房间去。那时候在乡下小孩子自己有一间房间，是很少的。家宝的爸爸虽然不像干部，但毕竟是个干部。

他们在家宝的房间里自顾坐下来，就有人来看家宝的爸爸。家宝房间的门是对着客堂的，所以燕怡坐在家宝房间里，能看见外面的人。

家宝的父亲坐着不动，来人递上烟，并且还给家宝的爸爸点着烟。燕怡看家宝爸爸的脸，这时候是很板的了。

他们只说了几句话，来人放下一包东西，就告辞了，家宝的爸爸也没有起身送。这人走到家宝门口，朝里边看看，他看见家宝，就笑笑，摸出一个纸包塞在家宝口袋里，又摸摸家宝的头，他就出去了。

燕怡问家宝："这是谁？"

家宝说："我也不认识，找我爸爸的，新年里找我爸爸的多死了，烦死了。"

燕平说："他给你的红纸包，是钱吧？"

家宝点点头，拉开一只抽屉，说："这里，喏。"

抽屉里有好些红纸包，有的拆开了，有的没有拆开。

燕怡看了一下，说："你爸爸是做干部的。"

后来他们三个人就往利生家去。

利生家住得比较远,路上他们走得有点累了,就在一个小店门口停下来,家宝请客买了半斤黑枣子,然后一路吃过去,并且一路比赛吐枣核,看谁吐得远。他们走过一个村子,遇见一条很凶的狗,狗拦住他们不让走。燕怡很害怕狗,她说:"我们绕道走吧。"

家宝说:"你们看我的,跟我学。"

燕怡以为他要去打狗,很害怕,其实家宝也有点怕狗的,他只是往地上一蹲,燕平和燕怡也学着他的样子往地上一蹲,那只狗转身就跑开了。

他们又开心地笑起来。

他们又加紧赶了一段,终于看见利生住的那个村子了。

利生已经在村口等他们了。见了面,就领回家去。

他们到利生家门口,利生家里走出来两个人,一男一女,都很神气。燕怡注意到女的上身穿一件紫红碎花棉罩衫,下面是一条藏青的哔叽裤子。

他们看见学生,笑笑,说:"你们来啦。"

进屋以后,燕怡问利生:"那个女的是谁?"

利生说:"是我姐姐。"

燕怡说:"她真漂亮。"

利生说:"我姐姐是公社宣传队的,她会跳舞的。"

燕怡说:"那个男的呢,是你姐夫吗?"

利生有点不好意思,说:"他们正在谈呢。"

燕怡说:"他也是宣传队的吧?"

利生点点头。

家宝说:"你姐姐叫利英是不是?"

利生说:"是的。"

家宝"嘿嘿"一声,说:"仲利英就是你姐姐呀,很有名气的呀,我听我爸爸说,金书记的儿子看中你姐姐了,是不是?"

利生脸很红,他很尴尬。

燕怡问:"刚才那个,就是金书记的儿子吗?"

利生摇摇头,他扯开去说:"你们吃什么,我们烧了小汤圆,你们吃不吃?"

燕怡说:"不吃不吃,刚才在家宝家吃的炒年糕还没有消化呢。"

家宝却说:"你不吃我要吃的,我已经消化了。"

燕平说:"我也要吃。"

利生就对着灶屋喊:"吃汤圆,快一点。"也不知喊的谁。

很快就有位中年妇女端了四碗汤圆进来,看利生不向同学介绍,她就自我介绍:"我是利生的妈妈。"

利生的妈妈很瘦小,看上去很老。利生也是个矮个子,大概像他妈。利生的姐姐一点也不像母亲,她可能像她爸爸。

利生的妈妈看着学生吃汤圆,她在一边很开心,说:"你们吃啊,全是豆沙馅,不知道你们喜欢不喜欢吃,我做了好多呢,吃不够再添啊。不要客气啊,以后你们一起到杨湾去读书,住在学校里,离家就远了。"

利生打断了他妈妈的话,很不耐烦地说:"你真啰唆,什么杨湾不杨湾,通知来啦,你看到通知书啦?"

利生的妈妈并不计较利生的态度,笑笑说:"通知是没有来,但是你考上了不是吗?真是不容易的,十五个里面考一个呀。"

利生说:"你不要吹牛了,老是自吹自擂,也不晓得难为情。"

利生的妈妈仍然笑着,说:"你们看我们利生,给宠坏了。"

利生说:"哎呀,你走吧,我们有事情呢。"

利生的妈妈不再说什么,笑着收拾了碗筷,进灶屋了。

家宝打了个饱嗝,说:"我们到大通桥那边去看看吧。"

大通桥是一座单孔石拱桥,又高又大,雄伟壮观,桥身全用花岗石砌成,中间拱峰高耸,两端接以石阶,各有石阶四十级。大通桥桥身中有七根很粗的石柱,每根石柱上端都突出一块,像一只石凳。大通桥一带的农民说,这七个桥凳上夜里坐七个落水鬼,有人来鬼就扑通扑通往里跳,这里的农民很多人听见过七声"扑通"的。

燕怡他们上了大通桥,家宝说:"敢不敢等到天黑,看落水鬼?"

燕怡说:"看你个鬼,我们是要回去了。"

利生也说:"早点回去吧,你们家里要等你们的。"

他们在大通桥头分手,高高兴兴地道了再见。

利生突然叹息了一声,说:"入学通知怎么还不来,我肯定上不成高中了。"

本来大家玩得很高兴,利生却说这样的泄气话,好像是不大应该的,但这次他们并没有觉得利生不合时宜,因为他们也都在想着这件事。玩归玩,入学的事是不可能忘记的。

入学的消息在正月初八由片中的王老师带来了。

那天燕怡和燕平正在家门口斗嘴,就看见王老师急匆匆地走来,燕怡、燕平迎上去叫了一声:"王老师。"

王老师"嗯"了一声,没有和他们说什么,只是急匆匆地问:"你爸爸在家吗?"然后就径直进了屋。

燕怡、燕平跟进去，站在房门口听，王老师对爸爸妈妈说："不要泡茶了，老杨，考试的事情有通知下来了。"

妈妈问："怎么样？"

王老师停顿了一下，说："情况不好，本来片中是四个名额，今天早上刚刚来通知，变了，要减去一半，一所片中只能上两个。"

爸爸妈妈一时没有说话。

王老师又说："而且强调两个学生里边必须有一个贫下中农子女。"

又沉默了一会儿，爸爸说："这就是说，燕怡和燕平两个人只能上一个。"

王老师说："是的。"

对这个消息燕怡是没有思想准备的，所以现在燕怡在房门口愣了好一会儿，后来她看看燕平，燕平也在发愣。燕怡问他："你说怎么办？"

燕平反问："你说怎么办？"

燕怡说："我问你，我要你说。"

燕平说："我不晓得，你去问爸爸妈妈，总归要爸爸妈妈做主的。"

燕怡张了张嘴，没有说出什么来。

燕平看看燕怡，他好像有点得意。燕怡突然推了燕平一下，燕平的嘴撞在门框上。燕平回头看看燕怡，又惊讶又愤怒，他大声说："你做什么？"

爸爸听见吵闹，在里面说："你们在吵什么，你们进来。"

燕怡和燕平一起走进来，不等爸爸和王老师说什么，燕怡就说：

"我要去的,我功课比他好。"

燕平摸摸嘴唇,说:"我要去,我是男的。"

燕怡尖声说:"男的有什么,男的有什么。"

燕平说:"男的就是比女的好,女的有什么。"

爸爸妈妈在一边插不进嘴,王老师有点尴尬,他叹了口气。说:"唉,是可惜,两个孩子都不错的。"王老师看看燕怡的爸爸,又说,"老杨,我先走了,你们再商量商量吧。"

王老师走了以后,燕怡马上就说:"爸爸让我去吧。"

妈妈说:"你是姐姐。"

燕怡说:"我是姐姐,我比他大两岁,他以后还有机会的。"

妈妈说:"燕怡你真不懂事。"

燕怡说:"我怎么不懂事,我怎么不懂事。"

妈妈说:"你这个孩子。"

爸爸说:"你再想想,我们的意思是让燕平去,你再想想有没有道理。"

燕怡激动地说:"有什么道理,有什么道理,道理就是你们偏心,我就是晓得你们偏心,你们从一开始就不喜欢我,我不是你们的女儿……"先是激烈,后来就哭起来了。

隔壁房间里奶奶听见燕怡哭,赶出来,奶奶说:"怎么,谁欺负你?"

妈妈说:"有谁欺负她,她不肯让弟弟去上学。"

奶奶说:"燕怡好,燕怡听话,女孩子读到初中也够了。"

燕怡又闹起来,说:"你走你走,我不要听你的。"

半天没有说话的燕平突然说:"让她去吧,我不去了。"

大家愣住了，燕怡也不好再哭。

过了一会儿，妈妈说："燕平，这不光光是一个读书的事情，关系到以后的前途，不读书就只好在乡下做农民了。"

燕平没有说话。

燕怡说："让我做农民，你现在就把我嫁给农民算了。"

爸爸有点生气，说："燕怡你怎么变得这样。"

燕怡又要说什么，被燕平拦住了。燕平说："你不要说了，我让你，我以后可以去当兵的。"

一下子大家都有点发愣。

燕平的话已经说到这一步了，做父母的也不应该再多说什么。

可是燕怡却说："你用不着假惺惺，我不要你让，你去好了，我不去了。"

燕平很恼火，说："你有神经病啊，你要我怎么样，去又不好，不去又不好。"

燕怡顿了一会儿，又哭起来，说："你要我怎么办，去又不好，不去又不好。"

现在燕怡、燕平、爸爸、妈妈也只能叹气了。他们原来以为燕怡、燕平还是小孩子，现在看来他们错了，孩子已经长大。

第一次的商量显然没有结果，到了这一天的下晚，家宝的爸爸突然到燕怡家来了。

家宝的爸爸看见燕怡，朝她笑，燕怡却没有笑，她不想理睬家宝的爸爸。燕怡的情绪很不好，她自然要从家宝的爸爸想到家宝，家宝上高中是笃定了。家宝凭什么能上高中，不就是靠他的爸爸么，如果凭功课，家宝就要被杀掉。所以现在燕怡不要看家宝的爸爸，她认为家宝爸爸这个人很坏，他认为他的笑是假笑。燕怡当然是很有根据的。初三那天燕怡亲眼看见家宝的爸爸装腔作势，让人家给他点香烟，人家送礼给他，他还摆架子。燕怡不明白家宝的爸爸现在到她家来做什么，他从来没有到她家来过。

家宝的爸爸并不在意燕怡的态度，他走近来，笑着说："怎么不高兴啊。"

燕怡这就有了发泄的机会，她说："我没有什么好高兴的，高兴的事只有你们家宝轮得到，我们是没有资格的。"

家宝的爸爸仍然笑着说："火气好大么。"

燕怡的爸爸走出来，看见家宝的爸爸，就邀他进屋。燕怡听见家宝的爸爸进屋时说："我来通知你们，明天公社开会……"

公社开会是常常要开的，从来没有家宝的爸爸自己跑来通知的。燕怡认为家宝的爸爸肯定是为了考高中的事情来的，他现在大概假惺惺地在安慰爸爸。

燕怡想找燕平，可是燕平不在，自从上午王老师来过之后，燕平就不再同燕怡说话，人影子也不见了。

燕怡心里冒出一种从来没有过的孤独的感觉，她很难受。

家宝的爸爸后来走了，燕怡看见他出来，就躲开了，她不想见到他。

家宝的爸爸走了以后，爸爸对燕怡说："我和妈妈明天要去公社，开三天会，你和燕平在家，照顾好奶奶，上学的事，等我们回来再说。"

燕怡没有应声，她现在什么话也不想说，不想和任何人说话。

第二天一早爸爸妈妈就走了。

燕平也跑出去野了。

燕怡就和奶奶闹情绪,她躺在床上,不吃不喝。奶奶怎么求她也不理睬,一直躺到下午,头昏眼花,才爬起来,也不和奶奶说话,一个人走了出去。

燕怡慢慢地走到村口,她不知道往什么地方去,她在村口站了一会儿,看见赤脚医生张兵背着药箱走过。

张兵看见了燕怡,停下来,说:"你在这里做什么?"

燕怡板着脸说:"不做什么。"

张兵笑嘻嘻地说:"高中生做不成,不高兴,是不是?做农民也蛮好么。"他一边说一边往前走。

燕怡愤恨地看着张兵走远。她突然喊了声:"你等等。"

张兵回过身来,问:"什么事?"

燕怡说:"你是不是不喜欢你的老婆?"

张兵显然吃了一惊,说:"你什么意思?"

燕怡笑了一下,说:"没有什么意思,你要是跟你老婆不好,你跟她离婚吧。"

张兵皱了皱眉,说:"你这个丫头,瞎说什么。"

燕怡一本正经地说:"知道程莹在外面说你什么?"

张兵看着燕怡。

燕怡说:"程莹说你是怕老婆的,你天天夜里跪在床前,是不是?"

张兵这时"哈哈"大笑起来,说:"你个小丫头,上不成高中,你来捉弄别人啊,看不出你肚子里有坏水啊。"

燕怡却不笑,仍然一本正经地说:"真的,我要是真的在乡下做农民，我就嫁给你这样的人，没有文化的人我是不要的。"

张兵听了这话，注意地看看燕怡，说："我还有事情呢。"说着就急急忙忙地走开了。

现在轮到燕怡在背后"哈哈"大笑了，她笑得掉下眼泪，觉得十分舒畅。

但是笑过以后，燕怡又觉得心里很空，她狠狠地吐了一口唾沫。高中上不成了，利生到杨湾考试时一直担忧的就是这个。现在利生的预感成了现实，而且不只是利生，还有燕怡自己，燕怡曾经觉得利生的担忧没有道理，现在看起来，利生的预感是有道理的。

燕怡现在想到利生，不再觉得利生小鸡肚肠，她有一种同病相怜的感觉，燕怡突然想到要去看看利生。她看看天色，估计赶到利生家之前，天还不会完全黑。燕怡没有多加考虑，就往利生家去了。

但是燕怡的估计不准确，才走了一半路，天就黑下来，天黑得很快。燕怡进退两难。乡下很荒凉，到利生家的这条路上，几乎没有什么村子，全是农田和桑地。燕怡一边走，一边四处张望，很快她发现有一个男人跟在她后面，不远不近。燕怡走得快，他就追得快，燕怡放慢脚步，他也就慢一点。燕怡吓坏了，大声哭起来，那个男人始终没有追上她。

燕怡在跑过一座没有栏杆的小桥时，两腿发软，在桥上绊了一下，栽到河里去了。燕怡不会游泳，一下河就往水底下沉，燕怡什么也没有来得及想。

一只有力的手把燕怡拉起来，燕怡睁开眼睛一看，她认出来就是跟在她背后的那个人。

他问燕怡："你跑什么？"

燕怡不好意思地笑了，说："我以为你是坏人。"

他笑了，说："我认识你，你是老杨的女儿，对不对？我是前村的插青，你要到哪里去，这么晚了？"

燕怡说："我要回家。"

他说："那你怎么朝相反方向走，你昏了头，快走吧，要冻死了，我送你回去。"

他把燕怡送到门口，不肯进去就走了。

燕怡回家换了衣服，又喝了热粥，暖过来了，她说了刚才的事情。奶奶说："谢天谢地，幸亏遇上了好人，要是遇上了坏人，你怎么办？"

燕怡不响。

奶奶又说："你怎么一个人出去，你出去怎么不和燕平一起走。"

燕怡抽抽鼻子，说："我找不到他，他不理我。"

燕平在一边说："是你不理我。"

奶奶说："好了好了，姐弟俩，闹什么别扭。"

燕怡经过一场惊吓，怨气好像减少了一些，她对燕平笑笑，燕平也朝她笑笑。

到半夜里燕怡发起高烧来，很厉害，在床上翻滚，说胡话。

燕平爬起来说："我去喊张兵吧。"

奶奶说："不要你去，我去。"

奶奶走了很长时间仍没把张兵喊来，燕平不放心，想去接奶奶，但离不开神志不清的燕怡，急得团团转，这一切燕怡都不知道。

等燕怡稍为清醒的时候，燕怡看到自己手臂上已经挂上了盐水，但是没有家里人在旁边，只有隔壁的大坤妈守着她，燕怡说："他们呢？"

大坤妈说："你不要动，你烧得很厉害，后半夜你什么也不知道。"

燕怡问："我奶奶呢？我弟弟呢？"

大坤妈说："你奶奶夜里给你去喊张兵，摔伤了，说是哪里骨头断了，你奶奶爬到张兵家去的。"

燕怡一下子坐起来，说："我奶奶呢？"

大坤妈说："你睡下，你不要动，张兵已经给她上了石膏，现在不能动，躺在张兵家里，你弟弟在陪她呢，等会他们找一副门板把她抬回来。"

燕怡眼睛一酸，眼泪掉下来。

大坤妈也鼻子酸酸的，说："你奶奶真是的。"

过了一会儿，张兵找了几个男人把奶奶抬回来了。奶奶的股骨骨折，一点也不能动，燕怡看见奶奶，哇地大哭起来。

张兵说："小丫头，哭什么，你奶奶这是硬伤，养几天就会好的。"

奶奶躺在自己床上喊燕怡，奶奶说："燕怡哎，你少说话，张兵说你昨天夜里烧到40度了，你不要命了。"

后来大坤妈要帮他们烧饭，燕平坚决不要，说自己会烧，大坤妈就走了。燕怡盐水挂完，张兵给燕怡拔了针头，也走了。

燕怡下了床，走到奶奶身边，说："奶奶，是我不好，我不和弟弟争了。"

燕平说："你又要烦了，你这个人现在变得很烦。"

奶奶看看两个孩子，叹了口气，说："你们都不要说了，等爸爸妈妈回来，再想办法，会有办法的。"

燕怡知道这是奶奶在安慰他们，会有什么办法呢。但不管怎么说，燕怡已经下了决心，杨湾中学一定叫弟弟去上。

第三天下午，爸爸妈妈回来了。爸爸妈妈是和家宝爸爸一起来的。

家宝的爸爸是听说奶奶摔伤了，绕道来看望的。

燕怡情绪稳定下来，就想起了那天对家宝爸爸耍态度的事，她有点不好意思。

爸爸妈妈急急忙忙地看过奶奶以后，就来看燕怡，又把燕平叫过来。燕怡看出来了，他们有事情要跟她说。从爸爸脸上她看不出是什么事，但是从奶奶脸上她看出来是好事。

果真，妈妈说："你们上学的问题解决了，公社里特殊照顾，给我们片增加一个名额。"

爸爸说："多亏方主任帮忙，方主任同金书记说了，金书记是很看重方主任的。"

家宝的爸爸走过来，说："哪里，是老杨你自己的面子，老杨你是很有名气的，我听金书记说，县里一直在打听你的情况呢。"

爸爸笑笑说："今天在我这里吃饭，喝点酒。"

家宝的爸爸说："不了，改日再来吧。家宝还在家里等消息呢，找金书记的主意还是家宝出的。"

燕怡心里很感动，她想对家宝的爸爸说几句感谢的话，可是她却说不出来。

家宝的爸爸明白燕怡的心思。

过了几天，燕怡病好了，正和燕平商量要到家宝家去，家宝倒先来了。

他们见面没有说几句话,就谈到利生了,谈到利生的时候,燕怡的心情说不清是什么味道。

家宝提出来要去看利生。

燕怡说:"不能去的,我们三个人都上学,他没有上,我们去看他,他会不高兴。"

燕平说:"但是我们上学之前总要看他一次,不看他,我们就走,也不好的。"

真是两为其难。

家宝笑笑,说:"走吧走吧,去看利生,我保证利生不会生气,只会高兴。"

燕怡觉得家宝的笑很奇怪,难道家宝还有什么好消息,难道家宝的爸爸又去争取了一个照顾名额,照顾利生吗?这是不可能的。

既然这个不可能,利生就绝不可能高兴。

燕怡不想去,被家宝和燕平拖着去了。

他们到了利生家,在门口喊利生。利生不出来,利生的妈妈开了门,让他们进去,但是看得出利生的妈妈并不欢迎他们来,家宝问:"利生呢?"

利生的妈妈指指利生的房门。

利生不肯出来见他们。

家宝就去敲利生的门,但是怎么敲利生在里面就是不作声。

利生的妈妈说:"你们来看利生,利生心里不好受,你们四个人一起到杨湾去考的,现在去掉他一个人,利生又不是功课不好,利生真是命不好,不如你们。"

家宝敲门敲不开，就对着门缝说："利生你出来，我告诉你一个好消息。"

利生仍然没有声响。

家宝又说："真的，我不骗你，是读书的事情，上杨湾中学的事情，你要不要听，不要听我走了啊。"

这一下利生果然开了门，站在门口，眼睛红红的，死死地盯住家宝。

不只是利生盯住家宝，屋子里所有的人都盯住家宝。

家宝摸摸头皮，说："我不去读书了，你们三个去吧。"

利生紧张地说："不可能的。"

家宝说："真的，我要去当工人了。"

燕怡问："你当什么工人，你才十六岁。"

家宝说："是刘家港矿山招工，我虚报了两岁报了名的。"

利生说："人家怎么肯收你，我知道报矿工的人很多的。"

家宝说："这你就不懂了，我舅舅在那里管事情的，我要去还不是一句话。"

燕怡说："你爸爸知道吗？"

家宝说："现在还不知道。"

燕怡说："你爸爸不会同意的。"

利生泄了气，应声说："就是，你爸爸不会同意的。"

家宝又说了好多话，比如说"我爸爸管不住我的"，比如又说"我爸爸听我的话""我爸爸其实是好说话的"等等，可是任他怎么说，利生也不相信，别人也都不相信。

家宝急了，说："你们要我怎样才会相信。"

利生说:"即使你让了我,我也不能去,规定一定要有一个贫下中农子女,你不去,会招一个别人,我们家是富裕中农。"

家宝说:"富裕中农跟下中农只差一点点呀,你们跟金书记说一说,他点了头就成了,我听我爸爸说,燕怡他们也是金书记照顾的。"

一直轮不到开口的利生妈妈这时候插了上来说:"叫姐姐跟小金说说。"

利生哭丧着脸说:"可是姐姐不想跟小金好,姐姐不喜欢小金,小金太粗气了。"

利生的妈妈说:"那有什么,粗气细气,又不好当饭吃的,利生,这件事包在我身上,你放心,只要家宝不去,有这一个名额,就是你的。"

利生突然发火说:"你怎么这样烦。"

利生的妈妈不作声了。

后来利生把燕怡他们送到大通桥上,利生什么也没有说,就回去了。

燕怡、燕平和家宝一起走了一段,燕怡说:"家宝,你真的要去做矿工吗?矿工很苦的。"

家宝说:"当然是真的,已经讲定了。"

燕平说:"做了矿工,是不是头上戴一顶盔,上面有一盏矿灯那样的,身上很黑的。"

家宝说:"那要看在矿上做什么工作了,要是做掘矿工,就是那样的。"

燕怡说:"你不会做掘矿工吧,你不要去做掘矿工。"

家宝说:"其实我是喜欢做的。"

燕怡说:"家宝,你是不是为了让给利生,你才去做矿工的?"

家宝说:"哪里呀,我早跟你们说过,我不想读书,真的不想读书,读书也没有什么意思。"

燕怡不知说什么好,当初四个人坐着小船赶考的时候,家宝确实是这样说的,但都以为他是瞎说的,现在家宝真的不要读书了,燕怡觉得很可惜,读书毕竟是一件好事呀。

燕怡、燕平和家宝最后在岔路口分手,家宝看看燕怡、燕平,突然神秘地眨眨眼,他说:"你们记得杨湾的万佛塔吧,那一天我爬到七层,大佛说话了,他说那里不是我去的地方,你们还记得吗?"

燕怡说:"你瞎说。"

家宝一本正经地说:"是真的。"

三

第一次去杨湾是四个人,第二次就是三人行了。

少了家宝那样一个逗人发笑的活跃分子,气氛就不一样。燕怡、燕平、利生他们心中都有点不踏实。家宝终于没有到杨湾来上高中,他们三个人内心是不是有一点内疚呢,也许是有一点的。但这种内疚其实不必,因为家宝并不是被他们中间哪一个人挤下去的,实际上他们中间任何一个人要挤走家宝都是不可能的,家宝自己不要读书,家宝早就有这样的想法。这不怪燕怡、燕平、利生,他们不应该内疚。现在他们不踏实的心情如果不是内疚,那么就是其他的一种什么情绪,好在这种情绪一到杨湾很快就转换成了另外的情绪。

杨湾中学这一届高一学生只招了一个班。女生总共只有八个人，正好住满一间宿舍。宿舍在二楼，朝南，窗前就是大操场，很开阔。同宿舍的女生中，燕怡认出来有四个是当初一起考试时住在一间宿舍的。燕怡在报名的时候就注意了一下，那个看微积分的女生和青云公社的女生都不在新生名单中。另外三个女生，考试的时候在不在，燕怡现在就没印象了。

报到的当天没有什么事，开学典礼在第二天进行，所以当天上午，女生就在宿舍里聊天，互相交流，大家都很兴奋，有说不完的话。到快吃午饭的时候，燕平在楼下喊燕怡。燕怡下楼，看见利生耷拉着脑袋站在那里，一脸晦气。

燕怡说："利生你怎么了。"

利生没有回答。

燕平说："他的钥匙不见了。"

燕怡说："你怎么搞的，刚刚发的钥匙。"

钥匙是报到注册时发的，利生从拿到钥匙到丢失钥匙总共才一两个钟头，上午利生和燕平到操场上玩，看到不少体育器械，很新鲜，去爬单杠双杠玩，钥匙大概是那时翻出来的，后来他们回宿舍发现钥匙没了，回头再找，没有找到。

燕怡看到利生苦着脸，她说："怎么办，去跟老师说吧？"

利生连连摇头。

燕怡又说："也不要紧，反正你跟燕平一起，就用燕平的钥匙好了。"

利生摇头说："那怎么行，我没有钥匙，我算什么。"

燕怡说："那你说怎么办？"

利生哭丧着脸,他没有办法。

这时候楼上的女生都下来吃饭,听燕怡说丢了钥匙,有个杨湾的女生说,杨湾慧珠街口上有个修锁配钥匙的小店,可以去配一把,很方便的。

利生听了她的话,才有了笑颜。

吃过饭,利生拖了燕怡、燕平一起去配钥匙,顺便逛一逛杨湾的街。

杨湾的街很小,很快他们就找到了慧珠街的那个小店,有一个五十多岁的老人在门口做活。

配钥匙很顺利,几分钟以后利生就拿到了一把新钥匙,也不贵,才二角钱,利生拿到钥匙,松了一口气,说要去买一个钥匙圈。

三个人刚要走,听见小店里面有人说:"哎,你们是菀乡来的学生么?"

他们回头一看,是那个老银匠。

燕怡说:"你怎么在这里?"

老银匠说:"我兄弟家。"

燕怡"噢"了一声。

老银匠说:"考上了啊,恭喜,还有一个呢,没有考上啊?"

利生说:"他不想读书了。"

燕怡这时候想起张兵说老银匠是老革命的事情,她同他开个玩笑,她说:"你是老革命,是不是?"

燕怡原以为老银匠会说"你听他们瞎说,你看我像老革命吗"这一类的话,不料老银匠却说:"老革命,是老革命,怎么样呢?"

老银匠的弟媳妇说:"我们大哥1922年就入党了。"

老银匠说:"是 1923 年。"

燕怡他们三个人一时有点发愣,后来燕平说:"你是不是犯了错误?"

燕怡瞪了燕平一眼。

老银匠却笑起来,说:"当然是犯了错误,犯了大错误呢。"

老银匠的弟媳妇说:"大哥你又瞎说了。"

老银匠说:"这有什么要紧的,用不着难为情的。"

利生说:"你是老革命怎么又是老银匠呢?"

老银匠说:"为什么不可以呢?"

为什么不可以,为什么可以,燕怡他们是不能明白的,但是燕怡觉得老银匠很奇怪,犯了大错误,还嘻嘻哈哈的,她弄不懂怎么回事。

回学校的路上,利生说:"我晓得了,他大概是地下党。"

燕平说:"他会不会是叛徒?"

利生点点头,说:"很可能的。"

燕怡说:"你们又瞎猜,要是叛徒怎么不抓起来。"

燕平和利生又议论了一会儿老银匠,很快就到了学校门口。

这时候学校里的钟声响了,燕怡他们已经知道,这是晚饭钟。

钟声是悠扬的,燕怡的心情很舒畅,这钟声现在是属于她的了。

开学典礼之后,就算是正式上学了。不过前面的一个半月,并不坐在教室里上课,安排学工学农学军。学工学农是要住到厂里和乡下去的,要到第三个十五天学军的时候,才住回学校,请解放军到学校指导。

在学农的半个月里,燕怡接到家宝的来信,信当然是寄到杨湾中学的,一起由学校的老师带到乡下。家宝的信里夹了一张照片,家宝身穿矿工服,头戴矿工帽,上面有一盏灯的,完全是大人的样子了。家宝在信上说,他已经开始上班了,就像电影里看见的煤矿工人一样,不过他们下井是机械化的,电车下去,很快。其他也没有多说什么,叫她代问燕平、利生好。燕怡把信和照片给利生、燕平看,他们都觉得家宝像个大人了。

学工学农结束以后,学生就住回学校,放了一天假,休息。

利生提议再到万佛塔去看看。

燕怡和燕平都赞成。上次来,还是一片大雪,现在已是春暖花开了,万佛塔一定是别的一种气氛了。

到万佛塔,才发现万佛塔仍然是冷冷清清。

他们和第一次一样,上到三层,眺望杨湾,看了一会儿。利生说:"你们上不上了?"

燕怡说:"我不上,我爬不动。"

燕平说:"我要上,上次没有上,这次要上了。"

利生说:"我也要上了。"

燕怡开玩笑,说:"你们不怕老佛爷说话啊。"

利生说:"你相信家宝瞎说呀。"

一边说,利生和燕平一边往上去,利生在前,燕平在后,这时候燕怡不知怎么去拉了一下燕平的裤管,她大概是不希望弟弟上去。燕平回头看看燕怡,燕怡什么也没有说,但是燕平突然退了下来,对利生说:"算了,不要上了吧。"

利生已经爬了好几级,他在木梯上停了一会儿,然后说:"你不去,我一个人去看看。"他好像还念了一句诗词,"不到长城非好汉。"

利生上去以后,燕平问燕怡:"你为什么叫我不要上去?"

燕怡说:"我没有叫你不上去。"

燕平说:"那你拉我做什么呢?"

燕怡说:"算了,你不要上去了,有什么好看的。"

燕平不再说什么。

过了一会儿,利生下来了。燕怡看到利生的脸色,就想起当初家宝从上面下来的脸色,燕怡有点害怕了。

燕平毕竟是男孩子,粗心一点,他好像没有发现有什么异常,所以他问:"上面怎么样?"

利生不回答。

燕平又问:"有没有一座大佛?"

利生仍然不回答。

燕平说:"你这个人怎么搞的,阴阳怪气。"

燕怡拉了燕平一下,说:"我们走吧。"

燕平大概也悟到了一点什么,不再追问利生。

他们回到学校,第二天就开始军训了。

一日学生在操场上练习步伐,燕怡突然发现操场外面有一个人在看他们,是张兵。休息时,燕怡跑过去,张兵脸色不好,不是平时那样嬉皮笑脸的样子,他说:"你去叫利生来。"

燕怡问:"什么事?"

张兵说:"你叫利生来。"

燕怡有点不高兴,但还是去叫了利生。

张兵一见利生,就说:"利生,你请个假,跟我回去。"

利生脸有点发白,问:"什么事?"

张兵停顿了一下,说:"是你姐姐……"

利生很紧张,说:"我姐姐怎么?"

张兵说:"你姐姐身体不大好,她大概是恋爱的事情有点想不通,脑子有点乱。"

利生好像没有听懂。

张兵又说:"你请假吧,你爸爸妈妈等你回去呢。"

利生说:"他们为什么不来,叫你来。"

张兵说:"你姐姐这个病,我也不大懂,我是到杨湾医院来讨教的,顺便来叫你。"

利生犹豫了一会儿,说:"刚进校,就请假,不知道好不好。"

张兵有点急,说:"你爸爸妈妈叫你一定要回去。"

利生说:"我姐姐,她是不是……"

张兵打断他说:"你不要多问了,你是不是不想回去,你姐姐对你……"

利生又打断张兵,说:"你不要说了,我去请假。"

利生当天就跟着张兵回乡下去。燕怡和燕平去送他,他们都希望他早点返校,可是他们没有想到,利生这一走,就再也没有返校。

一直到学军结束的时候,燕怡、燕平才收到利生的信。

信是这样写的:

我姐姐疯了。她是武痴,很狂暴。张兵说这是狂躁型病症。她发病的时候,见人就打,见东西就砸。大家劝我们把姐姐送到精神病医院去关起来,我们一家人陪姐姐去了，可是又把姐姐领回来了。那里面对病人很那个，一发病就要上电，平时要绑起来的，姐姐被绑起来，就咬自己的嘴唇，流了很多血，爸爸妈妈看见都哭了，爸爸妈妈舍不得把姐姐放在那里，我也舍不得，就把姐姐领回来了。姐姐现在住在家里，不发病的时候，每天要一个人看护，发起病来，三五个男人也弄不住她。人家都说我们是自找苦吃，可是爸爸妈妈他们情愿这样。

我姐姐为什么疯了，谁也说不清楚，只有我姐姐自己知道，可是她现在不会说了，就算她说了，别人也不会相信她，因为她疯了。

还有一个不好的消息，就是张兵，张兵被我姐姐拿刀砍了一下，砍在脸上，伤口很大，到公社卫生院缝了七针，拆了线，脸上有一道痕了，很难看。那天姐姐发病，看不住她，别人都逃开了，张兵去劝姐姐，就被姐姐砍了。很奇怪的，刀我们都藏起来的，不知她是从哪里弄来的刀。这里有人说张兵是活该，他们说张兵和姐姐有什么关系，被姐姐的对象知道了，姐姐才发疯的。所以姐姐砍了他，他是报应。但是我不相信，我想姐姐发疯和张兵是没有关系的，我觉得张兵这个人不坏。

你们一定会关心我什么时候去上学，我要告诉你们，我不去上学了，我爸爸为了姐姐的事，头发都白了，一下子老得别人都不认识了，我妈妈身体也不如以前了，我不能丢开他们不管，并不是爸爸妈妈叫我不要读书，他们说困难可以克服，叫我还是去读书，可是我自己不想读书了，真的一点也不想了。一个人的念头是很奇怪的，那时候我想读书都要想疯了，家宝不想读书我总觉得家宝不正常，但是现在我自己也不想读书了，我现在想通了，像我们这样的人，读书怎么样，不读书又怎么样呢。

你们和我不一样，你们本来是应该读书的，我祝愿你们好好读书。

最后还跟你们讲一件事，杨湾那个古塔上面你们就不要上去了，上面什么也没有。

燕怡和燕平看了这封信，心里都很有感触，但又说不清是什么，燕怡只是觉得，利生一下子好像长大了。利生的长大同家宝的长大不一样，家宝是因为穿了矿工的衣服才像个工人的，而利生，他的信，他的语气，还有许多别的什么燕怡说不清的东西，都使燕怡觉得利生长大了。

燕怡和燕平立即回了一封信，说老师同学都希望利生复学，有困难大家一起帮助他。另外又强调不管怎么样，希望保持联系。

但是利生一直没有回信。

利生的那封信是和燕怡、燕平的最后一次联系，以后燕怡、燕平又接连给利生去过几次信，利生都不回信，音讯就此中断了。燕怡、燕平想好，到放假回去的时候，一定要去看利生的。

但是燕怡、燕平从此却再也没有回菀乡去。

在杨湾中学高一班结束了学工学农学军正式开始上课不久，燕怡的爸爸妈妈就调到县里去工作了，他们又把家全部安到县城去了，并且办妥了燕怡、燕平的转学手续。

一切都办好以后，爸爸妈妈到杨湾中学去了，他们是去带燕怡、燕平离开那里的。

这很意外。

燕怡说："为什么事先不和我们说一声？"

爸爸妈妈看着燕怡，有点吃惊，他们大概根本没有想到应该和孩子们先通气的，在他们心目中，燕怡、燕平仍然是小孩子，转学的事不必要跟小孩子商量或者打招呼的。

燕怡、燕平跟着爸爸妈妈离开了杨湾，离开了杨湾中学。临走之前，燕怡跟燕平说："你想不想再去看看万佛塔？"

燕平说："想。"

但是他们没有去。

杨燕怡和杨燕平在杨湾中学实际上只上了半个月的课，但他们的名字却在杨湾中学留下了，他们总归也算做了一回杨湾中学的高中生，以后他们长大了，要填履历表，这一段也是应该填上去的。

他们到了县城，进了县中，完全是一个新的天地了。

有一天突然来了一个穿军装的小伙子，找他们。燕怡一看，叫了起来："方家宝。"

方家宝参军了。

燕怡问他为什么不做矿工了。

方家宝说做矿工太苦，想换换环境。

燕怡笑着说，王老师早就说过，方家宝是猢狲屁股，坐不定的。

方家宝笑起来，他承认他是很不安定的。

燕怡没有忘记问一问仲利生的情况，家宝说队里照顾利生，安排在大队菌种场，又说仲利生的姐姐病情虽然稳定了一点，但这种病是不可能从根本上好的,稍微受一点点刺激就要发病的,利生一家人家现在弄得很苦的,跟从前是不大一样了。

燕怡又和家宝相约了,什么时候家宝回来探亲经过县城,一定要停下来,然后再一起去看利生。

可是燕怡的这个想法并没有能够实现,以后大家就各奔前程了。

门　神

在老阊门的地段上，有一家龙泉浴室。浴室是现时文明的叫法，从前大家都把浴室叫作混堂。龙泉浴室是在1927年开张的。陈氏老板陈金邦贪老阊门的市口好。老阊门原先是城里最繁华最热闹的地方，商贾云集，百业荟萃，水陆各路，四通八达，在这里开混堂，当然是很借光的。陈氏原是扬州乡下出来的农民，到城里混了几年，虽有了一些积蓄，但毕竟有限，只是小本经营，所以龙泉浴室初开时，规模是很小的，只有清水盆汤一个种类，门口挂一盏油纸灯笼，上面写明陈氏"清水盆汤"。混堂两开间大小，放一些木质浴盆，支布作幔，仅作遮隔而已。因为设施简单，取费低廉，进浴室的多为一般经济朋友和下层群众，尤其是一些在老阊门地段上卖力气的，像黄包车夫、摊贩、搬运工、各式工匠这样的人。一日劳作下来，一身灰尘汗渍，支出三五十文小钱，到混堂里泡一泡，原是必不可少的。所以，龙泉浴室生意兴隆，后来规模就大起来，格子也越来越高，分作高档的官盆、中档的客盆和低档的清水盆汤来。混堂里的工役，原先只是陈家自己的人，规模扩大后，人手不足，又增添了一些，除扦脚匠外，还有擦背和剪发的工役，多是一些扬州老乡。

陈氏龙泉浴室数十年来，大生意大做，小生意小做，一点没有重官盆客盆轻清水盆汤的意思，所以浴室是新面孔日益增加，老面孔长年不断，一家小小浴室，生意做到这个份上，也算是陈氏老板的本事了。

陈金邦从扬州出来之前，就是在混堂里学生意学扦脚工的，因为咽不下老板的气，才闯出来，自己打天下，到底给他创出了颇有名气的龙泉浴室。从混堂这个行当来说，算是混得不错了。

陈氏龙泉浴室传到第三代，就公私合营了。公私合营以后，仍然叫龙泉浴室，仍然是陈氏做负责人。

陈氏这一茬的传人叫陈祖康。陈祖康接管龙泉浴室时三十刚出头，那时他父亲陈长天也不过五十多岁，当时考虑到陈祖康年纪轻，接受新思想快一些，公私合营是新事物，最好要思想新一些的人来管事，所以就报了陈祖康的名字。反正一笔写不出两个陈字，陈长天也不会有意见的。

陈祖康管理龙泉浴室果然不辱家门家风，可是十数年后，陈祖康还是携一家老少回扬州乡下种田了。从此，龙泉浴室的负责人便是赵钱孙李周吴郑王像走马灯一样不停地换转，很少有哪一位能把龙泉浴室的气象恢复到陈氏掌管时的模样。

以后陈祖康一家又迁了回来，仍旧住在老阊门一带，陈祖康也仍旧回到龙泉浴室做扦脚工。这时的陈祖康已五十有余，做扦脚工已经有些勉强，当然更不适合再做负责人。陈祖康倒是很希望自己的两儿两女中哪怕有一个继承祖业的，可惜没有。

陈祖康重操旧业，他是很想再多做几年的，可是年纪不饶人，给人修脚，手脚就不如从前利索了。有些胆小的人怕他的扦脚刀划破脚皮，常常要挑另一位年轻一些的扦脚师傅，就把陈祖康冷落了。陈祖康如此将就了两年，就退休回家了，当然，陈祖康并不是那种小肚肠鸡的人，不能做了就回家，他是不做占着茅坑不拉屎的事情的，何况那一位年纪轻一些的扦脚师傅赵宝成又是陈祖康当年手把手带出来的徒弟。从前说教会徒弟饿死师傅，现在没有这种事情了，徒弟出息，师傅光彩，所以陈祖康也就可以安安心心回家养老了。

虽然说赵宝成年纪轻一些，但只是跟陈祖康相比而已，其实赵宝成年纪也不是很轻了，毛五十岁的人，就是中年往老年上走了。这样说起来，赵宝成也早该收徒了。

而事实上，现在在龙泉浴室，慢说赵宝成做扦脚匠收不到徒弟，即使是一般的职工，像卖筹收票这样的工作，也都是一些做了几十年的老太太老头了。

年纪轻的人，贪图名声。招人进单位，好比重投人生，总要投一个好胎，什么中外合资、联营公司，或是大型企业，叫出来响当当，大家趋之若鹜。反过来，倘是进了浴室这样的单位，以后人家问起来在哪里得意，说在混堂里，实在是不大好听，下三档的地方，当然是羞与为伍，即使像龙泉浴室这样的具有相当规模相当格子的大浴室也同样的门庭冷落。

他们的父母，思想当然更要复杂一些，但是对于好单位和差单位的识别，都是大致相同的。

当然，好单位和差单位并不是任人挑选任人舍弃的，这里边无疑还有两个因素，一个是毕业生的成绩，再就是运气。

一些过来的老人看了现今的一些招工场面，感叹地说，这和从前赌场里押宝差不多呀。押宝押得准，低分也能拣个好单位；押宝押臭门了，高分也可能落个差单位。那时候家长们的紧张，学生们的兴奋，就像从前在跑马厅里的感觉一样。

龙泉浴室虽然负责人常换常新，但日常工作还是要正常进行的，浴室职工的正常更替也是不能中断的，有生老病死，就得有新的职工进来。现在龙泉浴室面临的最大问题，就是后继无人。

一

这一年秋天，二十一岁的梁小燕进了龙泉浴室。

梁小燕是这几年来龙泉浴室招进的唯一的一个年纪轻的正式职工。倒不是说龙泉浴室连续几年没有招进一个人来，但那些人都不是正式职工。有的是土地工、农民工，甚至还有一些暂时不想再流的盲流，大都在四五十岁上下，年轻的很少见。这些人都是不在编的，他们即使在龙泉浴室做五十年，仍然是临时工。

招工的那一天，老闾门区的饮服公司的高经理亲自坐镇。高经理并没有抱着很大的希望而来，所以也就不至于在走的时候过分的失望。在招工的铃声响起来的时候，各单位的分数线亮出来，所有的人都在犹豫、等待、观望，伺机出击。高经理就看见一位长得相当标致但穿着很不讲究的姑娘旁若无人地嗑着瓜子径直朝他这边走来。

梁小燕走过来对高经理说:"我报名。"

高经理多少有点措手不及,有点慌乱,也许还有一点受宠若惊。高经理连忙起身,并且掐灭了烟头,说:"你,你报我们?"

梁小燕粲然一笑,说:"等了你们两年了,去年你们没有招工。"

高经理叹了口气,说:"前几年年年出来丢丑,招不到人,去年索性不来了。"

梁小燕说:"今年我来了。"

高经理说:"好,好,我们区饮服系统有白牡丹理发厅,还有玫瑰美容厅,都是上档次的。"

梁小燕说:"我不是想进理发店,我可以进浴室。"

高经理张了张嘴,"啊啊"了两声。

梁小燕拿出一些证件,说:"这是我的证明,你不要看我大了几岁,以为我是留级坯呢。"

梁小燕不是应届毕业的,她三年前高中毕业,分数相当高的,当年就被招进了实力雄厚的大型企业东南丝织厂。在丝织厂做了一年,梁小燕就辞职了,什么理由也没有。丝织厂对她的鉴定并不坏,只是对她突然辞职表示不解和遗憾。以后梁小燕就在家待业两年,有时代人看看水果摊,或者小书亭。

梁小燕就被分到龙泉浴室来了。

梁小燕是龙泉浴室第一个高中生,店里很重视她,本来是要叫她做会计兼带卖浴筹的。可是梁小燕说:"我最怕算账,一算账就头疼,我这个人拎不清,不能搞经济财务的。"但是在浴室里除了财会工作,一时居然想不出有什么合适的事叫梁小燕做。

后来梁小燕自己说:"我看门吧,看看门,收收票,蛮轻松的,我喜欢做的。"

问题是看女浴室的张桂芳不肯让位,她在龙泉浴室做了三十几年,老吃老做,什么活都干过,末了弄了个看门的惬意生活,当然是不肯放弃的。

梁小燕要看门,只好去看男浴室的门,反正男浴室看门的阿刘是一把贱骨头,毛六十岁的人了还坐不定,原先在浴室里拎盆汤水的,一日做到夜浑身舒服,前一阵店里照顾他年纪大了,叫他看门,看了几个月,天天喊浑身骨头疼,仍旧要回浴池里做。

梁小燕来得正好,顶替阿刘看男浴室的门。

叫一个二十来岁的小姑娘看男浴室的门,总归有点名不正言不顺,不过好在看门看门,只是看住一扇门,并不会去看门里边的东西。加上梁小燕年纪虽轻,却不会打扮,不会涂脂抹粉,虽然不能说是蓬头垢面,但多少有一点邋遢相。进了浴室,穿着更加不讲究了,披一件工作服,往男浴室门口一坐,嗑嗑瓜子,看看外面的野景,傻乎乎的样子,想来也不会有哪个浴客会对她动什么心思。

结果是皆大欢喜,原先的会计,女浴室看门的张桂芳,男浴室看门的阿刘,梁小燕自己,还有店主任老汤,还有浴室其他人,大家都摆得很平。有些老职工,想想从前浴室进个把人,为了工种的事,总要弄出一大串的矛盾来。这次来一个高中生,一点也没有挑肥拣瘦,大家都觉得梁小燕这个小姑娘,年纪虽轻,人倒是很谦虚很随和的,一点也没有架子,所以,时间不长,他们就跟她相处得很好了。

虽然皆大欢喜,但有些工种,比如扦脚匠,擦背工,仍后继无人,那也是急不得的事,只能慢慢来,指望明后年再来几个有志于饮服行业的"梁小燕"。

其实梁小燕到龙泉浴室做事,是不是有志于什么,或者是不是她的思想觉悟怎么样,这都很难说。梁小燕其实有一个毛病,就是嗜睡早觉。夜里迟一点不要紧,早上一定要睡够,要不然一整天都会无精打采,呵欠连天的。梁小燕在东南丝织厂做不惯三班制,她很想上常中班,可是没有常中班,常日班倒是有的,但常日班也轮不到梁小燕。梁小燕的父母曾经很生梁小燕的气,梁父梁母都是为人端正善良的知识分子,一个在大学执教,一个在研究所伏案,总是希望子女有一分进取之心的,何况小燕的哥哥小鸪和姐姐小鹃都是大学毕业生,所以父母对于小女儿小燕难免有一点偏见,有一些恨铁不成钢的想法。当初小燕以几分之差未考上大学时,父母还劝小燕想开一点,以小燕这样的分数虽然上大学差了几分,但肯定能找一份好工作。在招工报名的时候,父母希望小燕拣一些技术性稍强的专业,可是小燕不愿意,说那些单位太费神,一进去就要培训、学习,以后一辈子要动脑筋,太苦了。小燕和几个成绩差一些的女生商量下来,觉得还是丝织厂里轻松,做完八小时,什么负担也没有,就报了东南丝织厂,却不知道即使做了丝织工,不光要费力,也是要费神的,技术操作的要求非常高,而且隔三岔五就要测评。小燕无心进取,早上经常迟到,一年后总考评时,落在别人后面一大段,领导找她谈话,她干脆辞职不干了。

现在梁小燕总算是如愿以偿。龙泉浴室营业时间是中午两点到夜里九点,上午不开门,这正中梁小燕下怀。如果梁小燕仅仅是为了睡早觉才辞去国营大厂的工作跑到一个小小浴室来看门,那梁小燕也太没有出息了。

那么梁小燕究竟为什么一心一意要进别人不肯进的浴室工作,只是为了实惠一点轻一点,早上能睡个懒觉,还是另有目的,现在还很难说。

现在梁小燕每日上午睡个够,中午来上班精神抖擞。有的熟人经过龙泉浴室,见她在看门,人家反而有点难为情,不敢看她,她倒是老远就要喊应人家,说说闲话。有时候从前一起读书一起进厂的小姐妹来看她,难免要怨她几句,梁小燕却一点也不在乎,她是一点也不懊悔的。

看门收票是很清闲的,有一只木匣子,浴客自己把浴筹放进去,看门人不要动手不要动嘴,只需睁一只眼捎带看着点。这样的工作,其实是很无聊的,看女浴室的张桂芳一边打毛线一边看着梁小燕。她看梁小燕坐在那里,嗑嗑瓜子,什么也不做,张桂芳说:"喂,你怎么不带点绒线来织织呀。"

梁小燕笑笑,说:"我不高兴,绒线我不会织的,从前织过一次,弄不像的,你看我的手指头,这么短,这么粗,笨煞坏,只会吃吃,玩玩。"

张桂芳说:"你这样白坐,不厌气啊。"

梁小燕说:"不厌气,一点也不厌气,看看野景,蛮有劲的。"

张桂芳说:"我弄不懂你,东南丝织厂,名气呱呱响,外国人也晓得的,你为什么要出来。"

梁小燕说:"名气响,全是响的厂长经理呀,跟我们小工人有什么关系。我们三班制的生活,立八个钟头,累死了,我是吃不消。我跟你说,我这双手,不来事的,僵的,打结头都打不来。"

张桂芳说:"那你为什么不去投好一点的单位,到混堂里来,你便是水往低处流了。"

梁小燕笑起来,说:"什么呀,什么水往低处流呀,我想来想去,还是混堂里顶实惠顶惬意呢。"

张桂芳又朝梁小燕看看,说:"现在外面的小姑娘,死要一张面皮的,像你这样不讲究面子的人,倒也不多,你倒是想得很开的。"

梁小燕说:"就是呀。"

张桂芳说:"我家男人上次要帮我调到公司去,我才不去呢。我这里门口坐坐,多少乐惠,织绒线,她们里边几个还想钳我呢,我是打出牌子,不怕的。我跟你说,这些绒线衣,全是帮人家织的,织一件三块,有花样的五块,你不会织,拿来我帮你织,不过我不会收你手工钱的啊。"

张桂芳是龙泉浴室一只雌老虎。看女浴室的位置原先是店主任老汤女人的,后来被她夺了去,上班还搞副业织绒线,老汤拿她没有办法。张桂芳掮男人的牌头,她的男人是饮服公司党支部副书记,龙泉浴室靠张桂芳的牌头,一年要少交不少钱给公司,自己单位多留一点,福利就好一点,所以大家捧着她,慢说上班织绒线,就是上班搓麻将,也只好由她去。

梁小燕上了几天班,就发现每日下午有个老人,端一只竹靠背,放在浴室对面的树底下,在那里一坐就是半天,身边一只小收音机,听听评弹,眼睛总是盯牢这边看。

梁小燕问张桂芳:"你看对过树下那个人,是谁?"

张桂芳头也不抬,说:"噢,是老陈,陈祖康,原先也是龙泉浴室的。"

梁小燕说:"退休了?"

张桂芳朝树下看了一眼,说:"现在是老木了,从前是做抟脚匠的,听说他年纪轻的时候,抟脚功夫一等。"

梁小燕皱皱眉头,说:"哦哟,帮人家抟脚,捧别人的臭脚,臭死了。"

张桂芳说:"你不要小看抟脚呢,从前讲起来,这一把刀,很吃香的,什么大佬脚上生了鸡眼,长了老茧,指甲嵌肉,都要来求陈师傅的。"

梁小燕说:"恶心死了。"

张桂芳说:"我进龙泉浴室那一年,工资几块,你猜猜,告诉你,只有12块。陈师傅那时候薪水97块,一个月97块工资,不得了的事情啊。所以我那时候,眼热煞陈师傅,想跟他学抟脚,他还看不起我,不肯教我呢。"

梁小燕说:"叫我我是不高兴的。"

张桂芳看看梁小燕,说:"你这个小姑娘,有点怪啊。"

梁小燕说:"咦,你也说我有点怪,人家都说我有点怪,其实我是不怪的。"

张桂芳笑笑,没有再说什么,专心一意织绒线。

到两点多钟,老陈师傅一档书听结束,小收音机往中山装的大口袋里一放,慢慢地踱过来,看着梁小燕笑笑,说:"这位姑娘,是新来的?"

一口苏北腔。

梁小燕说:"你是苏北人。"

张桂芳说:"陈师傅扬州人。扬州么,出三把刀,其实我也是苏北人,你听不出我的口音啊。"

梁小燕说:"是听不大出了,你的口音全变了。"

张桂芳笑了。

梁小燕又说:"其实我也是苏北人,我爸爸妈妈是苏北人,只不过我不是生在苏北的。"

张桂芳说:"哦哟,我们龙泉浴室,全是一路货了。那天我们还在讲呢,算来算去,我们正式职工23个,全是苏北人,来了一个你,总算有一点花色了,不晓得你,竟也是一个苏北种。"

陈祖康咧着嘴笑,正要说什么,就有一个衣着入时的漂亮姑娘走进来,梁小燕看看她,连忙说:"咦,梁小鹃,你来做什么?"

梁小鹃说:"我来跟你说一声,今天晚上,我跟小周的双方父母见见面,吃一顿饭,小鹃要去的,叫你也去,反正人不多。"

梁小燕说:"怎么小周呀,改了姓吗,你不是告诉我姓王吗?"

梁小鹃不高兴地说:"你瞎搞什么,小王的事早就断了。"

梁小燕说:"那上次我见到的是小王还是小周呀?"

梁小鹃不耐烦地说:"什么上一次,哪一次呀?"

梁小燕笑着说:"就是,就是你哭的那一次。"

梁小鹃生气地说:"你怎么老是这样,跟你说啊,今天晚上,是在翠花园楼订了一桌,到时候你不要乱说啊。"

梁小燕说:"哟,吃馆子呀,几点钟?"

梁小鹃说:"七点。"

梁小鹃说:"你能不能请假?"

梁小燕说:"像我这样的人,多一个不多,少一个不少,不去也罢,去了反而叫你们难堪,等会人家小周父母问起来……"

梁小鹃打断她的话,说:"这是你自己说的啊,我没有说你,不要到时候说我们怎么你……"

张桂芳连忙说:"梁小燕,七点钟你走你的,这边我带只眼看看就行了,反正到八点钟就停止进门了。"

陈祖康说:"要不然我来代你坐一个钟头,反正我也没有事情。"

梁小鹃不等梁小燕再说什么,自顾走了。

梁小娟一走,张桂芳就说:"这是你姐姐吧,派头真好,你怎么不跟你姐姐学学,年纪轻轻,姑娘家,也要打扮打扮的。"

梁小燕说:"我是不高兴打扮的。"

张桂芳说:"我听人家讲,翠花园楼一桌,起码两三百,你姐姐做什么事情的,很有钱是不是?"

梁小燕说:"有什么钱,大学毕业,寻几个死工资,还不是死要面子,硬撑。"

到了下晚六点多钟,张桂芳说:"梁小燕你走吧,今天阴沉沉,要落雨的样子,夜里洗浴的人不会多,我帮你代看看。"

梁小燕说:"你当真的,我是不高兴去的。"

张桂芳说:"你这个小姑娘,有点怪。"

梁小燕"咯咯"一笑,愈发笑得张桂芳奇怪。张桂芳也算是见过世面的人,混堂这样的地方,三教九流,什么样的人不来?可是像梁小燕这样的人,倒是很少碰见的。

这时候老汤从男浴室里急吼吼地跑出来,一边喊:"张桂芳,快去喊陈师傅来。"

原来抃脚师傅赵宝成因为家中有事请了几天假,浴室里没有人抃脚,有的老浴客有脚疾,几天不抃脚,日脚就不好过,临时就叫擦背的杨毛头帮帮忙。杨毛头平时跟赵师傅学过抃脚,也捏过抃脚刀，可是赵师傅不在场，他心里就没有底，发慌，把浴客的脚划破了，只好去求陈祖康来收场。

张桂芳去喊陈师傅，老汤在门口跳脚，杨毛头也跟了出来，老汤怨他，杨毛头说："又不是我要扦的，跟你说我不来事的，你一定要叫我弄的。"

老汤叹气。

梁小燕看着老汤和杨毛头，一个倒挂八字眉，一个八字属倒挂，忍不住"咯咯"地笑，老汤看看她，说："你最惬意，一点不上心思的。"

二

从前在老阊门这一带，闲散游荡的人是很多的，随便哪一天哪一个上午，到云露阁、一洞天、一壶春这样的茶肆去看一看，必是茶客满座。正如从前人称"家庭以天伦而合，学校以道义而合，工商以职业而合，而茶肆以市井游荡而合"。其时吴中之人可谓无职业者茶肆为其第二家庭，有职业者茶肆为其第二职业。当然，那时候的茶客，说起来以市井游荡为主，但除了少数绅士、纨绔少年确实是游手好闲之外，大部分茶客都是有职业的，只是他们的职业不像现在工作的人，要正常上下班的，那时候有些人的职业也就是孵茶馆、谈生意，比如像"业、蚂、催、数"这样的人，自是常客。"业"便是业主，"蚂"是从前专门做买卖房产中人的叫作白蚂蚁，"催"就是催租人，那时候叫催子，"数"则是知数，即账房师爷一类人。这些人，常常吃茶时兼带谈谈生意，或者说是谈生意不误吃茶的工夫。

其实，倘若只见他们上午的吃茶工夫，那是只知其一，不知其二。这些人上午泡在茶肆的，大凡下午是要泡混堂的，要不然哪里来的"上午皮包水，下午水包皮"的说法呢。

他们的泡混堂和孵茶馆性质是一样的，泡混堂不误生意经。

后来这样的人就越来越少了，到现在，看起来，每天泡茶馆的，只是些退休老人，消磨时光而已，每天泡混堂的人，几乎是没有了。一般的人，在春、秋、冬三季，一个星期洗一次浴，算是比较勤的了，懒的人十天半月，甚至一两个月才进一次混堂。

但是洗浴的人却比从前多得多，所以从前的浴工，基本上能叫出所有老浴客的名字，能说出他们的特征、家庭情况和个人嗜好等。现在就不得了，一则现在的浴工，根本没有心思记住浴客张三李四，哪个浴客抛烟，他接住了朝你点点头，不抛烟的，看也不会看你一眼。二则呢，现在的浴客太多，一批走了又来一批，走马灯一样，一下午不知要换多少人，浴工要想记也记不住张三李四长脸方脸。

梁小燕是深秋的时候进龙泉浴室的，做了个把月，到了初冬，她就记牢了一个浴客。这个人三十来岁，一星期来三次，跑得很勤。不过梁小燕记得住他，并不是因为他一星期来三次，而是因为他那张白僚僚的面孔，像从监狱里放出来的样子。这个人来洗浴，必是要买双份的票，泡双倍的时间，因为到了冬天，浴客多，所以浴室规定一个人洗浴不能超过一个小时，他买双份的票筹，可以多泡一个小时。

过两个小时出来，白僚僚的面孔就变成红彤彤了，隔一日再来，又是白僚僚的。

起先梁小燕也没有怎么注意他这个人，除了有一张牢改犯的面孔，其他也没有什么特别的地方，可是后来有一天不知怎么就搭牵了。

这一日梁小燕说："喂，你三天两头来泡混堂，是不是有什么毛病啊？"

那人看见梁小燕，笑笑，说："有毛病啊，癞疥疮呀。"

梁小燕"咯咯"笑起来，说："恶心死了，喂，上什么班啊，你在哪里做？"

那人说："不上班。"

梁小燕说："怎么不上班？"

他又笑笑，说："没有班上，刚刚从里面放出来，到哪里上班，要么到你这里来上班……"

那边张桂芳见梁小燕和浴客搭牵，朝这边看了会儿，说："哎呀，你好像是陈师傅隔壁的么。"

那人说："张师傅，我认得你，你在这里坐了好多年了，对吧？"

张桂芳说："你们家姓白，对不对？都叫你白弟弟，对不对？"

梁小燕扑哧一笑，问白弟弟："你刚刚放出来啊，难怪一张面孔夹了丝白，我猜就是里边出来的，哎，犯什么事情吃官司呀？"

白弟弟贼忒兮兮地说："骗人呀，做骗子呀。"

张桂芳和梁小燕对看看，这个白弟弟的面皮很厚，说做骗子好像是说做英雄的口气。

梁小燕又问白弟弟："你做骗子骗人，怎么个骗法……"

白弟弟仍旧是一副嬉皮笑脸的样子，说："天机不可泄露，我告诉你，你学会了，隔日也去骗人，抓起来，要怪我是教唆犯呢。"

梁小燕一笑，说："去。"

张桂芳问白弟弟："喂，讲给我们听听，里边的日脚怎么样？"

白弟弟做了苦脸，说："苦噢，前世没有吃过这种苦头。"

张桂芳问："苦啊？什么苦？"

白弟弟说："你们不晓得噢，牢头凶噢。"

梁小燕问："什么叫牢头？"

白弟弟不屑地看看她，说："牢头也不晓得，刚进去那一段顶苦，睡在桶边，臭死了，吃饭不许吃光，吃月牙形，不懂吧，一点一点加上去，要到来了新犯人，才能吃全月，全要孝敬牢头的。"

梁小燕说："真的啊？"

张桂芳"啧啧"两声，说："你这个人，自作孽，好好的日脚你不过，要去吃这种苦头！"

白弟弟笑笑，说："还好，还好，我是表现好的，真的，积极分子呀。你们不相信？不然我怎么会提前半年放出来，照刑期，要到明年春天呢。"

张桂芳和梁小燕都笑他。

白弟弟盯住梁小燕看了一会儿，说："你这个小姑娘，年纪轻轻，怎么来做了门神。"

梁小燕说："什么门神？"

白弟弟说："门神你也不懂，就是从前人家过年时贴在门上的神像，避邪驱鬼的，你坐在这里，不是像个门神呀。"

张桂芳说："你放屁。"

梁小燕却说："门神也蛮好么，门神有什么不好呀。"

张桂芳说："就是，总比你进去好得多。"

白弟弟哈哈一笑，说："怎么好跟我比呢，跟我比你们也太没有出息了，不过么，我在里边，也有好处的，练了不少手艺呢。"

梁小燕说："里边还有什么手艺练出来？"

白弟弟说："比如抛角子，百发百中的。"

梁小燕说："什么抛角子？"

白弟弟说："就是铅币，五分铅角子，抛起来，我要正面就是正面，要反面就是反面，你信不信。"

张桂芳说："你不要听他的，肯定是骗人的。"

梁小燕说："我是不相信的。"

白弟弟就摸出一个五分铅角子。说要正面，往上一抛，铅币转了一会儿，倒下来，果然是正面，再来一次，仍然是正面，接连几次，都是正面。

来了几次，白弟弟收起铅币，要走的样子，他看梁小燕很惊奇，又停下来说："怎么样，来反面试试？"于是又摸出铅币抛起来，果然尽是反面。

梁子燕很好奇地摸了一个铅币抛起来，却不能如愿，她要白弟弟讲明道理，白弟弟笑着说："这就是功夫。"

白弟弟瞎吹了一会儿，走了。

梁小燕总是不能想通铅币的谜，又问张桂芳是什么道理，张桂芳当然也不明白，但她认定又是白弟弟骗人的。

过了几天，陈祖康做寿，浴室里大家凑份子，送了礼。陈师傅在自己屋里办了两桌酒席，其中有一桌专门请龙泉浴室的人。但是浴室的人都要上班，不能为了吃酒浴家关门打烊。所以讲好，那一日，哪几个轮休，就来吃，轮到上班的，就不来。

从和陈师傅的关系来讲，当然是时间越长的人，关系越是熟悉，梁小燕来的时间最短，和陈师傅只有几面之交，陈师傅却点名要她来。

这一日正是梁小燕轮休，也无别的事情，就去了。

陈师傅的家就在龙泉浴室斜对面，房子是老式的三开间两隔厢平房，是陈祖康的父亲早年买下来的，并不很好，只是贪图离龙泉浴室近一点而已。现在陈祖康三个子女已经成家，住了三大间，两间隔厢，一间陈祖康老夫妻住，另一间是阿四头陈建国住，天井里再搭一个披，烧烧饭，堆堆杂物。在别人看起来，陈家子女有这样的祖上创下的这些房子，真是很福气了。可是在陈家的人想起来，总是还缺一间。哥哥姐姐住安逸了，阿四头怎么办呢？大家都指望阿四头出息一点，在单位里表现好一点，争取一套新公房住。阿四头出息也算是出息的，技校毕业，在厂里做技术员，很有进取心，但是要分新房子却是很难的。好在阿四头尚未谈恋爱，事情还不很急。

老陈师傅的意思是很明白的，他叫梁小燕吃饭，大概是蛮喜欢这个不嫌弃混堂工作的小姑娘，有心撮合给阿四头。只是不晓得两个小青年的心思怎么样，就自说自话地把梁小燕安排在自家人一桌上，聪明人一看自然心中有数，拎不清的就感觉有点莫名其妙了。

阿四头和梁小燕自然都不是拎不清的人，只是两个人互相看看，都觉得对方没有什么吸引力，反而不上心思，没有负担，落落大方，有说有笑。

酒席刚开始，白弟弟从外面进来，笑嘻嘻地对老陈师傅拱一拱手，一边说："讨口寿酒吃。"

不等老陈师傅说什么,他看见陈家自己这一桌还有一个空位子,就走过来,说:"不客气,不客气,自己人,我就坐这里,不要上宾客席了。"

大家拿他没办法,只好由他去。话说回来,白弟弟是个活宝,办什么事情,有了他,添几分热闹,反正一桌子的菜,也不多他一张嘴。

哪知白弟弟人虽瘦弱却很能吃,一盆菜不经他三下五除二,筷子一夹,勺子一舀,就见底了。老陈师傅虽然不说什么,但陈家几个小辈有点不高兴。白弟弟是个见貌辨色的角色,所以一边吃一边说:"我这个人就是吃相难看,穷相,对吧?不过我肚皮饱了就不吃了,再好的菜上来,我也吃不下了。"

梁小燕看见白弟弟,又想起他抛铅角子的事情,忍不住和他搭牵,她问:"喂,抛角子是怎么回事,你怎么会百发百中的?"

白弟弟笑着说:"跟你说是真功夫,练呀,我在里边365天天天练的。"

大家哄笑起来,七嘴八舌说,白弟弟吹牛不上税,一年365天,天天练钳工倒是可能的,练抛角子是不可能的。又说白弟弟做事情,从来不做蚀本生意。又说白弟弟不作兴弄松梁小燕。

白弟弟贼皮赖脸地盯住梁小燕,说:"天地良心,不是我存心弄松小姑娘,是小姑娘盯牢我的。"

大家"呸"他,说他的嘴巴要用马桶刷子刷刷干净。

梁小燕说:"我还是弄不明白,他抛铅角子,怎么会百发百中呢?"

老陈师傅说:"这个确实可以练的,练得出的。从前人家赌博,练到什么火候,抛骰子,不要说抛得准,用耳朵听,还能听出几点落地呢。"

大家一致否认老陈师傅的说法,说别人可以下功夫练,就是白弟弟不可能,白弟弟是没有苦心的,没有长心的,肯定有西洋镜,拆穿不得,拆穿了就晓得有什么花样经了。

白弟弟说:"当真,你们这么多人,来拆拆看,怎么样?"一边说一边摸出一个铅币抛起来,果然又是百发百中。

白弟弟得意地说:"怎么样,来拆穿呀,来试一试呀。"

阿四头手轻气盛,当然不服气,拿了铅币来抛,却和梁小燕一样,不能如愿。

白弟弟乘机又吹了一通牛,大家仍然不相信,嗤笑他。但是梁小燕倒有点相信白弟弟的话,这抛角子,很简单的事情,不像变魔术那样复杂,这里边如果有什么西洋镜,应该一眼就能看出来的,恐怕真是练出来的呢。

上来一道炒虾仁,白弟弟抢先舀了一大勺,吃了,称赞说:"不错,够味道,谁的手艺?"

老陈师傅说:"是请老阊门饭店的厨子来炒的。"

白弟弟啧啧嘴,看看快要空的盆子,又刮了一勺,然后说:"不比我前个月在得月楼吃的差,这色香味,嘿嘿……"

阿四头说:"你这只牛吹豁了,前个月你从里边出来了没有?什么得月楼,不要是梦头里的吧!"

白弟弟说:"这怎么可以吹牛,前个月我刚刚出来,我师傅和几个师兄弟请我,得月楼一桌,这怎么可以吹牛。"

大家说,里边出来还有人请吃,真是好口福。

白弟弟说:"陆军和张阿强两只虫,没有来,下次碰见了,我要问问他们,为什么不来。"

阿四头说:"你当你是老山英雄,从前线回来呀?"

大家哄笑,白弟弟一点也不难为情,喝掉杯子里的酒,说:"好了好了,饱了饱了,回去了回去了。"

一边对大家拱手,一边又对老陈师傅说了几句长命百岁的话,拍拍屁股走了。

老陈师傅哭笑不得,说:"这货。"

白弟弟走了以后,这边大家就议论他,半天没有开口的梁小燕问了一句:"他这样不上班,没有工资,靠什么过日脚呀?"

大家说,靠什么,靠爷娘,靠老婆,面皮三尺厚,靠老婆养活。

梁小燕问白弟弟老婆是做什么的。

说是一般工人,进项不大,养一个小人,还要养一个男人,真是苦命。有人反对说,什么苦命,是贱坯,这样的男人,守住他做什么。白弟弟吃官司那一年,她娘家叫她离婚,她不肯,要跟定白弟弟,不是贱坯是什么。又有人反对说,不怪白弟弟的女人,是白弟弟花功好,骗得女人团团转,死心塌地,反正众说纷纭,莫衷一是。

梁小燕听了半天,听明白白弟弟的老婆长得很标致,又是名门出身,自从跟了白弟弟,吃了不少苦。白弟弟吃官司时,她刚刚生孩子,得了病,因为不肯同白弟弟离婚,又断了娘家的路。公公婆婆面上,却又不见她的情,说她是扫帚星。白弟弟娶她之前是很规矩的,她进了门,白弟弟就开始触霉头,弄得她几面不是人。她却仍然心甘情愿地跟定白弟弟,说得梁小燕倒很想见一见这个女人了。

这一日酒席散了，客人离去以后，老陈师傅兴致很高，酒席上阿四头和梁小燕有说有笑，他都看在眼里。梁小燕一走，他就叫了阿四头来问。

阿四头说："做什么？"

老陈师傅说："做什么，问问你，那个小姑娘，怎么样，我看你蛮中意的，是不是？"

阿四头斜眼看看父亲，说："是什么呀，我中意谁呀？"

老陈师傅说："假痴假呆，还有谁，我们浴室那个小姑娘，梁……"

阿四头打断老头子的话："我怎么会中意这个小姑娘，你这个人，自说自话的。"

老陈师傅说："你不中意她中意谁，我跟你说，这个小姑娘百里挑一的，你不要眼睛生到额角头上。"

阿四头嘿嘿一笑，说："这个小姑娘么，面盘子还好，身材也可以，就是看上去邋遢相，不入我眼的。"

老陈师傅有点生气，说："你不要瞎说人家，什么邋遢相，她只不过没有打扮打扮，老古话讲，佛是金装，人是衣装，你小子只看衣衫不看人。"

阿四头说："我看她的毛病，还不只是邋遢相，我看这个小姑娘，脑筋里有毛病。"

老陈师傅气恼地说："你不作兴阴损人家。"

阿四头说："怎么是阴损，要是脑筋没有毛病，好好的小姑娘，为什么弄得这样不修边幅。你看人家外面的小姑娘，哪一个不是收作得清清爽爽，整整齐齐，打扮得漂漂亮亮。"

父子这番对话,给老陈师傅的大儿媳妇小丁听了去,小丁同阿四头是不对付的,日前为了用灶具还吵过一场。隔日下午,老陈师傅的媳妇小丁来洗浴,看见梁小燕坐在门口,就想挑拨一下。

小丁说:"哎,昨天看你吃得不多么,怕难为情啊。"

梁小燕说:"不怕,怕难为情就不去吃了。"

小丁说:"我当是阿四头在你旁边你不好意思呢。"

梁小燕说:"有什么不好意思,你们那个阿四头,大概文化高一点,眼睛生在额骨头上的。"

这话正中小丁的心思,平时阿四头自以为是技术员,拿家里其他人不放在眼里,经济上倒是斤斤计较,所以小丁就顺口说:"是呀,一个男人家,小肚鸡肠。我告诉你,你听了不要动气啊,昨日你走了,阿四头还跟老头子讲你不入眼呢,说你邋遢相……"

梁小燕"咯咯"一笑,说:"你们阿四头也说我邋遢相,哦哟,我这个人,大家都说我邋遢相,嘿嘿嘿,我大概是有点邋遢相的。"

小丁的话刚出口的时候,还有点担心,怕梁小燕动气,不料梁小燕不仅不动气,还笑,还承认自己邋遢相,这样的小姑娘,也是少见的。小丁又说:"阿四头个贼坯,还说你脑筋有毛病……"

梁小燕又笑了起来,一边笑一边说:"这个阿四头,他怎么晓得的,我的脑筋是有点毛病的,我小时候,生过脑膜炎的。"

小丁朝梁小燕看看,再也没有说什么,支吾了一下,就走开了。

小丁走后,梁小燕摸出瓜子来嗑,那边门口张桂芳问她:"刚才陈家那女人跟你说什么?"

梁小燕说:"她说他们家阿四头说我不入眼,还说我脑筋有毛病……"

张桂芳说:"这个女人,一张嘴,你不要听她。"

梁小燕说:"我不听她。"

后来老汤从里边出来,站在门口,笑眯眯地看着梁小燕,看了半天,他不说话。

梁小燕并不在乎别人看她,一门心思嗑瓜子,嗑完就摸出一个五分铅币抛了起来。抛准了,就高兴地笑一笑,抛不准,就皱一皱眉头,好像旁边根本没有一个老汤在看她。倒是张桂芳忍不住说:"你的儿子还小呢。"

老汤不应张桂芳的话,走近梁小燕说:"小梁,有件事要跟你商量一下,我们几个人研究过的,觉得你顶合适……"

梁小燕收住铅币,说:"什么事我顶合适?我不行的,我什么也不来事的。"

老汤笑着说:"我还没有说什么事,你先叫了,你肯定来事的,你是聪明人,我跟你说,我们浴室一直没有女打皮码子,我们想……"

梁小燕问:"什么打皮码子,什么女打皮码子?"

老汤说:"打皮码子就是扦脚匠,女打皮码子就是女……"

梁小燕说:"噢,你想叫我做女打皮码子,对不对?"

老汤"嘿嘿"笑,说:"我们研究了好几次,一致认为你顶合适,同赵师傅讲了,赵师傅收别人不肯,收你做徒弟他情愿的。"

梁小燕"咯咯咯"地笑弯了腰,笑了半天,说:"叫我做打皮码子,叫我学扦脚,你们想得出的,我是不做的。"

老汤说:"再商量商量,你为什么不肯学扦脚,是不是嫌名气不好听?"

梁小燕说:"名气什么我是不管的,叫我捧人家的臭脚,想想也恶心,我是不高兴的。"

老汤有点急了,说:"你是高中生,有水平的,学扦脚是一门技术,你这样看门,什么技术也没有,几年过去,很快的,你会懊悔的,年纪轻轻,还是学一门技术的好。"

梁小燕说:"我要学技术,早在厂里就学了,我就是因为脑筋笨,不高兴学技术。"

老汤说了半天,梁小燕还是不肯,老汤也拿她没有办法,看看这个小姑娘,老汤摇摇头,他不明白她想做什么。

很快到了阳历年底,一年一度的评先进又开始了。以往龙泉浴室评先进,多少总有点摆不平,大大小小总有点意见,倘是无记名投票,选票五花八门,没有人可能超过半数的。这一次又采取投票办法,票数公布出来,大家笑了,梁小燕居然得了 90% 的选票。梁小燕虽然是高中生,但工作上只是看看门,其他什么也不做什么也不会,工作时间又短,为什么大家要选她,选她的人自己也说不出个所以然。

老汤起先担心把梁小燕报上去,上面不会批的,因为梁小燕的先进材料,实在写不出什么,除了说她一个高中生自愿到浴室来工作这一条之外,其他什么也没有好写的,勉勉强强凑了几点。哪知材料报上去,很快就通过了,梁小燕就成了区商业上的先进个人,区里还要选出来再向上报,弄得好,可以争取市劳模,这也是老汤料所不及的。

梁小燕评上先进,大家叫她请客,她就去买了瓜子糖果请大家吃。后来发了奖状,带回家去,她的父母见了,有点莫名其妙,他们实在不明白，女儿这样子，又懒又笨，怎么还能评上先进？推想起来，那个单位里的人，都是什么样，也就有数了。

年底的一天，梁小燕的父亲梁教授专门到龙泉浴室去洗了一次澡，他是去看一看女儿工作的环境。

浴室的几位师傅听说是梁小燕的父亲来了，特别地热情，跟前跟后地照应，擦过背，赵师傅要帮他扦脚，梁教授说："我不扦脚，我的脚很好。"

赵师傅却不由他分说，抓起他的脚来，一看，马上说："你说你的脚很好，你看看，指甲已经嵌进肉里，再不扦一扦，要出问题的，疼起来不好走路的。"一边说一边叫梁教授躺下，把他的脚放在自己身上。梁教授不放心，抬头看，赵师傅说，"你自管闭着眼睛睡觉，保你惬意。"

梁教授被赵师傅一双有力的手捏住了脚，要动也不能动，只好乖乖地听他的话。

赵师傅细细地帮梁教授把指甲扦掉，老皮刮掉，把嵌进肉里的指甲挖出来，做好后，又帮梁教授按摩。赵师傅一双手，软硬功夫，侍弄得梁教授十分轻松、舒服。

梁教授心里很感动，连连道谢，赵师傅他们一直把梁教授送出，要他常来。

梁教授红光满面，浑身轻松走出浴室。

梁小燕见了，说："爸爸，你洗好了啊？"

梁教授"唔"了一声，他身上虽然很舒服，但看到女儿高高兴兴地坐在浴室门口，心里却叹息了一声，和这些人为伍，女儿这一辈子，看起来也就这样了。

三

区商业局缺少一个专职团干部，局里几个领导排人头，排来排去就排到梁小燕了。一个电话打到龙泉浴室，老汤接的，老汤抱怨说，我们刚刚弄到一个人，你们又要挖去了，叫我们下面怎么搞工作。

局里的人说，梁小燕放在你们那里是大材小用，把她调上来，发挥她的才能。

老汤跟局里说梁小燕其实没有什么才能。

局里的人说老汤你不要自己打自己的耳光，你们上报的材料里关于梁小燕的才能，写得头头是道么，除非是你们瞎编的。

老汤哑口无言。

老汤当时放下电话，就跟梁小燕说了，叫她第二天不要到龙泉浴室上班了，叫她直接到区商业局去。老汤也不说明白是什么事，只说你到了那里，你就会晓得了。

梁小燕说："我不高兴去，我在这里看看门蛮好的。"

老汤说："又不是我叫你去的，上面叫你去的。我们这里庙小，供不下大菩萨，你迟早要走的。"

局里要调梁小燕去，张桂芳事先没听到一点风声，以为是男人瞒了她，心里有气，就对梁小燕说："小梁，你口风倒紧，上调的事瞒得滴水不漏，其实你上去我们大家开心，不会触你壁脚的。"

老汤说："张桂芳你张嘴又要瞎说了，他们一早刚刚开过会，就打电话过来了，小梁自己根本不晓得的。"

张桂芳笑起来,说:"哟,你急什么,我跟小梁寻寻开心,小梁又不会动气的。"

梁小燕说:"我是不动气,我是不高兴去的。"

老汤说:"你去不去,明天你自己去跟局里讲,我只是传达传达,我不好做主的。"

第二天梁小燕就到区商业局。局里有一大排办公室,梁小燕在第一间办公室门口推了一下,看见里边有三个人在办公,连忙缩回头,过一会儿又推了推,被里边人发现了,喊住她,问:"你做什么?"

口气很凶,大概看到梁小燕探头探脑的样子,有点可疑。

梁小燕笑笑,说:"我,不做什么。"

里边三个人走出两个来,其中一个说:"不做什么你在这里做什么,你是哪里的?"

梁小燕说:"我是龙泉浴室的。"

那三个人显然不知道局里调梁小燕的事,又问:"龙泉浴室的,跑到局里来做什么,你找谁?"

梁小燕也不知道应该找谁,老汤根本没有跟她讲清楚,她也没有问明白。梁小燕越是说不清,人家越是怀疑,盘问了半天,最后梁小燕说:"我叫梁小燕。"

这三个人并不知道梁小燕是谁,正巧另一间办公室有人走出来,说:"啊,梁小燕来了,来来,过来,王局长等你等了半天了。"

梁小燕跟他到了局长室,王局长笑眯眯地叫她坐,先是问候了一番,然后就说明了情况。梁小燕一听叫她做专职团干部,连连摆手,说:"我不行的,我没有本事的,真的我一点本事也没有的。"

王局长和另两个干部都笑了,王局长说:"大家就是肯定你这一点,年轻人这么谦虚,现在很少见的,你们浴室职工的反映也和我们的看法一致的,我们相信,就凭你这一点,就一定能搞好工作。"

接着王局长不由梁小燕分说,就把她领到隔壁一间办公室,门上写着:工、青、妇三个字,屋里有三张桌子,两张桌子前各坐着一个人,另一张桌子空着,那就是梁小燕的位子。

工会和妇联的干部见梁小燕,都满面笑容地欢迎她。王局长把梁小燕领进来,说了一句:"好了,你就在这里了,有什么困难,请教他们也行,找我,找老刘、小郑都行。"说完就走了。

梁小燕愣在那里,看着那张空荡荡的桌子,不知所措。

工会和妇联的干部自我介绍,妇联的女同志姓马,工会的男同志姓周,梁小燕就叫他们老马、老周。

老马说:"梁小燕,我们早就知道你的名字了。"

老周说:"局里对你印象很好呢。"

梁小燕说:"怎么会呢,我才来了半年呀,我什么也没有做,我只是在龙泉浴室看看门。"

老马和老周都笑。

梁小燕说:"你们笑什么,不相信啊,我说的都是真的,我什么也不会做的。"

老马说:"那你从现在开始,有事情做了。"说着和老周一起笑,梁小燕也跟着他们笑笑,但她不知有什么好笑的,然后她问他们,叫她来做什么。

老马和老周说叫你来做团干部呀,做团干就是做团工作呀。

梁小燕问:"团工作是什么呀?"

老马说：“团工作事情多呢，比如要到下面基层单位和团支部联系，了解他们那里团员青年的情况，比如你要组织局里的团活动，比如你要向上面汇报……”

老周说：“千头万绪。”

梁小燕说：“每天都做这些啊？”

老马说：“不做这些做什么呢。”

梁小燕笑着说：“做这些烦死人了，我是不高兴做的。”

老马老周对视了一眼，突然就停下来不再说话了。

梁小燕看他们只是喝茶，翻报纸，不说话，觉得有点沉闷。她抓出一些瓜子想发给他们，就看见老马瞟了她一眼。梁小燕收起瓜子，叹了一口气。

过了一会儿，就有人来喊梁小燕过去，是局里的党支部书记、副局长老刘。老刘一见梁小燕，高兴地说：“好了，这下好了，有接班人了。”

他一边说一边搬出大堆文件，指给梁小燕看，又说：“你看看，一直没有团干部，都是我代管的，现在可以移交了。”

梁小燕说：“这是什么？”

老刘说：“这是上面发下来的有关团工作的文件呀。”

梁小燕说：“这么多。”

老刘说：“已经给我处理掉一批了，你看这一堆，已经过了时的，也没有传达照办，所以每次要吃批评。这边一堆，是新近下来的，你抓紧办一下吧，及时向上面汇报。”

梁小燕抱着一大堆文件回到自己的位子上，她把过了时限的先放开，把限期要办的放在桌前，先看了一份，是市商业局团委的通知,要求区商业局团组织了解商业系统团员青年的思想状况,写一份总结材料上报。梁小燕又看第二份,是市商业局团委转发的团市委的通知,关于举办全市团员书法展的事情,参展的名单、作品,限时上报。第三份是省商业厅团委的,关于在全省商业系统团员青年中开展职业道德教育活动的阶段小结。

梁小燕正在看着,就有电话找她,是市局团委的电话,说:"你是梁小燕吗,已经上班了?这里有一份宣传材料,你来拿一下,省得我们送了。"

梁小燕马不停蹄地到市局团委拿了那份材料回来,已经到了下班时间,老马、老周已经走了。

隔了一日,梁小燕去请教老刘,了解哪个团支部团员的书法好一些。老刘很忙,说:"我也不清楚,这个就要你自己去摸情况了……"看了梁小燕一眼,又说,"哎,对了,你怎么舍近求远呢,老马、老周,他们熟的,走,我和你去问问。"

老刘和梁小燕回过来,问老马、老周,老马说:"团员方面我不了解,隔行如隔山呀。"

老周说:"好像听说百货公司力量强一些,糖烟酒公司也不错,你自己去问一问吧。"

梁小燕只好自己跑到百货公司,找了公司经理,经理正在开会,一听是团干部,说:"哎呀,我正在谈一笔大生意,要紧关头,你怎么叫我出来……"

梁小燕笑了笑,说:"我找团支部书记呀。"

经理说:"团支部书记,谁是团支部书记呀,你到那边去问一问。"说着又回到谈判桌上去了。

梁小燕问了几个人，才弄清百货公司团支部书记小董是风华商场的营业员，梁小燕又赶到风华商场，总算在化妆品柜台找到了小董。

小董是一个涂脂抹粉的时髦姑娘，化妆品柜台柜外柜内也大都是这样的姑娘。梁小燕站在那儿就像一个乡下大姑娘。小董挑着眉毛看了梁小燕一眼，问什么事。梁小燕说明了来意，小董尖声笑起来，说："你找错门了，我们百货上的团员，三几个人，哪有会什么书法的呀，写几个字，都是蟹爬，肯定是你新来，人家弄松你，骗你的。"

梁小燕张了张嘴，说不出话来。

小董看她这样，扑哧一笑，说："我倒是听说糖烟酒公司有几个书法很来事的。"

梁小燕不知该不该相信她的话。

这时化妆品柜另一个女孩子笑着说："你不要听她，她男朋友在糖烟酒公司，她帮糖烟酒吹牛呢。"

小董说："我不骗你。"

梁小燕转身要走，小董叫住她，说："哎，我们新进了一种化妆品，效果很好，你要不要？"

梁小燕说："下次来吧。"

小董说："还是你惬意，自由自在，不像我们，一站十个钟头，脚筋也要站断了。"

梁小燕再到糖烟酒公司，几经周折找到了团支部书记小李，小李喝酒喝得醉醺醺的，脸红脖子粗，说："书法好的团员，倒是有几个，可是都在下面店里，限时限刻，叫我怎么去联系呵，你看我这里，烟酒批发，忙得恨不得脚也架起来。"

梁小燕说："再忙团工作总是要做的。"

小李有点生气，说："你们坐在上面，不知道下面的情况，什么团工作，特别像我们这种单位，一盘散沙，你要是有空，我抄几个地址给你，你帮我跑一跑，找到他们本人……"

梁小燕说："我又不认识他们，他们是你这个团支部的呀，我怎么去找他们。"

小李说："哎呀，你就是吃这碗饭的么。"

梁小燕说："我本来也不是吃这碗饭的，我是不高兴做团工作的。"

小李也不再和她说什么，写了几个人的名字和地址，交给她，算完成了任务。

梁小燕按图索骥，又找了几个人，总算拿到了几张书法作品，交到局团委，应付过去。

过了几天，王局长在走廊碰见梁小燕，问她工作怎么样，梁小燕刚要汇报，王局长却说："我都知道，你干得不错，我不会看错人的。"

这几日，梁小燕的任务是写职业道德教育的阶段总结，她跑遍了下面的几个公司，也没能搜集到多少经验和事例，梁小燕咬着笔杆，愁眉苦脸。

老马说："小梁，你不要太认真，这种材料，编编就行了，报上去上面不知看不看呢。"

老周说："是什么材料？"

梁小燕说："职业道德。"

老周拿出一份打印好的材料,扔给梁小燕说:"你照着抄抄就行,只要把工会会员四个字改成团员青年。"

梁小燕愣了。老周说:"我这也是照老马的材料抄的,把妇女职工改成工会会员,老马写得很好。"

老马说:"你当真呢,我是照杨秘书的材料抄的,杨秘书写局里的全面材料,我一抄,把全体干部职工改成妇女职工。"

大家笑了一阵,梁小燕说:"那我也抄抄了。"

梁小燕到局里来工作,很快和局里的干部熟了。一日早上,她上班经过传达室,就见几个人正抬着传达室的老孙出来。老孙犯心脏病,送医院抢救,传达室不能没有人坐镇。局长叫了几个人,都不肯去坐传达室。上午邮递员来把信件报纸往桌上一扔,没有人整理分发,大家自己拿自己的,弄得乱七八糟,结果这一天少了好几份报纸。

后来梁小燕就自告奋勇去坐传达室,大家都说,这个小梁真不错。

一次老汤不知为什么和公司头头吵了,跑到局里来告状,一进门就见梁小燕坐在传达室里,老汤说:"咦,他们不是叫你来做团干部的么,怎么叫你看门了?"

梁小燕说:"我喜欢看门,看门蛮好的。"

老汤说:"还说我们大材小用呢,他们不也是大材小用么,小梁,你在这里看门,还不如跟我回浴室去看门呢。"

梁小燕说:"是呀,我也想回浴室看门呢,你帮我说说呀。"

老汤说:"我说有什么用,我叫你,你工作不要卖力,拆拆烂污,他们就会叫你走的。"

梁小燕说:"我是很拆烂污的。"

老汤哼了一声,说:"你拆烂污,那天广播里还表扬你呢,说你书法比赛得了奖。"

梁小燕说:"书法比赛不是我。"

老汤说:"你少跟我辩,不是你怎么会报你的名字。"

梁小燕跟他说不清。

老汤进去找了局长,又出来,梁小燕问他:"你有没有帮我说。"

老汤说:"我没有帮你说,局长还表扬我,说我给局里送了一个好干部呢,我看你是走不了了。"

梁小燕说:"我还是要走的,等老孙病好了来上班,我就要走了,我不高兴做团工作的。"

老汤说:"我跟你说,你要是真的想走,工作上就一定要拆烂污。"

老孙病好后,梁小燕回到办公室,她听老汤的话,做工作拆烂污。但是不管梁小燕怎么拆烂污,区商业局的团工作总是比从前有了起色,因为从前是没有人管的,现在总算有人管了。所以梁小燕尽管拆烂污,还常常受表扬,梁小燕也不明白是怎么回事。再过一些时候,她也习惯了这里的工作,不再天天想着要回去了。

有一天来了一个不到三十岁的青年妇女,老马和老周一见她,就说:"你又来了。"

那妇女说:"我不找你们,我是找团书记的。"

老马说:"你又不是团员。"

她说:"我是超龄退团,从前也是团员,我就要找团书记。"

梁小燕说:"你找我有什么事?"

老马和老周都说小梁你不要跟她啰唆，她是上访专业户。

梁小燕看那妇女眼泪汪汪，可怜巴巴的样子，说："你有什么事你说呀。"

那妇女说："在这里我不能说，我怕打击报复。"

梁小燕说："那我们到会议室去。"

她领着那人出去时，老马、老周的脸色很不好看。

一到会议室，那妇女就哭起来，哭了好一会儿才把事情经过讲出来。

这位姓刘的女同志，是纺织品公司的，有一次为了一点小事，和一个同事打了起来，双方都有点小伤。公司经理跟吵架的另一方私人感情较好，处理的时候，偏了心，对方只是被口头批评了一下，小刘这边，不仅被扣了全年的奖金，还给了一个行政处分。小刘想不通，到局里、到市里申诉，但每次申诉最后还是转到公司经理手上，所以现在经理对小刘恨之入骨，处处刁难。小刘跟梁小燕说，她要求不高，只要求补发一年的奖金，撤销行政处分。

梁小燕听了当然很同情她，说："好吧，既然工会妇联都不好解决，我们团总支出面，也可以的。你是超龄退团的人，我们团总支也要关心的。"

那人千恩万谢走了。当天梁小燕有别的事，想第二天下去了解一下。哪知那个小刘听了梁小燕的话，立即回单位对经理说，你不要欺人太甚，现在有人为我做主了。经理不理睬她，她又跑到市局，一头冲进局长办公室，说："你们不关心我，有人关心我了。"

局长是认识小刘的，也曾被她搅得头痛，见了她，说："你怎么又来了。"

小刘说:"我们的团书记叫我来的,她说党组织、工会、妇联都是穿连裆裤子的,不关心群众死活的……"

局长很生气,说:"你们的团书记,谁?"

小刘说:"我怎么知道她是谁,反正是青天。"

小刘走了以后,局长叫局团委的干部打电话给梁小燕问有没有这回事。梁小燕说:"有啊。"又问有没有说过那些话,梁小燕也没有问是什么话,就说:"我是说过的,我要帮助她的。"

隔日,市局领导就跟区局领导说你们怎么叫这样的人做团工作,赶快换一个,这样没有水平的人,看看大门还差不多。

区商业局的领导都很为梁小燕抱不平,但又不好说什么。王局长找梁小燕谈了一次话,希望她正确对待,不要有思想包袱。梁小燕听说要她暂时回龙泉浴室,很高兴,也没有问什么原因。王局长说:"你先回去,过些时,我一定再把你弄回来。"

梁小燕嘴上应着,心里想,过些时我也不会再来了。

梁小燕走了。

王局长叹着气,对其他人说:"像小梁这样的年轻人,现在真不多呀!"

大家都说是。

四

梁小燕到区里去了两个月,又回龙泉浴室,老汤晓得她的脾气,仍然叫她看门收票。梁小燕回来没几天,人也胖了,精神也好了,嗑嗑瓜子。她还没有忘记白弟弟抛铅币的事情呢。

大家说，这个小姑娘，就是这种坯子。

白弟弟的老婆到龙泉浴室来找老汤，张桂芳告诉梁小燕，这就是白弟弟的女人。梁小燕朝她笑笑，白弟弟的女人也朝梁小燕笑笑。

白弟弟的老婆是个很面善的女人，她是带着她的儿子一起来的，她的儿子长得很像白弟弟，细眉细眼，但神态却不像，白弟弟贼骨牵牵，一刻不停地，这小孩子却比较文静，很内向的样子。

老汤有一间很小的办公的地方，白弟弟的老婆拉着儿子进去了。

张桂芳告诉梁小燕，白弟弟的老婆是来求老汤的，想把白弟弟弄进龙泉浴室做做事。白弟弟的母亲托过陈师傅，陈师傅跟老汤讲了，老汤不同意。白弟弟这样，就像一颗老鼠屎，会坏了龙泉浴室一锅粥的，本来龙泉浴室啰啰唆唆的事情就不少，再来个白弟弟，老汤更领导不好这一方小天地了。

最后张桂芳说："那女人来求老汤，老汤肯定会给面子的。"

梁小燕问："你怎么晓得？"

张桂芳笑，说："老汤么，见了女人就吃软，白弟弟女人看她不声不响，其实是很有功夫的。"

正在说着，就看见白弟弟的儿子从老汤的办公室出来，立在一边，安安静静地看她们说话。

梁小燕朝他笑笑，说："喂，你叫什么名字？"

白弟弟的儿子有点难为情，往后退了一步，盯住梁小燕看了一会儿，才说："我叫白生。"

梁小燕说："白生，哪个生，是不是生活的生？"

白生摇摇头。

张桂芳说:"他才五岁,他不懂什么生的,就叫白生么,白弟弟取的名,能有什么好名字取出来。"一边说一边问白生,"你妈妈跟老汤说什么?"

白生摇摇头,他的眼睛盯着梁小燕手里的五分铅币。

梁小燕说:"白生,你爸爸会玩,你会不会?"

白生还是摇头。

后来,老汤送白弟弟的老婆出来,一直送出一大段,张桂芳朝梁小燕眨眨眼,梁小燕笑起来。

老汤回过来的时候,脸有点红。他见张桂芳和梁小燕笑,问她们笑什么。两人只说老汤你自己心中有数,老汤就急了,叫她们不要想到歪挡里去。

张桂芳说:"怎么会呢,汤主任的为人,大家晓得的,老实人呀。"

老汤的面孔更加红,急急忙忙走开了。

白弟弟进龙泉浴室的事情,却出乎张桂芳所料,老汤仍然不同意。老汤虽然喜欢吃吃女人的豆腐,但是原则性还是很强的。

其实白弟弟现在不进浴室和进浴室也差不多,他三天两头来洗浴,洗好了浴从来不急着走,他走也没去处,就在浴室里和大家吹吹牛。碰到浴客多,浴工忙不过来时,他主动帮帮手,相帮递递毛巾,帮浴客擦擦背,还帮浴客按摩。老汤他们叫他不要做,他只是笑嘻嘻地说:"不搭界,不吃力。"

有时候,老汤说要发点帮忙的钱给他,白弟弟是坚决不收的。这样时间一长,大家倒很欢迎他,闲时,听他吹牛发松,忙时靠他帮忙。

空闲的时候，白弟弟一边吹牛，一边用心看赵师傅扦脚。看了几日，试一试，出手不凡。大家说白弟弟手上的功夫好。

其实说白弟弟手上功夫好，还只是一半。白弟弟的眼里功夫和嘴上功夫也都不弱。

白弟弟一双眼睛很厉害，一般浴客的身份、地位、职业、年纪，要他猜，总能猜个八九不离十，而且还能揣透大家的心思，分析人家喜欢听什么话，白弟弟一张嘴，就专拣浴客喜欢听的说。

浴客并不晓得白弟弟不是浴工，大家都称赞他。一日老汤问白弟弟要不要进浴室做临时工，倘是想进来，由老汤来担保。白弟弟摇头摆手说不做不做，老汤说是你老婆来找我的，要你进浴室做。白弟弟说我老婆说话不算数的。

老汤想不通。

白弟弟是个活络人，总要做出一些活络事情来，他既不进浴室，也不离开浴室，后来就在浴室里做起掮客来。

白弟弟做掮客，无师自通，做生意的诀窍，他是托熟的，面皮厚，眼睛里没有陌生人，看见认识的人有话说，"又发财了""得意了"，看见不认识的人也有话说，"这位先生，长远不见""先生长远不来了，忙什么呢"。见人高兴有话说，见人不高兴也有话说，递上一支烟，马屁拍拍，变怒脸为笑脸，见貌变色对症下药，最主要的是对市场行情、价格等等，摸得熟透了，常常在说说笑笑中，谈成了生意，赚到了钱。

每年到了夏季，生意冷清，龙泉浴室要抽几个人出来搞一个冷饮部，开三个月。但是每年搞这个冷饮部，人很辛苦，赚头却很少。抽出来的人都抱怨，说来年再也不弄了。

这一年又到了夏季，老汤正愁没有好办法，白弟弟却主动提出来要承包。他只要老汤给他三个人，提供一间店面，加上现成的冰柜等，三个月他交给老汤三万块，三个人的工资奖金，他另包。老汤被他说动了心，三个月白白地进账三万，老汤当然要动心了。但是这三个人选，就不好弄了。大家知道跟着白弟弟做几日不会吃亏的，就抢着要去。老汤只好拣了个时间开全体职工大会，让大家自己选。吵了半天，定下来两个人，一个是家庭最困难的，一个是比较能干的，第三个名额怎么也定不下来。后来有人说："好了好了，就叫梁小燕去吧。"

大家都安静下来，想来想去，叫梁小燕去，人家说不出什么意见来。

梁小燕正在一心一意地嗑瓜子，开会讨论什么事情，她没有听清，现在听到有人点她的名，叫她去，她问了一声："到哪里去？"

张桂芳说："跟白弟弟发财去啊。"

老汤对梁小燕说："白弟弟承包冷饮店，要派三个人做帮手，大家选你去。"

梁小燕说："我不去，我不会做帮手的。"

老汤说："咦，你这个人，我跟你说，到了夏天，浴室没有生意，本来就是要抽人出来做别样事情的，到时候女浴室也要关门歇生意。"

梁小燕说："我是看男浴室的呀，女浴室关门，你叫张桂芳去啊。"

张桂芳拍了一下巴掌，说："就是呀。"

可是其他人哄起来，不同意张桂芳去。

梁小燕说:"你们既然选我去,我就再选张桂芳,我觉得她比较合适,张桂芳有张桂芳的路子,她的路子发挥出来,对我们大家有好处。"

梁小燕一番话,把大家都说服了,最后就定了张桂芳。

白弟弟有胆气承包冷饮店,当然不是因为一片小小的店面和一个冰柜,他是冲着一张营业执照来的。有了一张营业执照,有了一个账号,白弟弟什么事情都能做。

三个月里,冷饮店里只看见张桂芳一个人坐镇,卖卖棒冰雪糕,一般的大路货的冷饮。白弟弟和另外两个人在忙什么,大家都吃不透,老汤问起来,张桂芳不会讲真话的。有时候老汤碰见了白弟弟,是务必要敲警钟的。白弟弟总是嬉皮笑脸,叫老汤放心,说讲好的三万块钱,他不会赖账的。

老汤说:"钱归钱,我是叫你放点魂在身上,不要瞎揪,出事情。"

张桂芳插嘴说:"老汤要你操什么心,白弟弟吃过苦头的,自己会当心的。"

白弟弟说:"就是呀。"

三个月过得很快,这期间倒确实是很太平,没有什么麻烦,连工商税务上的人也没有来过,白弟弟说他早已经铺平了路,他不知是吹牛还是真的。

三个月期满,白弟弟信守诺言,上交三万利润。至于张桂芳他们三个人拿了多少,白弟弟自己赚了多少,谁也不清楚。反正大家都很眼热,还常常有人跟梁小燕说:"你这个憨妹妹,叫你去你还不去呢,你看现在人家捞了一大把票呢。"

梁小燕笑笑。

白弟弟三个月的生意自以为做得天衣无缝,而且见好就收,哪里晓得,自己滴水不漏,不能保证别人也滴水不漏。有一个和白弟弟做了交易的人,不知在哪里失了风,被捉进去,一咬就咬出一大串经济问题,其中有龙泉浴室的账。

这一下热闹了,政府机关来了人,工商税务的人也都来了,白弟弟铺过路也好,没有铺路也好,反正是逃不过了,做了三个月,查了两个半月,一笔糊涂账,终于查清楚了,是一桩团伙倒卖案。

结果白弟弟二进宫,龙泉浴室的三万利润呕出来,张桂芳他们的钱也全部呕出来。起先张桂芳他们几个人还订了攻守同盟,咬定一个月进账200元,可是等到穿制服的人板了面孔,就全部交代出来,三个月进账三千块,全部交公,真是偷鸡不着蚀把米。

龙泉浴室的人,看见梁小燕每天稳笃笃地坐在门口,又说:"还是小梁安逸,不管风吹雨打,坐得稳,不吃苦头的……"

梁小燕笑笑。

逮捕白弟弟那一天,梁小燕看见白弟弟上了手铐,从屋里出来,走过她面前,白弟弟说:"你还是做你的门神。"

梁小燕想笑笑,却没有笑出来,眼看着白弟弟就要上警车了,梁小燕突然说:"哎——"

白弟弟停下来,回头看看她,问:"还有什么事情?"

梁小燕说:"我总是想不明白,你抛角子是不是有什么名堂?"

白弟弟笑起来,对看押他的警察说:"让我从口袋里拿一样东西。"

警察点点头。白弟弟两只手一起插进袋袋,摸出两枚铅币,扔给梁小燕，说："喏，送给你吧。"

梁子燕接过铅币，白弟弟就上了警车。

梁小燕看这两枚铅币，原来这是两枚特制的五分铅币，一枚两面全是国徽，另一枚两面全是"伍分"字样。

梁小燕抬头时，警车已经开远了。

片 段

一

那年冬天陆嘉跟着爸爸、妈妈还有奶奶,他们一家人从城里到了农村,那时候陆嘉还没有想到她可能面临辍学这样一个事实,因为他们下放的东风大队没有中学,这一年陆嘉十四岁。

陆嘉十四岁的时候,才第一次见到农村,从前在陆嘉脑子里基本上没有农村这样的概念,陆嘉几乎从来没有想象过农村会是什么样子。这一切其实都不重要,现在陆嘉看到的农村是什么样子,就什么样子,陆嘉觉得一切都很自然都很正常。

整个冬天陆嘉很快活,天气好的时候,她扛一把木榔头,和农村的少年朋友一起去敲麦泥。冬天的麦田里很干燥,麦子还只有一点点小芽，敲麦泥就是把大一点的泥块敲碎。木榔头是不重的，麦泥又很干松，用力一敲它们就粉碎了。陆嘉的手因为从来没有捏过什么把柄，所以敲麦泥也敲出来几个小泡，小泡后来变成了一层厚皮，这就是老茧了。一双嫩手上有了老茧，这使陆嘉兴奋。在下雪、下雨或者天气很冷的时候，陆嘉会听到队长在门口喊"今天不做"或者"今天女人不做"。陆嘉在这样的天气里，她躲在家里不出门，听妈妈和奶奶说话，她就想起从前在城里的时候。后来陆嘉在记工员的本子上看到自己的名字，她看到自己一个冬天做了十六个人工。陆嘉是小孩子，敲一天麦泥队里给她记五分人工，这是很照顾她的。陆嘉很开心，妈妈却总是叹气，说："你怎么办呐？"

过了春节以后，打听到在另外的一个大队有一所片中，陆嘉可以到片中去就读。所谓片中，就是几个大队合起来办的一个中学。比如那时候一个公社有二十个大队，分作四个片，每个片有五个大队，五个大队合起来办一个中学，就是片中，那么这五个大队的学生都可以到片中去读书的。片中有初一、初二两个年级，但问题是片中离陆嘉这里很远，路上要走一个多小时，所以在陆嘉他们这边的东风大队，到片中去上学的人很少。那时候农民都以为小孩子读书读到小学毕业是足够了，比如在陆嘉他们小队里，会计和记工员都是小学毕业。

陆嘉到片中去上学找不到伴，但是找不到伴她也要去上学，这一点陆嘉自己也很明白，她不认为一个人读书读到小学毕业就可以不读了，当然那时候陆嘉也不知道一个人读书应该读到什么时候为止。陆嘉只是知道自己要到一个遥远的陌生的学校去，早出晚归，每天带一盒饭，是中午吃的，就这些。

开学的第一天是妈妈送陆嘉上学的,路上妈妈教陆嘉认路,凡是稍微有一点可以用来作标志的东西,比如一座小庙,比如一条小河,比如一个村落,妈妈都吩咐陆嘉记住,最后她们走上了一座很高的大石桥,她们站在桥上就看见了片中。妈妈指点着离大石桥不远的一块空旷的地面,那地上有一座很破陋的平房,妈妈说:"那就是你们的片中。"

陆嘉说:"你怎么知道?"

妈妈说:"我来过两次了,你以为上一个片中就是很容易的么?"

陆嘉并没有认为很容易,但她也不知道有多难,她大概以为一切都是自然的发展。

陆嘉站在桥上,看着桥下的流水,她感觉到是桥在动。她问妈妈:"这是什么桥?"

妈妈看看桥上刻的字,说:"大通桥。"

陆嘉又问:"这是什么河?"

妈妈说:"不知道,这些不用你管,你只要记住,下了桥,往右拐,沿着这条河就到学校了。"

陆嘉说:"记住了。"

妈妈忧心忡忡地说:"我不能天天来送你的,最多送你一两次。"

陆嘉说:"明天我就自己来,不要你送。"妈妈又叹口气。

她们下了桥,往右拐,右边有一座小小的亭子,从亭子穿过去,就到了片中。

片中一共是两间房子,一间是教室,另一间是黄老师的家。妈妈把陆嘉领到黄老师那边,妈妈先叫了一声:"黄老师。"

黄老师看见她们,笑笑,说:"哦,陆嘉来了。"

陆嘉不好意思地笑笑。

黄老师瘦高个子，戴一副眼镜，很和善的样子。他的家里很乱很挤，有一大一小两张床，还有几件旧的家具，唯一显眼的是桌上有一只比较大的米黄色的收音机。

妈妈说："黄老师，往后要拜托你了。"

黄老师说："你放心。"

妈妈说："我是不放心呀，路太远了。"

黄老师说："对了，这批新生中，你们东风大队有三个人，除了陆嘉，另外还有两个。"

妈妈连忙问："他们和陆嘉同路吗？"

黄老师说："我还不大清楚，问一问吧。"

陆嘉跟着黄老师和妈妈到了教室，学生基本上来齐了，一间教室挤得满满的。

妈妈说："人不少。"

黄老师说："我们这是复设班，初一、初二两个年级在一起上的。"

陆嘉站在门口，大家朝她看，她有些难为情。

黄老师说："东风大队的朱杏珍和杨金海同学来了没有。"

稍稍过了一会儿，有一男一女两个学生站了起来，黄老师朝他们招招手。

他们一起到了门口，黄老师问过他们，知道一个在东风三队，一个在东风五队。陆嘉是九队，靠得不很近，但是基本上是同路的，至少出了东风大队地界以后的一大段是同路的。

黄老师对朱杏珍说："你在五队，你和陆嘉比较近，以后你和她一起上学,她刚从城里来,对乡下不熟悉,你照顾她一点。"

朱杏珍朝陆嘉笑笑。

陆嘉的妈妈如释重负,又关照了陆嘉一些话,一个人返回去了。因为马上就要上课,陆嘉只能站在教室门口目送妈妈,她看妈妈穿过小亭子,走上大通桥,待妈妈下了大通桥,她就看不见她了。

就这样陆嘉开始了她在农村初中的学习生活,这正是20世纪70年代的第一个春天开始的时候。

在20世纪70年代第一个春天开始的时候,陆嘉心里有点激动,在片中新生班选学生干部时,陆嘉被选为副班长。这是陆嘉第一次做学生干部,从前陆嘉没有做过学生干部,因为陆嘉不大爱说话,也不爱交际。那时候大家也许认为她不适合做学生干部。在片中选干部却是另外的一个规矩,他们以开学时候的摸底考试成绩为标准,考第一名的做班长,考第二名的做副班长。陆嘉考了第二名,这样的名次从前她在城里的学校也是没有得过的。

做班长的同学叫钱欣华,他是一个男生。在片中一共只有陆嘉和朱杏珍两个女生。钱欣华的功课很好,组织能力也比较强,老师很喜欢他。有钱欣华这样的同学做班长,陆嘉做副班长是很轻松的,这正合陆嘉的意,如果要叫陆嘉做班长,像老师那样召开什么会议,主持什么活动,陆嘉肯定是不行的。

现在陆嘉无忧无虑,每天早上朱杏珍绕一点路来和她上学,有时候在半路上还能碰上杨金海,他们一起走。

以后陆嘉慢慢地知道了杨金海和朱杏珍他们家里的一些事情。

朱杏珍家里是很好的,朱杏珍的爸爸不是农民,他在上海的工厂里做老师傅。朱杏珍的妈妈是农民,她带着朱杏珍住在乡下。朱杏珍的爸爸每个月都从上海寄钱到乡下，给朱杏珍用，他还常常回来看她们。每次回来总要带好多上海的东西，这些都是朱杏珍自己说的。有一次陆嘉应邀到朱杏珍家去玩，她看见那些上海的产品，比如有花的尼龙袜，有长的腈纶围巾，还有许多吃的，陆嘉很羡慕朱杏珍。那一次陆嘉在朱杏珍家里吃到上海城隍庙的五香豆，又奶又香，临走时，朱杏珍送给陆嘉一块方头巾，陆嘉拿回家，妈妈说："不能白要人家的东西，明天你要送点东西给人家。"

陆嘉为回礼的事想了半天，她把自己一本成语小字典带去送给朱杏珍。

朱杏珍却说："你自己用吧，你功课好，你要用字典的，我不用。"陆嘉说："是不是你爸爸给你买了？"朱杏珍不说买了还是没有买，却说："反正我读书也读不出来，我爸爸说我以后是要顶替他到上海去的。"

陆嘉当时有些惊讶，朱杏珍已经知道她以后怎么样。

一路上杨金海只是听陆嘉和朱杏珍说话，他是很少开口的。杨金海有点自卑，因为他的家庭出身不好，他爸爸做过两年伪保长，头上有帽子。事实上杨金海他爸爸的帽子，不仅戴在他爸爸一个人头上，而且戴在杨金海他们全家人的头上。

起先陆嘉并不知道这些，所以陆嘉问他："杨金海你怎么老是不说话？"

杨金海脸有点红。

朱杏珍说："他是不大说话的。"

后来陆嘉知道了杨金海爸爸的事情，她就不再问杨金海为什么不说话了。有一次她和朱杏珍不知谈什么就提到了杨金海的爸爸。

陆嘉问:"杨金海,什么叫伪保长呀?"

问过以后陆嘉马上反悔了,她以为杨金海一定会生气的,可是杨金海并没有生气,他说:"伪保长就是从前在村里做点事,其实跟现在的小队长差不多的。"

朱杏珍说;"怎么会差不多呢?从前是从前,现在是现在。"

杨金海说:"其实我爸爸是不肯做的,他们一定要我爸爸做的。"

陆嘉问:"他们是谁呀。"

杨金海说:"我也不大知道,大概是国民党吧。"

陆嘉听了,吓了一大跳,不敢再问。

杨金海却很想和陆嘉朱杏珍说些什么,好像杨金海的爸爸是一张纸,在捅破之前,杨金海的嘴被这张纸糊着,现在既然已经捅破了,杨金海也能说几句话了。

杨金海说:"我爸爸现在是懊悔死了,他们那时候问村里谁识字,只有我爸爸识字,就一定要叫我爸爸做。"朱杏珍和陆嘉都没有接他的话头,因为她们不知道说什么话才好。

他们一起走上大通桥,又一起到了桥下的亭子里。杨金海说:"这是三里亭,就是从前的驿亭,从前在大通桥这一带,是很热闹的。"

陆嘉问:"怎么热闹?"

杨金海告诉她们,从前在这一带有个小集镇,附近的农民都到这里来买卖农副产品,听说那时候连大通桥桥面上都摆满了摊子呢。

陆嘉看看大通桥南面石柱上的字,字已经看不清了。杨金海说:"这是一副对联,这边的一句是'波静清江环竹院',那一句是'日临晓市集云帆'你来看,还有一对,你看,是不是,上句叫'名区毓秀看题柱，高士流芳认均矶'。"

陆嘉有点崇拜地看着杨金海，她问他："你怎么知道的？"

杨金海说："是我爸爸说的。"

陆嘉说："你爸爸什么都懂吗？"

不等杨金海说什么，朱杏珍拉了陆嘉一把，说："我们走吧，要迟到了。"

星期一语文课开始的时候，大家都把语文课本拿出来，黄老师说："今天不用课本，这个星期我们上一节补充课，课文不在课本上。"

黄老师转身在黑板上写下四个字：白杨礼赞，然后黄老师说："这是一篇很著名的散文，是茅盾写的，我们节选其中一个片段，全文一共九节，我们选第七、第八节，这个片段在从前初三语文课本上有的。"

黄老师扬一扬手中的一本书，浅绿的封面，不知道是不是从前初三的语文课本。

黄老师吩咐大家把课文抄下来。

同学议论了一会儿，就跟着黄老师抄课文。

黄老师的字写得比较大，抄满了一黑板，两节片段还没有完，黄老师要擦前面的部分，问大家有没有抄好。钱欣华说："抄好了。"

陆嘉也抄好了，她笑笑。

有几个抄得慢的同学喊起来，黄老师笑着说："不急不急。"

节选的片段是这样的：它没有婆娑的姿态，没有屈曲盘旋的虬枝，也许你要说它不美丽，——如果美是专指"婆娑"或"横斜逸出"之类而言，那么白杨树算不得树中的好女子，但是它却是伟岸、正直、朴质、严肃，也不缺乏温和，更不用提它的坚强不屈与挺拔，它是树中的伟丈夫！……

大家抄好之后，黄老师就开始讲写作背景，《白杨礼赞》写于1941年，当时作者生活在国民党统治区内，社会黑暗，作者在1939年赴新疆的旅途中，却亲眼看到了另外一番气象，共产党领导的北方农民，艰苦抗战，他们有正直、朴实的品质，坚强不屈的斗争意志，作者在他们身上看到了中华民族的前途和希望，作者采取含蓄的手法，歌颂他们……

大家听得津津有味，这时候下课时间到了，黄老师最后说："希望大家能把课文背出来。"

到下一节语文课，黄老师问大家有没有背上课文来，有几个能背出课文的同学举了手，人不多。陆嘉也能背出来，但她没有好意思举手，她怕黄老师叫她站起来背诵。

黄老师让钱欣华背了课文，钱欣华记得很熟，很顺利地背出来了。

然后黄老师又点了杨金海的名，杨金海说："我，我没有举手。"

黄老师说："没有举手不等于背不出来，是不是，来，你试一试。"

杨金海脸很红，站了一会儿，就开始背课文，脸也不红了。

杨金海没有从片段开始背，却是从头背起，有些同学议论起来，黄老师摇摇手，叫大家不要吵，等到杨金海把整篇文章背下来，黄老师很高兴，他说："像杨金海这样，不满足于课堂上的学习，才能进步得快。"

下半堂课，黄老师就开始讲解《白杨礼赞》的片段。

这一天轮到陆嘉值日，值日生负责帮大家蒸饭。课间的时候，陆嘉拿着水桶到校门口的河里去舀水。刚下过雨，河滩上的泥很烂，不好走，陆嘉看了半天，不知从哪儿落脚，她怕滑到河里去。朱杏珍跟过来，说："我来帮你舀水吧。"

陆嘉不要她帮，自己跑下去，舀了一桶水上来，粘了两脚泥。

她们站在河边上，看着清清的河水，陆嘉问朱杏珍："这是什么河？"

朱杏珍说："我不知道的。"

陆嘉回头看见杨金海和另外几个男生站在教室门口，她就问："杨金海，你知道这是什么河吗？"

杨金海说："是通水河，到那边拐弯，就汇到大运河去了。"

陆嘉朝河的那一头看了看，她又问杨金海："你会背《白杨礼赞》全文，你有这篇文章吗？"

杨金海说："从前我大哥有一本书，里边全是好的散文。"

陆嘉说："借给我看看好吗？"

杨金海说："我回去问问我大哥。"陆嘉点点头，她又朝河的那一头望去，她想杨金海说这河水汇入大运河，那么大运河又汇入哪里呢。陆嘉那时候还不懂得大运河，她只是看见河水源源不断地流淌，陆嘉站在河边，她觉得自己的心就像这河水一样平静、开阔。

二

陆嘉刚下乡的时候分不清小麦、大麦、韭菜，爸爸妈妈还有奶奶他们都说这地方是种双季稻的，很苦。陆嘉并不明白什么是双季稻。当然以后她会慢慢地弄明白。

那时候南方这一带农村，一年有三次大忙季节。第一次是收麦子种稻，在五六月份；第二次是收稻子种稻子，在七八月份；第三次在十月底十一月初，收稻子种麦。

这样陆嘉在片中上了大约三个月的学，就要放一次农忙假了。在放农忙假之前，学校有一次小测验，所以大概有两三个下午不安排课，让大家复习。

复习的时候，黄老师和教数学的吴老师把杨金海叫到隔壁黄老师屋里去了，大约过了一刻钟，杨金海回过来，他的眼睛红红的，肯定是哭过了。杨金海回到教室收了书包，就走了。

然后吴老师又来叫钱欣华，大家看吴老师的脸色很不好看，都不敢作声。吴老师是插队知青，原来是老高中的高材生，他的水平是很好的，但是脾气有点暴，常常要发火，不像黄老师，耐心好，笑眯眯的。

等到钱欣华回教室，大家就知道是怎么回事了。

按照这地方的老规矩，每次农忙开始之前，都要开一次批判会，这就叫作大批判开路。在陆嘉来说，她是第一回听说这样的事，可是农村同学他们都知道这个。

朱杏珍说："这是老一套。"

钱欣华听朱杏珍这样说，他就问她："这一次轮到谁，你知道吗？"钱欣华这样一问，除了陆嘉莫名其妙，别的同学都"啊"了一声，他们已经知道了。

大批判的对象，当然是那些戴帽子的坏人，但是那时候戴帽子的人很多，一个队里就有好几个。开始的时候，批张三还是斗李四，总是摆不平，后来干脆按秩序来，一个队一个队轮过来，每个队里，又按姓氏笔画，从少到多。

这一次就轮到了杨金海的爸爸杨同。

这样的批斗会本来同学校是没有关系的，但这一次批斗杨金海的爸爸，就和杨金海有了关系。为了提高大批判的质量，要求片中也要派一个代表发言，是要从理论出发联系实际的，并且希望由杨同的儿子杨金海亲自上台揭发批判他的爸爸，这样更有力量。

杨金海不肯。老师就叫钱欣华去，让他在班上选一个同学去发言。

钱欣华说："谁去发言？"

大家说："你！"

钱欣华说："我不去。"

大家说："你不去谁去，你是班长。"

钱欣华说："我不去。"他突然朝陆嘉看了一眼，说，"我提议，叫陆嘉去，陆嘉的作文好，陆嘉会写文章。"

大家朝陆嘉看，有些同学看上去已经同意钱欣华的提议了。

其实陆嘉到这时候仍然不大明白，她问："写什么文章呀？"

钱欣华说："批判文章呀，批判历史反革命。"

陆嘉说："什么叫历史反革命？"

钱欣华看看她，他说："历史反革命你也不懂，历史反革命么，就是，就是历史的反革命呀。"

陆嘉说："什么叫历史的反革命呢，你没有说清楚呀。"

钱欣华说；"哎呀，这个怎么说清楚呢，就是，就是，就是伪保长吧。"

另一个同学说:"那么还有伪村长,伪乡长,算不算呢?"

钱欣华说:"当然算。"

那个同学又问:"伪保长大,还是伪乡长大,还是伪村长大?"

钱欣华想了想,说:"大概伪保长大吧,我们这里的历史反革命就是伪保长么。"

陆嘉说:"大概不对吧,我听杨金海说,伪保长就是小队长,差不多的,小队长不是最小的么。"

钱欣华说:"你听杨金海的,你大概想把他爸爸的错误说得小一点吧,说不定是他爸爸叫他说的呢,对了,这点你也可以写在大批判文章里的。"

陆嘉说:"为什么?"

钱欣华说:"你怎么什么都要问,大批判就是批判杨金海的爸爸呀。"

陆嘉吓了一跳,说:"我不会的。"

钱欣华说:"你是不好意思吧,革命不是请客吃饭……"

钱欣华正说着,黄老师来了,问他:"钱欣华,发言的人定了没有?"

钱欣华指指陆嘉,说:"她。"

陆嘉连忙说:"不是的,不是的,我不会的。"

黄老师皱皱眉头,对钱欣华说:"陆嘉是不合适的,她刚刚下农村,不一定了解情况,你怎么想起来叫她去发言呢?"

钱欣华低下头。

黄老师说:"还是你自己去发言吧,你情况比较熟,我和吴老师商量下来,还是你比较合适,你会掌握好的。"

钱欣华张了张嘴，没有说出话来，事情就这么定下来了。

陆嘉回去跟大人说了，大人都叹息，妈妈说："真亏了黄老师，这种事情你不好去的，你不懂的。"

批判会陆嘉没有去，班上的同学也都没有去，只有吴老师带了要发言的钱欣华去了。

第二天早上陆嘉收齐了作业本到黄老师屋里去交作业，走到门口，她就听见黄老师非常厉害地说："学校里的事情，你为什么要在大会上讲？"

钱欣华说："我，我……"

黄老师说："你这个人，我们认为你是懂的，所以叫你去发言，你怎么可以把杨金海在学校的事情，都弄到他爸爸身上去了。"

钱欣华带着哭腔说："我，实在是讲不出什么来，我想不出有什么好讲的。"

黄老师叹了一口气，停了一会儿，说："也不好怪你，可是你知道，你一句话，引来什么后果吗，昨天夜里去抄了他们家，把他们家的书全部抄了，烧掉了。"

陆嘉心里害怕，没有敢进屋，退了出来，她想起杨金海答应借书给她的，杨金海说，那本书上全是像《白杨礼赞》这样的好的散文，陆嘉是很喜爱这样的优美动人的文章的，杨金海说的那本书，不知是不是也被烧掉了。

在农忙假期里，陆嘉也去劳动，有一次大家在田里拔秧看到一男一女两个年纪轻轻的人从田埂上走过，队里的人就议论起来，说是三队杨同的儿子和儿媳妇。

陆嘉想起杨金海说起他的大哥。她就问他们："是杨同的大儿子吗？"

　　他们告诉她，不是大儿子，是二儿子，和二儿媳妇，大儿子是个书呆子，家庭又不好，很难找到对象。

　　正说着，杨金海的二嫂子突然大声唱了起来，陆嘉听不懂她唱了什么。

　　杨金海的二哥连忙搀扶着她往前走。

　　田里做活的人都叹息，说新娘子才讨进门三个月，被那天抄家烧书给吓痴了，以后就要人看住，不看住她就要点火，很吓人的。

　　陆嘉听了，有一阵心里很难过，她想到开学以后，见到杨金海一定要劝劝他。

　　到了农忙假快要结束的时候，从三队传来消息，说杨同的儿媳妇到底还是闯了祸，把火点着了，杨同家被烧得干干净净。

　　隔日陆嘉去约了朱杏珍，一起到三队去看杨金海，杨金海一家人分住在几个邻居家里，杨金海见了陆嘉和朱杏珍，说："你们来，我也没有家让你们进去了。"

　　杨金海说着就哭了，陆嘉和朱杏珍也都流了眼泪。

　　杨金海说："我是不能再上学了，我们这个家要重新撑起来，我要做工分了。"

　　陆嘉想说什么，可是她说不出，原来想好要劝劝杨金海，现在一句也不好说了。

　　临走的时候，杨金海对陆嘉说："你等一等。"

　　他钻到床底下，拖出一只纸盒子，里边是几件衣服。杨金海从衣服下面，掏出一本书来给陆嘉。

　　陆嘉一看，是一本《散文佳作选》，深蓝色的封面，她翻开来，

第一篇就是《白杨礼赞》。

陆嘉说:"这本书怎么……"

杨金海笑了一下,说:"我把它垫在鞋子里的,你看,边都卷坏了。"

陆嘉小心地捧着书,说:"你自己留着看吧。"

杨金海说:"我也用不着了,你喜欢,送给你了。"

后来农忙假结束,陆嘉就上学了。朱杏珍仍然绕道来会她,但是她们不可能在什么地方突然遇到杨金海了。陆嘉有好一阵心里空落落的,她本来还有很多很多问题要问杨金海的,关于大运河,关于大通桥,关于三里亭,关于农村,反正有许许多多的问题。

现在陆嘉天天可以拿那些好的散文来读,这样在她的眼前,在她的心里,就逐渐地有了一片非常广阔的非常奇妙的天地,她简直有点入迷,她明白的事情也逐渐地多了起来。

以后陆嘉写的作文,常常被黄老师表扬,黄老师给她的作文,甚至打上了"甲上"这样的超高分数,还拿来在全班念给大家听。

相比之下,朱杏珍的作文,以及朱杏珍的其他功课就比较差,每次陆嘉受到表扬的时候,朱杏珍总是很兴奋,她和陆嘉一样快活。可是陆嘉却有点于心不安,陆嘉说:"朱杏珍,杨金海的那本书,你拿去看看吧。"

朱杏珍说:"我不要看,我天生是笨坯,看了也没有用。"

陆嘉说:"你其实一点也不笨,你就是不肯用心,不肯好好读书。"

朱杏珍笑起来,不承认也不否认,她说:"我就是这样的。"

陆嘉好像在朱杏珍的笑声中预感到一点什么,或者说朱杏珍好像在暗示着什么,但是陆嘉没有往深里边想。

三

到第二个学期开始,朱杏珍上学就有点拆烂污了,三天打鱼,两天晒网。

陆嘉很生气,她有时候想再也不理朱杏珍了。

可是一旦朱杏珍来上学,陆嘉忍不住又要问她:"你明天来不来?"

朱杏珍若说明天来,陆嘉就很开心。朱杏珍若说明天不来,陆嘉整整一天就不开心。朱杏珍说:"你现在,一碰就板面孔,跟从前不一样了。"

陆嘉说:"都是你不好,你不来上学,我就要板面孔。"

朱杏珍笑起来,说:"好好好,我来我来,陪你啊,小姐。"

陆嘉也笑了,说:"不来你是小狗。"

第二天朱杏珍就做了小狗。

陆嘉那时候实在不明白朱杏珍为什么不肯读书。

有一阵朱杏珍天天来上学,一大早就去喊陆嘉,陆嘉有点奇怪,但她不敢问朱杏珍,她怕问了朱杏珍又有什么花样经出来。

一天放学的时候,朱杏珍说:"我爸爸回来了,你到我家玩玩吧。"

陆嘉跟朱杏珍回去,她见到了朱杏珍的爸爸,她觉得他是一个很和善很亲切的人。

朱杏珍的爸爸向陆嘉打听朱杏珍在学校的情况,用功不用功,成绩怎么样，老师对她有什么看法。

对于这些问题，陆嘉一概回答："还好。"

朱杏珍的爸爸笑着说："还好呀，还好就是不好，我都知道，杏珍不肯用功读书，是不是？"

朱杏珍吐一吐舌头。

朱杏珍的爸爸说："还赖学，是不是？"

陆嘉朝朱杏珍看看。

朱杏珍的妈妈在一边说："这一阵杏珍身体是不大好。"

朱杏珍的爸爸看了她一眼，说："功课不好，就赖学，这算什么，我不答应的，"然后他朝陆嘉看看，说，"你叫陆嘉，陆嘉我拜托你一件事，你帮我管一管朱杏珍，下次我回来，你告诉我。"

陆嘉朝朱杏珍的妈妈看看。

朱杏珍的爸爸又说："她们两个人，没有头脑的，就想多做几个工分，我跟你们说，以后不管到哪里，不管做什么，书总是要读的，知道吧。"

然后朱杏珍的爸爸就叫朱杏珍拿出一些上海带回来的糖果给陆嘉吃，朱杏珍又拿出一双套鞋给陆嘉看。

这是一双高帮套鞋，宝石蓝的，非常漂亮，朱杏珍穿上，在屋里走了一圈，陆嘉十分羡慕。

朱杏珍的爸爸对陆嘉说："你要是喜欢，下回我给你带一双来。"

陆嘉连忙说："我不要，我不要，我有套鞋。"

朱杏珍的爸爸笑笑，也没有再说什么。

朱杏珍的爸爸回来过一次，朱杏珍上学就勤一些，陆嘉跟朱杏珍说："最好你爸爸天天回来。你就不敢赖学了。"

朱杏珍说:"我要赖照样赖。"

陆嘉说:"我告诉你爸爸。"

朱杏珍说:"我爸爸管不了我的,我妈妈叫我不要念书的。"

陆嘉说:"你妈妈怎么这样,怎么叫你不要念书,你妈妈肯定没有文化的。"

朱杏珍说:"我妈妈识字的,我妈妈的水平很高的,她还看《红楼梦》呢。"

陆嘉表示不相信。

朱杏珍说:"你不相信,是真的,我爸爸的字还是我妈妈教他的呢。"

陆嘉说:"那你妈妈为什么不要你读书?"

朱杏珍说:"我妈妈说读书也没有用,她自己就是这样的,我妈妈读的书比我爸爸多,我爸爸做工人,她反而在乡下做农民,我跟你说……"

朱杏珍说到这里停下来,面孔有点红。

陆嘉说:"你要说什么?"

朱杏珍说:"其实你不知道,我爸爸在上海也有一个家,也有老婆小孩的。"

陆嘉大吃一惊,说:"怎么会,你爸爸很喜欢你呀。"

朱杏珍叹口气,说:"喜欢归喜欢,两回事呀。"

陆嘉想不到朱杏珍的家是这样的,更想不到朱杏珍会告诉她这些事。

朱杏珍又说:"所以我妈妈一定要我爸爸带我到上海去找工作,不然的话我就和我妈妈一样,一辈子在乡下了。"

陆嘉也相信朱杏珍肯定会去上海做工人，她只是希望朱杏珍读完初中再去，陆嘉这一点小小的愿望是不是能够实现呢，现在还很难说。

学期中间，片中组织了一次活动，到镇上参观一个教育革命展览会。

那一天刚下过雨，路上烂，朱杏珍穿了那双宝石蓝的高帮套鞋，一路上陆嘉和朱杏珍都很兴奋。快到镇上的时候，朱杏珍在一条小河里洗去粘在新套鞋上的泥，就这样她穿着这双十分惹人注目的套鞋上了街。

展览会的内容不很多，看了半小时就结束了。

参观完了，就是自由活动。陆嘉和朱杏珍在镇上逛逛商店，看看野景，走到哪里都有人注意朱杏珍的套鞋，朱杏珍很开心。

她们经过镇上的照相馆，朱杏珍停下来，她看看橱窗里的一些照片，突然说："我们去拍一张照片。"

陆嘉说："两个人合拍。"

朱杏珍说："当然两个人合拍。"

她们进了照相馆，开了票，照相的老师傅看看她们，问陆嘉："你这个小姑娘，不是乡下的吧？"

朱杏珍代陆嘉回答，她说："他们家是下放干部。"

老师傅"哦"了一声，又问朱杏珍："你这双套鞋，是上海买的吧？"

朱杏珍点点头。

老师傅把她们二人安顿在一张长凳上，把她们的头左摆右摆，摆好了，说："不要动了啊，来，笑一笑。"

两个人都不敢动，勉强地笑了笑。

老师傅说："好。"

陆嘉松了一口气，朝朱杏珍看看，朱杏珍朝她吐吐舌头。

老师傅说："两个小姑娘，蛮漂亮的，要是拍得好，把你们放在橱窗里。"

陆嘉和朱杏珍不好意思地笑笑，两人走出照相馆，都觉得有点饿了，决定到店里去吃馄饨。等她们走近不远的一家饭店，就看见门口站着几个班上的男生，正在朝里边张望。陆嘉过去一看，看到吴老师和另外几个插队青年在店里喝酒。陆嘉听见吴老师说："我怕什么，我是一无所有，我怕什么？"

没头没脑的，陆嘉也不明白吴老师说的什么。

另一个插队青年说："话是这么说，可是权捏在人家手里，你能不低头？"

吴老师喝了一口酒，不说话。

别的插队青年又说："老话说，人在屋檐下，不能不低头呀。"

吴老师喝了一口酒，眼睛通红，朝门口看看，好像没有看见有学生在门口，他说："我×！"吴老师这时候说话，舌头有点硬了。

陆嘉问一个男生："吴老师说什么，什么事情？"

那个男生说："吴老师喝醉了。"

陆嘉说："喝醉了怎么还在喝呀？"

男生说："他们不劝他，你看，他们都在喝呢。"

陆嘉说："你们为什么不去劝劝吴老师，叫他不要再喝了。"

男生朝陆嘉看看，说："要劝你去劝，吴老师很凶，我们不敢进去。"

陆嘉回过来问朱杏珍怎么办，朱杏珍说要不去找一找黄老师，黄老师能劝吴老师的，她们一起去转了一圈，没有找到黄老师。陆嘉担心地说："不知道吴老师什么事情。"

朱杏珍说："总归是有不开心的事情，我听我爸爸说，不开心的时候喝酒，是很容易醉的。"她们找了另一个点心店去吃馄饨，点心店里有两个陆嘉队里的农民，他们告诉陆嘉，队里有船出来，下午回去，陆嘉倘是要乘船，可以到东栅头等船。

吃过馄饨，陆嘉和朱杏珍慢慢往东栅头去等船，一路上总是有不少人看朱杏珍的套鞋，陆嘉说："你的套鞋今天大出风头了。"

朱杏珍低头看看自己的套鞋，笑笑。

走到东栅头，船还没有来，她们站在那里等船。东栅头的小街上有几个妇女在闲聊，她们看见陆嘉和朱杏珍，就盯住她们看，把两个人浑身看过一遍，最后的注意力就集中在朱杏珍的套鞋上了。

其中一个女人说："哟，高帮套鞋，天蓝色的，真漂亮。"

另一个说，"我从来没有见过天蓝颜色的套鞋。"

那一个说："肯定是上海买来的。"

然后就有人问朱杏珍："喂，小姑娘，你是哪个队的？"

朱杏珍说了，又有人问："你爸爸做什么？"

朱杏珍犹豫了一下，没有说话，陆嘉说："她爸爸在上海工作的。"

几个妇女同时"哦"了一声。互相做了眼色，有一个说："哦，就是朱根虎的女儿呀，怪不得看着面孔熟呢，跟她娘一个模子里印出来的。"

另一个问："你怎么认识她妈妈的？"

那一个说:"我是不认识,从前她妈妈的照片挂在照相馆橱窗里的。"

这个又问:"她妈妈也是镇上人啊?"

几个人就议论起朱杏珍的妈妈,说她年轻时很漂亮,读书也很聪明,以后苦了,嫁给乡下人什么的。

朱杏珍听得很不自在,一直往河里看,可是船还没有来。

后来一个妇女说:"听说朱根虎对女儿倒是很好的。"

别人就说:"那当然,你看,这么漂亮的套鞋。"

又问:"那为什么对女人……"声音低下去。

有人说:"这不能怪朱根虎,女人自己有花头……"声音也低下去。

大家都朝朱杏珍看。

朱杏珍脸通红,突然说:"我不坐船了,我先走了。"

陆嘉连忙跟上去,说:"我也不坐船了。"

两个人一路走回家,路上已经很干了,不再有烂泥粘上朱杏珍的新套鞋,可是朱杏珍情绪很不好,什么话也不说。陆嘉想说点什么,也不好开口。到了分手的地方,她们就分手了。

以后连着几天朱杏珍没有来上学。一天陆嘉的爸爸到镇上去,顺便把陆嘉拍好的照片带回来了。陆嘉一看,两个人都在笑,但是笑得很不好看,眼睛嘴巴都往下挂,妈妈说,这是苦笑。

陆嘉带着照片到学校去,等朱杏珍来看,可是朱杏珍一直没有来。

一天黄老师说:"朱杏珍怎么不来了?陆嘉你放学后到她那边去看一看。"

这天放了学，陆嘉就到朱杏珍家去，朱杏珍不在家，她妈妈告诉陆嘉，朱杏珍到上海去了。

陆嘉问："她什么时候回来？"

朱杏珍妈妈说："暂时不会回来了，她在上海找到工作了。"

陆嘉愣了半天，一句话也没有说，就走了。她甚至忘了让朱杏珍妈妈把照片转给朱杏珍。

时到夏天，日长夜短，这一天学校放学稍微晚一些，陆嘉又到朱杏珍家绕了一下。回去的时候，天色就有些昏暗了。从朱杏珍家到陆嘉那儿，要经过两个村子，在过第二个村子的时候，天就黑下来。陆嘉一进村，就有一条很大的狗盯住她叫，并且紧紧地跟住她。陆嘉蹲下，狗就停下来，陆嘉走，狗就跟她走。陆嘉害怕，跑起来，狗就在后面追，一直从村头追到村尾，路上有人见了大笑，也有好心的农民帮助拦狗，可是狗偏偏盯住陆嘉不放。陆嘉一口气奔回自己家里，"哇"地大哭起来。

家里人吓坏了，连忙问怎么回事。

陆嘉一边喘气，一边说："追，追……"

妈妈说："谁追你，追上了没有？"

陆嘉还在喘气。

妈妈急坏了，说："快说呀，出什么事情了？"

陆嘉这才说出来："狗，狗，追我。"

大人哭笑不得。

晚上陆嘉躺在床上，回想着被狗追逐时的可怕情景，还十分害怕，她听见奶奶在跟妈妈说："把小孩吓坏了，这倒头学，我们不上了。"

妈妈说:"不行,学不能不上的,这是关系到她的前途的。"奶奶说:"人都已经下到乡下来了,做了农民了,还什么前途不前途呢。"

妈妈说:"正因为这样,才叫她读书。"

奶奶说:"读了书又怎么样,现在是初中,读过初中,高中还不知在哪里呢,就算读了高中,还不是照样插队。"

妈妈半天没有说话。

后来陆嘉迷迷糊糊要睡的时候,听妈妈叹气说:"以后怎么办呐。"

以后怎么办,陆嘉并不明白,前途什么的陆嘉也不明白。陆嘉并没有因为朱杏珍的中途辍学,自己就不想读书了,陆嘉还是要读书的,但她并不是为前途着想,她只是觉得自己是应该读书的,至于读完初中以后怎么办,至于前途什么,她都没有考虑过,她想那是以后的事情,以后再说吧。

四

陆嘉被狗吓了一回,家里人虚惊一场,这件事倒启发了陆嘉的妈妈,她打听到邻队有一家人家的狗产下两只小狗,就去讨了一只回来,小狗长得很快,一个月以后,就长得像模像样的了,因为是一只黑狗,陆嘉就叫它小黑。

现在每天小黑陪伴陆嘉去上学,小黑记性非常好,跟陆嘉走了两回,就能认路了,每天小黑把陆嘉送到大通桥,小黑就回头,到下午放学时,小黑就在大通桥那边等陆嘉。小黑从来不到学校里来,所以开始学校里都不知道陆嘉的秘密。但是时间长了,同学还是知道了,钱欣华他们就笑陆嘉,说她是胆小鬼、娇小姐。

陆嘉听了,很不开心,她是不愿意做娇小姐的,所以有几次她不要小黑送,赶它回家,小黑却忠于职守,远远地跟着陆嘉,一步不离。

后来小黑越长越大,皮毛油光乌亮,十分神气。

一天放了学,陆嘉到大通桥上没有见到小黑,她等了半天,也不见小黑来,心里很急,小黑是从来不出差错的,哪怕刮风下雨,小黑都很准时。

这时有一个老农民走过来,问陆嘉:"小姑娘,你是不是在等一只黑狗?"

陆嘉连忙说:"是呀,老伯伯,你看见小黑了吗?"

老农民叹口气,做了一个手势,陆嘉说:"是不是有人捉了小黑?在哪里?"

老农民指了一条小路。

陆嘉没有来得及道谢,就朝小路奔过去,在她走近一座房子的时候,听见了小黑的惨叫,陆嘉过去拼命地敲门。

里边有人问:"谁?"

陆嘉听见小黑哼了一下,就没有声音了,陆嘉在门口放声大哭。

门打开了,陆嘉看见小黑躺在地上,嘴角有一缕鲜血,陆嘉哭着叫着对那几个人说:"赔,赔我的小黑。"

打狗的是这个队的几个插队青年,实在因为馋,没有什么吃的,见了一只狗,就抓来了,要是一个彪形大汉追来,他们倒不一定怕,想不到把这么一个小姑娘惹来了,大家有点手足无措。

陆嘉一边哭一边说:"你们赔我的小黑,小黑天天送我上学,没有小黑，我不敢上学了呀。"

几个插队青年面面相觑，又看看狗，狗已经死了，不能再回生了。

这时候陆嘉突然发现钱欣华站在旁边笑，她想起钱欣华就是在这个队里的，陆嘉冲到钱欣华面前，说："是你，是你叫他们打死小黑的。"

钱欣华本来在看好戏，突然陆嘉满脸泪水，冲到他面前这样说，他倒有点语无伦次："我，不，不，我没有……"

陆嘉说："就是你，就是你，你不赔我的小黑，我在这里不走。"

陆嘉平时很温和的，一旦发起火来，叫钱欣华害怕，他赌咒发誓说："我没有跟他们说小黑，不是我叫他们打的，我要是叫他们打死小黑，我自己不得好死！"

陆嘉瞪着泪眼朝他看。

钱欣华又说："我要是叫他们打狗，我就被天雷打死，落水鬼缠死。"

但是陆嘉不管钱欣华说什么，她往小黑身边一坐，不走了。

钱欣华跑回学校去叫了吴老师来，吴老师跟这边几个插队青年也是认识的，但不是很熟悉，吴老师对他们说："你们这种人，怎么连一点人性也没有。"

这几个知青本来倒是很内疚的，但听吴老师这么一说，反倒不服气了，立即有人冷笑着说："什么人性狗性，肚子饿了，还有什么性的。"

吴老师又说了几句，后来就吵起来。吴老师一张嘴斗不过几张嘴，他火气大，要动手打，那边的青年也不买账。

钱欣华吓得脸煞白,对陆嘉说:"都是你,你快去劝呀。"

陆嘉脸上挂着两行泪,过去拦住吴老师,说:"吴老师,你不要打,我不要小黑了,我回家了。"

吴老师看看她,眼睛有点红,说:"不打了,我送你回去。"

吴老师送陆嘉回去,把情况说了一下。

妈妈笑着说:"这个小姑娘,眼睛都哭肿了,再抱一只狗来就是了,狗长起来很快的。"

陆嘉说:"可是不会再有小黑了。"

大人听了陆嘉的话,都没有作声。

以后妈妈要去抱小狗,陆嘉说不要了,她说她现在不再害怕,闭了眼睛也能走到片中。

深秋的一天,又轮到陆嘉值日,天下着雨,河滩上很滑,陆嘉站着犹豫了一会儿,她想倘是朱杏珍或杨金海在,他们一定会帮她下河舀水的。

陆嘉站了一会儿,刚要下河滩,钱欣华走过来,说:"看你样子,要滑下去,我帮你去舀吧。"

陆嘉不要他帮忙,可是钱欣华不由她分说,拿过水桶就下河滩了,一边往下走,一边还回头对陆嘉说:"跟你说过好多遍,走烂泥地,脚趾要扒住泥,才不会滑……"话音未落,只听他"哎呀"一声,接着"嗵"一声,钱欣华滑到河里去了,陆嘉见钱欣华冒了几下,就不见了。开始她并不急,因为她知道钱欣华是会游泳的,水性很好,可是过了一会儿,不见动静。陆嘉喊起来:"钱欣华,你快上来,你不要吓人!"

喊了几声,仍不见钱欣华上来,陆嘉看着河里的大簇的水草,突然想起钱欣华说"被落水鬼缠死"的话,陆嘉惊慌失措,大声喊起来:"救命啊,快救命啊。"

等黄老师吴老师和其他同学奔到河边时,钱欣华却从老远的地方冒出来,一边抹着脸上的水,一边哈哈大笑。

同学们也一起笑起来,连吴老师也忍不住笑着说:"钱欣华,你是个促狭鬼。"

陆嘉不好意思地笑了。

钱欣华爬上岸来,毕竟是深秋了,水已很凉,他冻得嘴唇有点发紫。黄老师说:"还站在这里做什么,快到我屋里去换衣服,唉,你这个人。"

钱欣华刚走了两步,就咳嗽起来,一咳就吐出几口浑浊的水来。

吴老师说:"呛水了吧?"

钱欣华说:"没有,不碍事。"

然后黄老师对吴老师说:"这个河滩,没有台阶,总是有点危险的,幸亏钱欣华是会游泳的。"吴老师说:"筑一个台阶就这么难,说了多少回,也不来弄。"

黄老师说:"你留心看看哪里有石头,不如我们自己动手吧。"吴老师点点头。

后来很快就到了冬天,一进入冬天,大家就发现钱欣华老是咳嗽,而且咳得很厉害,有几次在课堂上咳得老师课也讲不下去。

黄老师和吴老师几次叫他去看一看医生,钱欣华总是很不在乎的样子,说:"咳嗽有什么要紧。"他每天来上学,照样精神抖擞地喊:"起立!"

但是终于有一天钱欣华病倒了,发高烧,送到公社医院里,检查下来，说是肺结核，大家吓了一跳，小小的年纪，怎么会有那种病，医生问最近期间肺部有没有感染过，这就想起来那次落水的事情，医生分析，可能是那一阵感染了，得了肺炎，没有治疗，结核菌乘虚而入。再一了解，钱欣华他们那个队，有好几个开放性的结核病人。钱欣华被送到县城的传染病医院隔离了。

星期日陆嘉和几个同学到县城的医院去看望钱欣华，他们在医院见到了一个意想不到的人——杨金海，他也是来探望钱欣华的。杨金海现在又黑又高，完全是大人样子了。

那一次他们没有见到钱欣华，因为他们赶到医院时，已经过了探视时间。传染病医院是不许旁人进去的，所谓探视，也就是在规定的时间里让病人出来，在一个规定的地方，和探访的人隔着一道铁栅栏，说说话。

下一日下午放学后，黄老师、吴老师叫了几个农民，不知从哪里抬来一些石条石块，他们在河滩上筑起了石阶。

放了学的同学都没有走开，大家站在岸上，望着慢慢流淌的河水，河水在那一头，汇入大运河，现在陆嘉已经知道大运河了。

到这一年年底，朱杏珍突然回来了，她去看陆嘉，给陆嘉带了一双宝石蓝的高帮套鞋，说是她爸爸送给陆嘉的，一定不要钱。

陆嘉并不很高兴。

朱杏珍说："还在生我的气呀？"

陆嘉摇摇头。

朱杏珍又拿出一本很厚很大的成语字典，这是她第一个月的工资买的，送给陆嘉。

陆嘉看看套鞋，看看字典，又看看朱杏珍，她说："钱欣华……"

朱杏珍说:"我知道了,怎么会呀……"

陆嘉说:"都是我不好……"

朱杏珍连忙说:"不提了,不提了,哎,我跟你说,上海有一种腈纶绒线,我帮你打一件毛线衣,你喜欢什么颜色,你告诉我。"

陆嘉又摇摇头,突然说:"为什么不读书,你应该读书的。"

朱杏珍笑起来,说:"你这个人,又来了。"

陆嘉也笑了:"好吧,不说了。"

朱杏珍临走的时候,说她回上海路过县城,她要去看钱欣华的。陆嘉相信她会去看他的。

在放寒假前,黄老师家里出了一件事,遭了贼,那台米黄色的收音机被偷了,小偷还偷走了黄老师仅有的一件呢上装。

那一天陆嘉上学,就看见黄老师的爱人,小学的李老师在抹眼睛,两个小孩在哭。黄老师则闷头抽烟,屋里屋外围了一大群人,议论纷纷。

后来黄老师对李老师说:"你去吧,时间差不多了,不要迟到了。"

李老师洗了一把脸,就带着两个小孩到小学里去了。

上课的时候,黄老师走进教室,大家都有点紧张。黄老师说:"离放寒假复习考试还有几节课,语文课本上的课文我们已经学完了,这几节课,我们再补充一篇散文来学。"

课堂里很不安静。

黄老师继续说:"这一次学习朱自清的散文《荷塘月色》,我们仍然选其中的片段……"

大家仍然不能安静下来。

黄老师叹息了一下，说："今天怎么了，是不是因为老师家被偷了？"

大家盯住黄老师。

黄老师说："你们要记住，任何东西都能被偷去，但是学到的知识，永远也偷不走的……"

陆嘉听黄老师这么说，她不由得抚摸了一下杨金海送给她的那本《散文佳作选》，朱自清的《荷塘月色》这本书里也有。

黄老师转身在黑板上写下一行字：荷塘月色。片段。

夏天，不是收获的季节

一

太阳还没有出来，炙人的热的威力已经降临了。

天亮前街巷里那一点潮润清凉的露水气息，早早地融解在第一缕幽蓝的晨曦之中了。

蓝天上干干净净，星辰和月亮隐退了，没有一丝儿白云或乌沉沉的云觊觎和替代它们的位置。

人们在暑热中醒来，睁开眼睛，思维的第一信号就是热，生理的第一要求是喘息。

小叮叮还在睡，眉心皱着，不知是热，还是做了什么不愉快的梦。哦，不会的。据说孩子是不会做梦的。小叮叮才四岁，还不懂得梦,不懂得人生。南月俯下身子,轻轻地吻了吻那皱起的非常好看的眉心。人们都说只有夫妻感情浓郁,才会生下聪慧美丽的孩子,可是小叮叮……她凝神看了女儿,怕弄醒了孩子,走开了。

妈妈正在厨房忙着,准备全家的早餐。南月把昨天晚上换下的脏衣服收拢,提起一只带把子的木盆,上井台去了。

小巷的居民都喜欢到这口两眼井的井台上来,洗东西,扯家常。这口井虽然在小巷的路中央,井水却清澈见底。传说这是西施姑娘当年梳妆的地方。沧海桑田,人事代谢,至今姑娘们路过井边,仍如西施当年,倩影倒映水中,不能不让人惊叹。

小巷居民绝大部分家中已装了洋井,但还习惯于用水井,尤其是冬夏两季,洋井水冬冷夏热,土井水冬暖夏凉,故此每每清晨傍晚,井台最是活跃。

"……阿月,昨天夜里替换衣裳没有洗?"没事找事,没话找话,主动搭腔,是这儿的人们的习惯。在小巷,一家有事,家家知晓;一方有难,八方支援。当然,一旦有哪一家有人得罪了众人,或欠了公理,便会落到"群起而攻之"的下场。

南月点点头,一边提吊桶,一边说:"热死了,夜里洗了浴,一动也不想动,还是早上……"

"哟哟,早上也热煞……"

南月又点点头。

又来了一个姑娘。南月记得她叫敏敏,在一家纺织厂工作。

"敏敏,今朝厂礼拜?"又有人问敏敏。

"昨天就歇了一天了,今朝还有一日……"

南月早听说了,现在有不少厂矿单位,实行"四二"轮换,两天早班,两天中班,两天夜班,两天休息。按形势发展的趋势和速度看,一星期休两天的事也许不是很遥远的了。

"敏敏,昨日礼拜,一天没看见你,轧朋友去了,阿是?"

"去去,我一直在屋里,一天做了一件马甲。"敏敏话语中全是幸福、得意、满足,"自家裁自家踏,自家锁纽子洞。"

"快的快的,快手脚,伶俐的,我现在不行了,年纪轻辰光,一天也好做几件小衣裳……"

"敏敏,什么料作?什么式子?"

"削价中长呀,前天下班碰巧头碰着的,只有五角一分一尺……"

"买几尺?"

"零头布呀,也是巧。三尺三,狭门面。我只当不够的,人家全讲肯定不够。嘿嘿,到底给我拼出来了,划着两块洋钿还不到一点,一件马甲,合算的!"

"样子阿灵,鸡心领还是大圆领,阿拷腰身?"

"凹方领,裁剪书上学得来的,腰身拷了一点点,我的腰比以前粗了,唉……"

…………

南月听着,感受着一种亲切的味道,心中却又隐隐不适。这些姑娘,能干,可她们对服装的审美趣味和欣赏水平却……她们常常会把一件荷绿色的连衣裙配上一双大红的中跟凉皮鞋,或者片面追求时髦,只看式样不讲质地。南月的弟媳小叶有一次买了一些五块钱一斤的质量很次的处理腈纶线,那毛线颜色难看,又毫无光泽。小叶用它编织了一套毛线衣裙,一种泡袖长管圆领、排扣开在左侧的上衣和一条排扣筒裙相配，穿上街去，差点儿轰动了小城。走到哪里，都有人指指戳戳，小叶兴奋得差点晕过去，南月却有些哭笑不得。但南月知道，姑娘们的落俗，是环境所致，城里三处显赫的以服装为主的自由市场并为一体，也不过百十来家摊铺，还抵不上上海五原路的一半。更何况那些货色是以小摊贩为主的审美水平为标准。南月看着那些婀娜多姿，水灵美丽的姑娘配上那些俗不可耐的装饰，心中总是不适。有时她真想同她们谈一谈色彩学，谈一谈审美趣味，可是她始终没有这样做。因为，她分明地感觉到，她们的生活要比她美满得多。她们的物质生活虽然不能算是很充裕的，可她们的精神生活是丰富的、充实的。她们也有自己的苦恼、不幸，敏敏的对象搞流氓活动，捉进去，要关好几年。敏敏也不是那种没头没脑、没心没肝的人，可是她丢弃了过去，面向新生活，生活得那么有情趣。南月自己却总是耿耿于怀，丢不开，抛不掉，是她自己心气太高，难以随波逐流，还是敏敏他们……

"哎哟，要迟到了。"妈妈拿着块手表找到井台上来了，"来不及了，我来洗，你去吃粥……"

南月直起身，对母亲歉然一笑。

匆匆吃过早饭，南月已满头大汗。和一年三百多个早晨一样，急急地出了家门。

"小妹，"路过井台的时候，妈妈喊住她，"小妹……你今天……"

行人都朝她注目，看这位已不怎么年轻了的"小妹"。有什么办法呢，在家妈妈喊大哥还喊"弟弟"呢。孩子再大，在母亲眼里也还是孩子。

由于人们的注意，妈妈压低了嗓子，但仍然很响，妈妈耳朵不怎么灵。"小妹，你打个电话给他，听话，和好了算了，啊？"

南月没有答应。这是她不能同意的。

"都这么些年了，年龄也有一把了，还闹什么名堂经呀，小妹，听话，啊……"

妈妈的眼睛都有点儿发红了。妈妈爱她，看着她不快活，妈妈心里也不可能舒服。妈妈也有苦衷，这么经常住在娘家，绝不是一回事。嫂嫂和弟媳两妯娌，原来是以互相斗气为乐趣的，现在却融洽得很。南月明白，那是对她来的，她忍受了，为的是不甘忍受更大的屈辱。可是妈妈不能忍受，却又无奈何两个儿媳。妈妈太疼她了，却不理解她。夫妻总归是夫妻，伤了和气还会和解。就像妈妈和爸爸吵吵闹闹过了一辈子一样。

"小妹，别再赌气了……"

"妈，这不是赌气，不是一般的……"南月的眼睛也有点儿发酸。

"小夫妻闹脾气，还有什么一般不一般呀，小妹，听话，打个电话去……"

"妈，要迟到了，我走了。"

南月心急慌乱地离开井台，朝巷口走去。芒刺在背。她知道人们都在看她。邻居都知道一些，尽管是皮毛，是表象。那种关注大凡是没有恶意，也没有幸灾乐祸的。

出了巷口，就是5路车的站牌。白漆底板衬托着红颜色的5字，十分显目，像S饼，像人生的路。南月十岁的时候，曾以为S饼是世界上最最好吃的东西。在以后的二十几年里，当她一次又一次点点点滴滴地领悟着人生的时候,她才一次又一次地发现,人生的路和S饼,竟然有着惊人的相似之处。

车来了。上班高峰时期,间隔时间很短,几乎两三分钟就有一趟车,但是仍然很挤。南月犹豫了一下,还是挤了上去。以前,不通汽车的时候,她是步行上班的,走半小时,精力充沛。现在不行了。

变速器拍到最低挡,汽车小心翼翼地拐进了五元弄,像要散架似地颠晃,嘎嘎作响。马路很窄很窄,道旁两排法国梧桐枝叶茂盛,或许是吮吸了古老的肥润的滋汁,或许是感受了勃发的新鲜的生机,虽然年轮已深,却仍在不断向有限的空间延伸,严严密密地遮盖了街道,像一对对遥相默立的情人,远远地搭着背,挽着手,俯视着五元弄的日日夜夜,悲欢离合。五元弄的路面是由十厘米见方的石块铺成。天长日久,石块被磨得锃亮,犹如一件件精细的工艺品排列于脚下,叫人不忍心去踩它,却想俯下身子去抚摸一下,那种滑爽的诱人的感触。

……急刹车。售票员"抓牢"的警告已是亡羊补牢。车厢内乱成一团。踩了鞋跟骂人的,撞了肋骨喊妈的,肩关节几乎拉脱了臼……驾驶员怒气冲天跳下车去,像只好斗的公鸡。崭新的凤凰车滚到汽车轮胎前,仅有分毫之差。售票员跟下去助战。这样的情况下,他们总是统一战线,配合默契,一致对外。交通警姗姗来迟,半天才拨开围观的人墙。凤凰车违章。于是乎在车上车下一片咒骂声中,汽车重新发动。

"妈的,短命路……"驾驶员还在回头,看那辆变了形的凤凰车和那位眼泪汪汪的姑娘,心有余悸,抑或于心不忍?

"就是——"售票员清脆的嗓音越过人堆向前面飘去,"想得出来。改走五元弄……"

没有乘客应和。汽车改道,乘客是得利者。过去五元弄是不走汽车的。前年区里人民代表大会,有一项代表提案的内容是建议5路车绕道从五元弄走。市公交公司那么快就付诸行动,着实让人吃惊。因为,5路车改道五元弄,仅仅是因为五元弄里有一条鹅卵石小巷,小巷深处,有一座很小很小的私家花园。这座城里,最鼎盛的时候,这种私家花园有二百五十多座。当然,绝大部分私家花园在三十多年前或十多年前都被收归国有,整饬修缮后,对外开放,供人游览。要不然,南月当年就不会要求到这儿来工作了。

汽车很艰难地靠站了。售票员报的站名是"带子园",可站牌上分明写着"紫烟园"。为了这,市公交公司没少收外地游客的批评信、意见书,前不久日报上还照登了一组。5路车上的售票员想来也不会少吃"牌头",可是仍然改不了口。在这里,人们都管五元弄带子桥边的这座私家花园叫带子园。因为园门口的那座桥狭长,像一条带子;因为总面积只有四亩的花园本身呈狭长形,也像一条带子,从旅游地图上看,很像南美洲的沿海国家智利;更因为,多少年来人们一直叫它带子园,叫着顺口,听着顺耳……反正,大家叫惯了,不想改口……人的习惯性,人的惰性……

五年前,南月从农村回城,待业一年以后,顶替父亲进了市园林管理局。这个单位条件比较优越,当时有几处去向可供南月选择,由于个人生活上的不幸,她选择了紫烟园,这个偏僻的、鲜为人知的小花园。她曾经想在这里避开人生,避开一切熟悉的东西。从那以后,她就一直在紫烟园茶室工作。

紫烟园茶室设在远香堂。远香堂是一座明代建筑。室内设有一根阻挡视线的柱子,四周均为玲珑透空的长玻璃窗。在室内饮茶,可环顾四周景色,如观长幅画卷。远香堂面临荷花池,每当夏日,打开长窗,便有荷风扑面,清香满堂,煞是爽人。荷池水流自然澄澈,水中游鱼戏逐,水面莲叶如盘,水上有曲桥斜度。曲桥尽头,屏立湖石假山,重峦叠翠。山石林木之中,又是曲径通幽、柳暗花明……更有远香堂的洞庭碧螺春茶叶,清香爽口,回味无穷,沁人心脾。端坐远香堂茶室,品茶赏景,不能不说有飘然欲仙之感。

近一两年来,旅游业大兴。紫烟园虽地处偏僻,却也游客如云。而且,大凡外地游人总是在游览了一些更有典型价值的著名园林之后,顺路而来,原以为这儿清雅幽静,到茶室小憩片刻;又因近年来离休退休的老人增多,闲着无聊,愿意找一清闲之处,聚聚聊聊,紫烟园远香堂茶室是最理想不过的了。于此,远香堂茶室压力增加,常常在开园不久,游客便蜂拥而入。转眼茶室里十张圆桌四十把藤椅就座无虚席了。不少人还大包小袋地掇着,满地满桌子尽是。若在夏季,气温高,人心烦躁,实在少了一些品茶赏景的情趣,原来一座清静幽雅的远香堂,倒有点儿像大上海大世界那样挤挤拥拥,嘈杂非凡了……

园门刚开,已经有一些游人进门了。按规定,茶室要推迟半小时开。南月迈着细碎急促的步子,踏着青卵石子小径,穿过一道饰有各异图案,精巧美观的花窗的复廊,来到茶室。

小兰正在往水瓶里续水,她已经烧开了一壶水了。

"又没能赶上你……"

南月抱歉地对小兰说,还含着许多感激。有了小叮叮,再利索也赶不上以前了。小兰体贴她，总是抢在前面。真是个难得的好姑娘。

小兰笑笑。

南月注视着小兰青春焕发的神态，不由感慨万端。和两年前相比，小兰真是判若两人。那时候，小兰绝望消沉，心绪灰暗，处于生命低潮阶段，没有理智约束……多亏……得感谢谁呢？那一群前来游览的青年作家吗？他们在南月的请求下，和小兰谈了半天，开导了她，启发了她？还是那位自己摇着轮椅进来的残疾青年，他是来画画的，是他的形象触动了小兰，振奋了小兰，抑或是另一位老人，几个孩子？

有几位老主顾踱进了远香堂，对他们来讲，这儿比自己家好多了，根本用不着考虑什么作息制度的。老人们每人捧一只小茶壶，有紫砂的，也有一般瓷质的大路货，南月替他们续上水。茶室提前营业了。

室内气温逐渐高起来。小兰用毛巾擦了一把汗，叹了一口气。这儿的营业方式是最原始的，煤炉烧水，开水泡茶，一杯茶收一毛钱。营业的地方太小了，在远香堂一角用简易夹板临时拦出仅四个平方米左右的地方，这就是南月和小兰的天地，另外还要放下几百只易碎的玻璃杯，几筒茶叶，两只煤炉，四把大水壶，十几只热水瓶等等。而且，在远香堂设茶室，辟炊房，天长日久，把那些红木房梁，雕花门窗，榕树根家具熏得发了黄，发了黑，怎么擦洗也去不掉。南月每每看见，就像吞了一根竹篾子似的，一直横梗在心里，怎么也舒坦不了。小兰来后，也颇有同感。不久前，她们向领导建议，在远香堂左侧的小坡上，另建一座茶室，并附上了南月花了整整一年业余时间设计的新茶室草图。当南月将那张纸捧给领导的时候,她的手抖了,心也抖了。那里面,浸透了她多少心血,融进了她多少幻梦,寄托了她多少期望啊。在她不断地承受着人生的不幸的时候,唯有小叮叮和对工作的追求,支撑了她。可是,对事业的追求也同样是那么的痛苦那么的艰难,那张浸透了心血的图纸,好比石沉大海,一去不复返。

南月垂下了双手,一把大水壶沉重地挂在手上。

太阳升得很高了,炫人眼目地在大地和空间闪耀。从远香堂的长玻璃窗向外眺望,游人正顶着骄阳,兴致盎然地选着自己中意的镜头照相,为选择不同的角度而争论着,摆出各种姿态,做出各式表情,换出各类服装。南月透过长窗,久久地凝视着远香堂右侧,游人最多,相机焦点最集中的拜石轩。那里有很多怪石,形状奇妙,有姿态各异的狮石、狮斗、狮吼、乳狮恋母、双狮滚球,有牛蟹斗,有鱼鸟恋,有小猴腾云,有绣女引线。千奇百怪,难以名状,完全可以和广西石林相媲美而另成一趣。南月的兴趣并非在此。游人是少见为怪,南月的思绪却紧紧地扣住了"拜石轩"名称的来由。

"拜石轩"取"宋颠拜石"之意而得名。相传宋代有一穷书生,中举后娶一富家女儿为妻。后因官场失意,被老丈人赶将出来,并遭了妻子的羞辱。书生孤身一人,与石为伴,终而爱石成癖,见怪石即拜,因而有"宋颠拜石"之说……

南月心里隐隐作痛,古人官场失意,家庭破裂,尚能爱石成癖,自己竟连古人都不如,一年的业余时间,换来的竟是一张废纸!

"南月,你看,许园长来了……"

顺着小兰手指的方向,南月看见许园长正和一个年轻人一路点点戳戳,穿过复廊,朝远香堂走来。刹那间,南月眼前一晃,心狂跳,血液循环加剧。那个人,那个大学生,瘦高的个子,白皙的皮肤,琇琅架眼镜。太像他了,太像了!一颦一笑,一投足一举手……哦哦,怎么可能呢,他不是学建筑的,他学的是文学。也许正因为他学了文学,太富于幻想,太浪漫,想入非非,才……但眼前这个建筑学院毕业的大学生看上去比他年轻多了。从外貌看,像他的弟弟,或者说,像他年轻的时候。年轻的时候,她相信他,崇拜他。可她怎么也不会想到,他会是个意志薄弱的人。十年时间凝成的爱,竟抵挡不住一个二十岁的女大学生一个月的冲击。她发誓忘记他,却忘不了;她发誓恨他,也恨不起来。她也是个意志薄弱、毫无志气的人。到今天,她和另一个人结合的产物——小叮叮已经四岁了,她发现自己仍然还想他,甚至……爱他。荒唐!她恨的是那个名叫小牧的女大学生。尽管他后来并没有和小牧结婚,阴差阳错……

"来,过来,南月,"许园长招呼着,"介绍一下,他叫梁云,局里新来的大学生,技术员,是……哎,哪一年毕业的?"

"去年夏天毕业……"梁云谈吐自如,谦而不卑,简而不傲。真像啊!他是七七级的,毕业三年多了。

"这,是你设计的?"梁云手里拿着那卷图纸,眼睛越过南月,盯着小兰问。

"我没那么大本事!是她!"小兰一点不怕梁云那双炽热的眼睛,变本加厉地反射着梁云。梁云倒有些不安,想避开,又舍不得。

"哦,是你搞的?"

梁云只向南月身上瞥了一下,就移开了目光。南月注意到,他把"设计"两字改成了"搞",她心中有些不快。

"你……学过建筑?"梁云的口吻中明显地透露着不信和轻视。

南月很恼火,但她压抑住了,她习惯了。南月越来越感觉到这个年轻人不像他,不像!

小兰瞪了南月一眼,转过来对梁云说:"她不如你运气好,她学过修地球,你懂吗,修地球,十年!这个是她自学的,只有一两年时间,她就能自己设计了……你能吗?"

梁云被小兰气势汹汹的样子惹得笑了,看得出,他是喜欢小兰的。"哦,是这样的。我们局长把图纸转给我处理。图纸么,是不行的……"

"为什么?"小兰急急地问。

"当然,"梁云看着小兰,声音语气缓和多了,"设计本身是有一定价值的。可惜的是,这儿不能建新茶室,紫烟园不能建新房子,原因么,你们都懂……"

许园长踱了回来。他已经观察了一下茶室的情况,看上去还满意。

"南月,你陪小梁到四处看看,你情况熟悉,看能不能找个两全其美的办法……"

南月瞥了梁云一眼,知道他不乐意的,她直想笑话他,想挖苦他一句,假如我年轻十岁。不过她没有说,只是笑了一笑,对小兰道:"还是你去吧,这里我来……"

小兰飞快地对南月丢了个眼色,那意思只有南月知道。南月后悔了,可是已经来不及……

梁云容光焕发,扬一扬手:"走吧。"

二

小兰还依稀记得,小时候姨妈带她上街,街上总有许多叔叔伯伯回头盯着她们看。小兰问姨妈,他们看什么呀,姨妈脸红红地说,看你小娃娃好玩。小兰不相信,说:"不对,他们看姨妈,姨妈长得漂亮……"姨妈脸更红了,一把抱起小兰,脸紧紧贴着小兰的头,小兰把姨妈的脸扳过来,姨妈的脸红扑扑的,甜蜜蜜的,好看极了。小兰不喜欢那些长胡子和不长胡子的伯伯叔叔,她不许他们看她的好姨妈。每当他们回头的时候,她就对他们做鬼脸,装老虎,装狐狸吓他们,可他们一点不怕,反而开心地大笑。姨妈也开心地笑了。姨妈笑的时候,两个酒窝,嘴唇红红的,把小兰也迷住了。

小兰总是不明白,找姨妈的男人那么多,姨妈为什么一直不结婚。有一次小兰到邻居王好婆家里玩,王好婆对小兰说:"你一生一世也不能忘记你姨姨啊,她是为了带你,才一直一个人过的呀……"

小兰跑回去扑在姨妈身上哭了,那时她已十多岁,懂得感动了……小兰的爸爸妈妈在小兰很小的时候就离婚了,在法院判决的时候,双方都不要孩子,争执不下。小兰在庭上吓得哇哇直哭,那时候,旁听席上的姨妈,竟违反了法庭规则,冲进庭内,打了姐姐一个耳光,吐了姐夫一口唾沫,抱起小兰,转身冲出了法庭……

姨妈没有固定工作,她靠居委会介绍给人家做保姆带大了小兰,不知因为姨妈为人好,还是姨妈长得漂亮,姨妈一直是最受欢迎的保姆,一个月也能赚六七十块钱。有时候,就带着小兰常住在主人家里,像一家人一样,亲亲热热。

小兰是欢乐的，幸福的，虽然她没有自己的亲生父母。姨妈也是欢乐的，幸福的，虽然她一直没有嫁人。

可是，有一天，小兰从中学里放学回家，发现姨妈一个人在家里哭。没等小兰问，门被撞开了，姨妈帮佣的那家人家的女主人，一脸杀气，夹着姨妈的行李卷，往地下一扔："骚狐狸，在自己窝里接客吧！"

姨妈哭得晕了过去。小兰跑出去喊邻居来帮忙，邻里们却都用一种小兰从未见过的眼神看她，谁也没有来帮她一把。

从那以后，姨妈再也没有给人家做过长活，最多揽些短活，临时活，替人家洗洗衣服，倒倒马桶，买买小菜，生意大大不如以前，姨妈的身体也一天比一天差了。小兰却长大了，长成大姑娘了。旧衣服已经裹不住她那健美的身段了，姨妈供不起她，要买新衣服，买化妆品，她把姨妈的旧皮鞋找出来，用鞋油抹一下，穿了，把姨妈的旧衣服修修改改，穿了。姨妈心疼，天天晚上粘火柴盒子，粘到半夜。年轻人贪睡，有时小兰一觉醒来，姨妈还在灯下糊着。她咕哝一声"姨妈睡吧"，自己翻一个身又睡了，她正梦见她心上的人朝她走来⋯⋯

有一天半夜，她睁开眼睛，发现姨妈斜靠在椅子上，眼睛闭着，嘴张开，一只手还捏着火柴盒。小兰喊了十几声，姨妈也没听见，小兰吓坏了，急忙找人把姨妈送去了医院。

姨妈还不到五十岁就瘫了，左半身完全失去了知觉，生活不能自理。

家庭的重担全部落到了小兰肩上。小兰并没有感觉到苦，因为她有⋯⋯爱的力量。还有一年就要高中毕业了，但是她坚决地退学了，接替了姨妈的工作。每次姨妈躺在床上眼泪汪汪地看着她，心疼她的时候，她就坐下来，唱一首小时候姨妈教会她的儿歌："乌鸦乌鸦对我讲，乌鸦真正孝，乌鸦老了不能飞，对着小鸦啼。小鸦早起打食归，打回食来先喂母。母亲从前喂过我……"姨妈的泪滴得更厉害了，小兰心里却是甜的。

人是无法预料自己的生活道路的，当小兰依靠爱情的力量，以苦为乐的时候，她怎么可能想到她正走着姨妈走过的路啊……

当她明白了这一点的时候，已经晚了……但她又奇迹般地坚持了下来。

每天早晨，她闻鸡起身，把姨妈的床罩拿出来洗、晒，推着姨妈去呼吸新鲜空气，然后，回来烧好早饭，服侍姨妈吃了早饭，自己匆匆扒几口粥，上班去。有时忙得气都喘不上来，邻居看了心疼，要替她分担一点，她都谢绝，她有的是精力。人家都说生活苦了人会憔悴，可小兰却是越苦越水灵，连姨妈也觉得奇怪。远远近近的小伙子，私下公认小兰是这里的第一块"牌子"，以能博得小兰的一笑而互相吹嘘。小兰始终是坐怀不乱。姨妈的遭遇，她自己的不幸，还有南月的痛苦。够了，够了，一个二十二岁的女孩子的心里已经不需要再容纳其他什么了。小兰不会再相信他们了，永远……小伙子们迷惑不解，又不甘心，对小兰分外殷勤，姑娘们却因为少一个能量很大的威胁而高兴，对小兰格外的亲热。因为姨妈而冷却了的邻里关系又逐渐热乎起来。

今天早上，小兰起迟了一点，来不及打扫小院了，她抱歉地对隔壁李阿姨打了个招呼。

李阿姨"哟"了一声。"看你个小丫头想得出来，还'对不起'

呢,天天是你扫的,我弄一天怎么啦,还是隔壁相邻,小兰,有啥事体你尽管托我,只要信得过我……小丫头!"

小兰噙着眼泪点点头。

"小兰!"

拐角的地方跳出了一个男青年,挡住了她的去路。

"阿毛,你找死吗?我要上班!"

小兰冷冷地骂阿毛。

阿毛却不气不恼,他早尝够了这种滋味,不挨骂还不舒心呢。

"小兰!好小兰!我写给你那么多信,你竟这么狠心,一封都不回?"

"没收到!"

小兰绕过阿毛,匆匆走了。这些小伙子,真有毅力,有耐心。滴水穿石,也许他们都懂这个。可小兰心里这块石头,也许是永远也滴不穿的了。她从来没有把他们放在眼里,仅有一次,她的一个高中同学,如今已考上了大学,从学校写了一封信给她,说放假时在街上看见她了,希望能保持联系,互相帮助,末了,他这样讲:"我在集邮,请把信封上这张邮票寄回给我,我爱这只小白兔……"小兰忍不住笑了,这人还挺有心计的,既让小兰不能不回信,又暗示了他的心迹。小兰是属兔子的。小兰只是一笑而已,并没有动摇,把那张邮票剪下来,装进一只空信封,寄了过去。

"小兰,你看什么?"

阿毛又追了上来。人倒长得仪表堂堂,却长了这么颗无赖的心。

小兰眼睛一瞪:"你走不走?我要迟到了!"

阿毛吐了吐舌头,退到一边去了。嘴里还在叽叽咕咕:"小兰真积极。八点上班，六点半就去了……"

在工作上小兰确实是积极的。说实在话，这很大的原因是为了南月。几年来，尽管南月守口如瓶，从不把自己心灵的负担加给别人，但对南月的不幸，小兰多少了解了一些。无意之中，她竟把自己当作比她大十几岁的南月的保护人了。她不愿意让南月受苦，更不许任何人对南月有所不恭……

偏偏，今天却冒出这么个大学生来，对南月如此无礼，不尊重。这是小兰所不可容忍的。

她对南月笑一笑，和兴高采烈的梁云一起跑了出来。

九点多了，太阳已经开始最大限度地施展它的热力，没有一丝儿云，没有一丝儿风。太阳的辐射和大地回射的热浪上下夹攻，烤着人们的脑袋，脚板，全身。

小兰一眼看见梁云头上戴着一顶无顶太阳帽，她迅速地伸出手抓了过来，戴在自己头上，一边笑嘻嘻地对惊愕不已的梁云说："拿出点绅士风度来嘛，照顾女性，啊，这本该是自觉自愿的嘛，没有什么委屈吧？"

梁云无奈，笑了一笑。

可是烈日不留情的。梁云一会儿就受不了了。

"这边走，有树荫……"他犹豫了一下，又补充了一句，"这边走，小兰……"

"咦，咦，你怎么知道我叫小兰？"

"我，你舅舅说起过你……"

"我舅舅？"

"我们的局长啊，他说你是他外甥女嘛，不是你舅舅吗？"

"舅舅！舅舅……"小兰突然爆发一阵狂放的大笑，"哈哈哈哈，舅舅！"

梁云不知所措地看着这个喜怒无常的漂亮姑娘。

小兰笑得渗出了眼泪，使梁云大为迷惑，他实在不知道小兰为什么会这样。

小兰在笑，可是她的心在流血。

梁云听说的小兰的"舅舅"，园林管理局的局长，就是当年欺骗了姨妈的那个老混蛋。姨妈被赶出来的时候，小兰已长大了，情窦初开，和那老混蛋的儿子有了感情，以至于非常轻率地献出了自己的贞操，然后被他抛弃了。那个小混蛋远走高飞，被送到国外亲戚家去读书了。这件事谁都不知道。老混蛋不知是出于怜悯还是旧情未泯，在姨妈病得很重的时候，提出来替小兰安排工作，小兰心疼姨妈，忍辱答应了。到紫烟园茶室以后，她遇上的同事南月又是个愁眉苦脸，心事重重的人，小兰满腔怨恨无处倾诉，终于在一个冬天的傍晚……

……那天天很冷，傍晚下着小雨。小兰有意磨蹭着，直到所有工作人员全下班回家了，她才慢慢地离开了远香堂。

池塘虽小，但是很深，水面上结着薄薄一层冰。小兰打了个寒噤，慢慢地把外衣一件一件脱下来，只剩一身棉毛衣裤，最后看看天空，看看大地，然后闭着眼睛，朝池塘里走去。她把姨妈托付给居委会了，她不再牵挂什么了……当冰冻刺骨的水淹到她的胸口时，她猛地觉得一只铁钳般的大手抓住了她的肩。

她甚至没有能看清他的脸，只是感觉到那双手的力量，在朦胧的月色中，在刺肤的严寒中，那双手将她死死地拽住……

她记得混乱之中她还来得及问了一句:"你是来干什么的?"

他说,他也是来向昨天告别的,他相信她会和他一样,用一次愚蠢而荒唐的行为向昨天告别。

小兰记住了他的名字,记住了这个冬天的黄昏。但是,她始终没有把这段往事告诉任何人,包括南月。

小兰变了,她真的和昨天告别了,熟悉她的人都为她高兴,但是,没有人知道她把一切深深地埋在心底。她始终记得"他也是来向昨天告别的。"

南月的心灵的创伤,引起了小兰极大的同情,她尽力地帮助她,感染她,容不得任何人对南月有所不敬。

眼前这个自以为是的大学生,竟然对南月表现出轻视,小兰是不肯轻易放过他的。

"喏,就是这儿,待霜坡……坡上种有橘树,秋天的时候……"小兰故作认真地指点着。

在梁云眼里,小兰是个称职的向导,却又是个多余的向导。

梁云对紫烟园是很熟悉的。在建筑学院读书时,他曾利用假期,对自己故乡的古典园林,包括像紫烟园这样的颇具特色的小花园的园林建筑,对其中池、瀑、泉、水的布局,轩、阁、亭、榭的结构,湖石黄石的采用,长廊粉墙的装饰,明清家具的制作以及园林总体构思的价值,深幽意境的创造、技法的采用等等,都做过细致的了解和研究,并且毕业之际,写出了颇受重视不同凡响的论文《巧夺天工》。

他不想在小兰面前保持沉默。沉默是谦虚,多半也是无能的表现。

"待霜坡……取韦应物'洞庭须待满林霜'的诗意得名。霜降橘子红,对吗?秋天的时候,满山红遍,层林尽染,如香山红叶,如天竺越冬……"

小兰略略吃了一惊。

"我们上去坐一会儿,行吗?"

梁云因为没有了遮阳帽,热得够呛,不失时机地提出建议,并摘下眼镜用手帕擦拭着,那上面尽是汗水的雾气。

小兰看着梁云的狼狈样子,便点了点头。

坡顶很平坦,约有六十平方米面积,除了一些橘树,没什么其他东西,也没地方好坐。坡中腰,嵌有一间很小的石屋,石屋内没有石桌石凳,阴凉清爽。两人坐下后,只觉一股舒适之感发自内心,出自每一个毛孔细胞。

"喂,你怎么把南月的图纸揉得这么皱?你们也太不尊重别人的劳动成果了,不尊重别人的人格!这是南月花了一年时间搞成的,你们局里到底有没有人看过,有没有人关心……"

"怎么没有,局里专门开会讨论过,否定了,设计得再好,也没有用,那里面不能造房子……"

"哼,那你们的意思是不闻不问了?看那些黑乎乎的房梁,门窗,家具,你们不心疼?"

"谁说的,你问你舅舅去。为了这些,他不是闹了偏头疼么,还不心疼呀?"

那个老东西!偏头疼倒是真的,要知道全城有多少紫烟园要保护呢!

"……你别急,我们正在想办法,准备把榕树根家具换出来,木结构用贴塑面保护起来——这么解决,行了吧,还会心疼吗?"

"当然!'重点保护'是可以保住了。可是,请问,重点的重点,怎么保护?"

"什么?重点的重点……"

"人!茶客、游人,还有我们!坐不下了!人满为患,不闻不问么……当然,你可以说,园林局管园林,可管不了人!"

"人满为患,这是个普遍性的问题,太普遍了,解决不了的。只怪我们早年没听马寅初老先生的话。要不然,你我说不定都是多余的人……人多,解决不了的。你看,那顶三曲桥,宽不会过一米,长不会过五米,多少人,坐的、站的、蹲的,每平方米至少三人,超过极限了,你能把桥拓宽,加长吗?不行的!"

"是呀,不行的!解决不了就不解决?倒是个好办法,倒霉的是我们。我们看不过去,茶室还得设个小件寄存处,却不能开张,为什么?没有地方。春秋可以将一部分桌椅搬到堂前平台上,可是冬夏呢?更倒霉的是游人,本来是品茶赏景,雅静一会儿的,现在呢?"

小兰戛然而止,脸上都渗出了汗珠。

梁云异常地盯着小兰,半晌,牛头不对马嘴地说:"你——真像婴宁。"

"婴宁?鬼啊?"

"那是好鬼。"

"好鬼。你恭维我?为什么?"

"书上不是说,女人的天性总喜欢男子的恭维……"梁云笑嘻嘻的,他越来越有把握了。

"可是，你错了，我不是人，是鬼！而你，也算不得一个真正的男子汉！"

说完，小兰跑了出去。

梁云沉不住气了，这是他料所不及的。他追了出来。

"你凭什么说我不是个真正的男子汉？"

"你——虽有知识有学问，但你不懂得生活。告诉你学识和人生是不成正比的……"小兰快要控制不住自己了，她爆发出一阵大笑，掩饰了自己的真情。

"喝一杯橘子水去吧，我请客。"小兰指指下面的小卖部，完全变了个人。

梁云以为小兰在戏弄他，生气地摇摇头："不想喝，不渴。"

"不渴？你属骆驼还是属鳄鱼？"小兰"咯咯"一笑。

梁云心里一惊，他终于发现了，或者说终于捕捉到了，小兰的笑为什么使他不安，她笑的时候，眼睛是没有表情的！

他紧紧盯住那双奇怪的眼睛，想从里面掏些秘密出来，可是那双眼睛避开了。

"既然你对这儿很熟，你一个人看吧。茶室很忙，南月一个人忙不过来！"

梁云只好挥挥手。

小兰却突然想到了什么似的回过来："等等，你知道牛得草的名句吗？"

梁云没有反应过来。

"哼，当官不为民做主，不如回家卖红薯！"

…………

"有了学问不为人民谋点利,不如……咯咯咯咯……"小兰笑着走远了。

梁云目送着她。他具有一般男子所共有的弱点:喜欢漂亮的脸蛋;也具有一般男子所共有的优点:自尊。不能为了漂亮的脸蛋丧失自己的人格。何况,他已经上过一回当了。那一张漂亮的脸蛋,到世间来好像就是为了折磨人的。他决计不再去接近小兰了,可是小兰的话却使他不得不深思,那是有一定道理的。新与旧的矛盾,终究是要解决的。可是他却无能为力,尽管他曾经是有过雄心大志的。局长也无能为力,市长也无能为力,省长、总理……也许,处于新旧更替中的人们,是要做出一些牺牲的。

小兰匆匆朝远香堂茶室走去。没有以往报复以后的痛快,却有一种说不清的后悔。后悔没有能狠狠地刺痛梁云?他太厉害了。后悔不应该去伤害梁云!他毕竟没有什么过错。后悔不应该在他面前失态?为什么呢……

有人挡住了她的去路。

是两位不同年龄不同风度的女子。

"请问,"问话的这位二十多岁,仪态大方,"刚才和你站在一起的那个男的,是不是叫梁云?"

小兰惊异地看了她一眼。没有回答。

"我……是想问一问,刚才离得太远,没看清。"

小兰不知为什么不喜欢这个女子,出于女性的嫉妒?不。自打出了那件事以后,小兰早已经忘记了自己是个年轻的甚至相当美貌的姑娘了。

她冷冷地说:"你追上去就看清了。"

"凌老师,"那姑娘对同行的中年妇女说:"您……能不能先到茶室坐一坐,我……遇见个熟人,想去找一找。"

"好,好,你去吧,祝你顺利。"

中年妇女微笑地目送着她,小兰也忍不住朝她望去。当那姑娘的身影快要消失在视线尽头的时候,视线的那一端,映出了梁云,他正朝那姑娘迎面走来。距离太远,小兰无法看清他们脸上的表情,但她想象出他们正交换着最复杂的内心……

这一画面,在小兰的脑海中"定格"了。

三

海市蜃楼?沙漠幻景?大西洋底的秘密?抑或是弗洛伊德,潜意识,梦乡……

……小牧还是在大学一年级的时候,参加了学生旅游团,到了山东。在海边他们无谓地多待了好几天,想碰碰运气,等一等那些神奇的幻景。直到开学前一天,才扫兴而归。他们不如另一些游人走运,那些人亲眼撞见过海市蜃楼。其实,那种偶然,只能是偶尔中的偶尔,几乎是不存在于必然中的偶尔,巧合率太小太小了,微乎其微。可是现在小牧看见了,眼前一个花花世界,遐迩闻名,比迪士尼乐园更繁纷更灿烂。在这繁纷灿烂的世界里,小牧寻找着,探求着,终于,她看见了丁苏。他是那么年轻,年轻得和梁云一样,以至于让人分不出究竟谁是谁。但小牧心里明白,他是丁苏。

……繁纷灿烂的色彩消失了,这是一片黄色。沙漠?荒芜,干涸,凄凉。丁苏背向她,正向一座沙坡爬去,小牧拼命喊他,可是他听不见。也许是自己嗓子哑了，根本喊不出声来。心狂跳着。恐惧？激动？希望？失望？小牧用手紧紧按住了胸口。丁苏艰难地攀越着，一个脚印有一尺深，哦，何止一尺，深不见底。小牧甚至听到了丁苏粗粗的喘息声。她踩着丁苏的脚印，一步，拔不出来了！她想借助一下身旁的东西，她伸出手去——天哪，那是……白生生的尸骨。头颅们龇牙咧嘴地瞪着她，追逐着她。小牧拔不出腿，吓得毛骨悚然，头颅骨尖声大笑。小牧的手脚软绵绵的……不会的，这不是真的，这不是我，这是昨晚看的电视《兵车行》中的女主人公……丁苏已经翻越了那片沙坡，不见人影了。小牧竭力振奋着自己，向坡顶爬去，坡顶上重新又出现了人影，小牧睁大眼睛，不是丁苏，却是许多青面獠牙的女鬼，披头散发，向她扑来……

"啊，我不！我不……"

"小牧，醒醒，小牧……"

压在胸口的手被搬开了，梦魇消失，妈妈喊醒了小牧。

小牧恍恍惚惚，心有余悸，躺着不肯动弹。

"快起来吧，你昨晚不是说今天早上要去陪客人的吗，还不快起来……"

妈妈是爱小牧的，世上哪有母亲不爱女儿的。可过去妈妈的爱是含蓄的，内在的，不像小牧的那些女伴们的妈妈，心肝肉，乖乖肉地宠孩子，妈妈从来没有抱过小牧和哥哥，总是像对同辈人，对同事那样严肃认真地对待女儿。也许，像妈妈这样的涵养很深的老知识分子，表达感情都不习惯溢于言表。小牧早已习惯并还引此为自豪。可是近来，妈妈变了，变啰唆了。也许，妈妈年纪大了。

小牧起床了。

家里很安静。哥哥已经吃早饭了,妈妈正准备吃早饭,小牧知道这是嫂子上早班的一个星期,早上起来可以清静一会儿。

刷洗完毕,小牧就上饭桌了。哥哥没好气地横了她一眼,她报以"哼"一声。

"小牧,又做什么噩梦啦,拼命喊……"

妈妈到底是妈妈,心疼她。

"嗯,好像,好像……"小牧努力回味搜索着。脑海一片空白,怎么也记不起来了。一定是翻了身的,据说睡梦后翻了身,梦就会全忘了的,"反正是可怕的噩梦!"

"你近来怎么老是做噩梦,老听你喊……"

妈妈关注地看着她,有一份担心,也有一份疑虑。

"梦,以预示疾病!"小牧咬了一口白面馒头,颇得意,"据最新科学认为,潜在性的病理信息会在中枢神经系统高级部位引起反应,这就导致了噩梦,明白吗?"

小牧借机横了哥哥一眼,哥哥只有高中文凭。

哥哥并没有理睬她,倒是妈妈有些当真。

"你刚才怎么说?"

妈妈是搞社会科学的,对自然科学,特别是新兴的尖端科学却不怎么在行。

"我以为我可能要生大病了。心脏、肺等部位有病,往往会梦中身负重担,登山远行,而且说梦话……"

"这不是普遍性的,更多的梦还是正常生理性的,你不要危言耸听……"

小牧知道,妈妈表面上在批评她,实际在为她担心。她耸了耸鼻梁:"我怎么知道我的梦是正常生理性,还是异常病理性呀……"

哥哥"哼"了一声:"问你的弗洛伊德去嘛……"

"最好我生病,我死掉,你老婆好独吞咱们的家产,是吧?"小牧知道哥哥和嫂嫂合不来,有意刺刺哥哥。

"小牧,不许乱说!"

妈妈严厉地阻止了她,并同样严厉地看了儿子一眼。

哥哥并不怕妈妈,对小牧说:"你少计算点别人就不会生病了!"

"什么意思!"小牧明明知道哥哥的意思,但忍不下这口气,还是反问了一句。

"少破坏别人的幸福……"

哥哥大约知道自己说重了,停了下来。

小牧却"嘻嘻"一笑:"难道你和你老婆的幸福也是我破坏的么?"

哥哥看了她一眼,不再作声了。这兄妹俩是一对前世的冤家,不吵不见面,但毕竟是兄妹,你知道我的苦衷,我了解你的特点。小牧知道哥哥对她是很不以为然的,因为观点不同,对待许多问题的看法不同。而她特别恼火的是哥哥好像对她的思想、言行了如指掌,常常抓住一点,大肆攻击,兴师问罪。妈妈不大阻止他,这倒不是因为妈妈偏心,喜欢哥哥,而是因为,妈妈和哥哥观点接近。在家里小牧是孤立的,她恨哥哥,可又恨不到底,她还可怜哥哥,哥哥自己的生活并不好……

哥哥高中毕业,嫂嫂也有高中文凭,可是这却是一对不同类型的人物,截然不同。哥哥比较重精神生活,嫂嫂则更讲实惠,她可以为了缺一两青菜而和农民大打出手,可以为了蚀掉几厘钱而半天闷气。小牧每做一件新衣服，就会引来哥哥嫂嫂一场莫名其妙的大战。以后，每当新衣服上身，小牧不得不公开宣布一下："这是我上个月的奖金做的，这是报销了书报费买的……"她自己觉得特别俗气，弄得全家都挺尴尬，尤其是哥哥，可嫂嫂却心安理得地听取小姑子的汇报，得以稍稍平息一下心中的猜疑。嫂嫂还有一个特点，就是一碰就搬救兵，那些娘家兄弟姐妹也实在称职，只要被喊到，吵得声嘶力竭，打得头破血流，也在所不惜，并不问青红皂白。有一回，为了和邻居吵架的事，哥哥和她论理，她讲不过哥哥，一转身跑走了，全家以为她气回娘家去了，谁知不一会儿，她却带回了一大群，把一个星期天全吵完了。邻居都跑来看热闹，妈妈是最要面子的了，就怕被外人笑话，总是哀求哥哥，忍着点，忍着点。哥哥忍得住，却忍进了眉心。小牧可受不了，一次气极了，对嫂嫂说："让我哥和你离婚！"嫂嫂却冷笑一声："你哥哥舍得吗？"

小牧信了嫂嫂的话，以为哥哥是舍不得。小牧也看得出来，嫂嫂也有她的长处，不吵架的时候，她是很心疼、很体贴哥哥的，不生气的时候，家务事她是不许别人插手的。小牧曾经像哥哥那样努力地使自己去适应嫂子的那种风格，可是不行，哥哥适应不了，她也适应不了……

哥哥不作声，因为小牧的话刺中了他心中最疼的地方，半天回不过气来。可小牧余兴未尽，她想跟人辩论，争理，在学校她是被公认的"女雄辩家"。

"真正的幸福是破坏不了的，破坏得了的就不是真正的幸福！"

"不管怎样。"哥哥已经从痛苦中挣扎出来了，痛苦的时间越长，挣扎的周期越多，挣扎得也越快，"破坏别人的幸福总是不道德的！"

妈妈赶紧开口，把兄妹俩分开："哎，小牧，今天你陪什么客人，昨天告诉我，我已忘了。"

小牧悻悻地看了哥哥一眼，对妈妈说："女作家，凌棱。"

"凌棱？写过什么小说？"妈妈是从来不看现代小说的，但为了阻止兄妹再吵，便没话找话地和小牧谈。

"写过《只要你真诚相爱……》，好极了！"小牧又想起大学里同学中传阅这篇小说，讨论这篇小说的情景，可以说，她和丁苏的爱情，就是从那时候萌发的。

"写的什么呀，这么让你崇拜？"

"写一个快进入更年期的女人，因为爱上了另一个老科学家，便和自己白发苍苍的老伴离了婚，又让那科学家把妻子气走了……"哥哥冷冷地插嘴。

"歪曲！污蔑！你根本不懂什么叫真诚相亲相爱，你没体验过……"

"我没有体验过，可有一点我是始终是相信的，我可以再说一遍，破坏别人的幸福是不道德的，不论她是著名作家还是我的妹妹！"

"道德？哥哥，道德！你不知道道德也有真诚、虚伪之分，你不想想，你自己被那种虚伪的伦理道德所苦，你受的折磨还少？你想让你的妹妹走你的老路，办不到了！现在是变革时期，你如果懂，你就会知道，经济的变革会带来上层建筑的变革，意识形态的变革！哥哥，妈妈，你们对我有什么看法我都清楚，可是你们也应该清楚，你们的指导思想将会随着……"

"你说得不错,我被我的伦理道德所苦,可是你呢,你并不比我幸福!你同样被你的伦理道德所苦。因为你的伦理道德,不能为人们接受,所以你更苦!一个人倘若遭到大家的嫌弃,那多半是他自己不好,尽管他可能有许多高超的、非凡的……"

"可是真理常常掌握在少数人手里!"

"真理?既然你为了真理,你就别怕献身,更不应为了真理而夜夜做噩梦……"

"你!"小牧一时语塞,推开饭碗,恨恨地瞪了哥哥一眼,抓起自行车钥匙,出去了。

妈妈在窗口关照了一声:"路上小心。"她理也没有理睬。

时间还早,她和凌棱约好七点到宾馆的。凤凰车慢慢地向前。

本来应该是非常愉快的一天,可是哥哥,总是扫兴、煞风景。哥哥为了她好,这是毫无疑义的,和妈妈是异曲同工。妈妈是常常在她耳边叨叨,别人家女孩子二十二三岁上门的人就不少了,做媒的、求婚的,可我家小牧,这么好的姑娘,打着灯笼也难找,又漂亮又聪明,才貌双全,怎么就没有人上门来?一个人也没有……小牧厌烦极了,有一次竟说妈妈也变成了小市民。本来嘛,靠介绍人拉拢起来的爱情有什么意思?会有什么味道?可是妈妈竟说,谁不是靠介绍人的,我和你爸一辈子不是很幸福吗?小牧根本听不进去,现在是什么时代啦?老皇历翻不得啦,大势所趋啦。老古董、文明,说得妈妈无言以对……

小牧忍不住叹了口气。妈妈越来越啰唆,哥哥越来越粗暴,自己则越来越心烦,噩梦、疾病、头晕眼花……"嘎"——"碰!"——"妈呀……"

小牧没有来得及弄清怎么回事,就倒下了,凤凰车差一点被汽车压扁了。接下来是一顿臭骂。然后到违章教育台听了十分钟安全教育。"你难道不懂红灯停,绿灯行吗?"小警察严厉得吓人。

"我,我有急事。"小牧只好撒谎。

"谁没有事?"小警察一点不顾漂亮姑娘的情面,铁面无私,"都像你这样不遵守交通规则,乱闯红灯,别人还怎么走路,怎么骑车,开车?嗯?"

小牧认错,她是缺理的。

凤凰车已经无法骑了,幸好姑苏宾馆已不远,她在众目睽睽之下,推着车子向宾馆走去。

"哎呀,不是小牧吗?"凌棱已经在门口等她了,"怎么搞成这样?出车祸啦?"

小牧不好意思,又委屈。说不出话来,放下车子,整理了一下衣衫。

"让您久等了。"

"嗬,还没有到约定时间呢。怎么样,人没有摔坏吧?要不要紧?"

小牧感激地摇摇头。

"怎么回事?谁的责任?"也许是出于职业的习惯,凌棱没有觉察小牧不愿深谈的神态,而一味地追问。

"我的责任,闯了红灯……"

"嗬,闯红灯?一般来说,女孩子闯红灯,总是心不在焉的缘故。是不是?当时想什么呢?"

小牧偷偷地看着这位风韵犹存的中年女作家。她曾听人说起过凌棱的私生活，据说，那是极浪漫的，她的那篇引起很大反响的小说《只要你真诚相爱……》就是她自己对待这个问题的看法。小牧突然涌起了一个念头，和凌棱谈一谈，也许，她能帮助自己。正如哥哥所说，她也在为自己的道德所苦，她不愿意自己无穷无尽地被折磨下去，她要摆脱。也许凌棱会帮助一下……

小牧陪着凌棱踏进紫烟园，立即被这儿嘈杂的场面惊住了。小牧向凌棱所做的介绍，是从书上看来的，只知道紫烟园清静幽雅，人迹稀少……凌棱听着，连连赞叹，这在那些现代化的大城市中是绝无仅有的，连那些古老的小城也是难能可贵的了。

可是事实却叫人难以相信。小牧有些尴尬，凌棱却爽朗地一笑："人满为患，普遍性问题么，颐和园游人最多的每天达多少流量……"

小牧饶有兴趣的听凌棱讲。她十分钦佩这位女作家，不仅钦佩她的文才学识，更羡慕她的为人，那一种爽朗的豁达的气度……突然，小牧眼皮一跳，视线中映入一个非常熟悉的身影，旁边，还有一位很年轻的姑娘。小牧的心颤抖了一下。她看清了，是他……

小牧每次看到梁云，心中就会涌起一股热浪，但她知道这种热情并不是为梁云而生的。所以，每当梁云靠近了她，她能非常清楚地看到他的每一个表情、动作、神态时，她就厌恶他，一分钟也待不下去。就这样，小牧和梁云在这种奇异的气氛中接触了一年，最后终于彻底分手。分手后的痛苦，竟是小牧难以预料的。她想他，想见到他，这都是因为他太像另一个人了，像丁苏！

现在，小牧正是怀着这样的心情，急急地向梁云走去。

小牧和梁云与其说是经人介绍认识的，不如说是小牧主动求人介绍的……

　　大学一年级，小牧爱上了比她大整整一轮的有了对象的同班同学丁苏。她十分执着，她控制不了也不想控制自己的感情，不愿意扭曲自己的初恋。更重要的，她知道，丁苏是爱她的，也是深深的，这就够了！后来，丁苏和他的对象的关系了结了，小牧的眼前出现了一片光明。可是，从那以后，她开始感觉到她和他的关系上笼上了一层阴影。他再也笑不起来。四年级下半年，春节后开学，同学们都吃到了丁苏的喜糖，新娘是一位纱厂女工。小牧如雷击顶，写了一封信给丁苏，责问他——"你骗取了一个女孩子的心，现在却撇下她了。你知道她的心在受着怎样的折磨吗？你为别人想一想了吗？"他很快回了信——"心在受折磨的人何止你一个人。我为别人想得是太少太少了，如果当初我们就多为别人想一想，你我都不会落到这个地步。我已经对一个女人犯了罪，我不能再清醒地对第二个女人犯罪了。也许，我现在这样做又错了，但，我还可以用自己的努力去弥补……"

　　小牧哭了。许久许久，不能自拔。

　　毕业分配的时候，丁苏要求分到外地去了，不久把那个纱厂女工也调去了。从此，他在小牧的生活中消失了，却不可能从她的心中消失。

　　后来，她在路上偶尔地遇见小学同学秋秋，便跟秋秋回去。秋秋拿出家庭相册让她看，在那许许多多相片中，她发现了一张使她心跳不止的照片，是他！丁苏，是他年轻的时候。她失声问道："他是谁？"秋秋看了她一眼："我弟弟的同学，叫梁云，现在是建筑学院的大学生。怎么，你认识他？"

"不不，我不认识，可是——我很想认识他，你能介绍一下吗？"

秋秋惊愕地看着小牧，由诧异到怀疑，由怀疑到鄙视。冷冷地说："我不会干这件事，从来没有干过，你……自己去吧。"

小牧并没罢休，找到了秋秋的弟弟冬冬。冬冬和姐姐完全不同，是个好事的青年。很快帮助小牧和梁云见了面。

…………

"梁云。"

"哦……小牧，你好！"

分别一年后的重逢，是淡淡的。燃不起热情？压抑着冲动？窥探对方内心的隐秘，从眼睛里，从面部每一个细小的表情中。

两双眼睛紧紧追逐着。

一刹那间，小牧心中的防线彻底垮了。她毕竟二十八岁了，她是凡夫俗子，她不是超人——

"我相信，你还是爱我的。虽然一年多前是你主动离开我的，梁云……"小牧开门见山。

"可是，你从一开始就没有爱过我，你心里装着的是另一个人……"梁云一针见血。

"如果，现在开始补救，还来得及吗？"小牧软了。

"那就是说，你心里只容下我一个人？"梁云没有退让。

……小牧的眼睛虚晃了一下，想避开。

"不必为难了。我感觉出来的，人是有第六感觉的。我知道，你和我一起的时候，在你眼睛里，我是另一个人，我不是我……"梁云理直气壮。他自己觉得，这种分析入木三分，淋漓尽致。

"你的分析只适用于我的过去……"小牧的眼睛好像变得真诚纯

净了,像小兰的眼睛?不!两双眼睛都不笑,但那含义是不同的。

你看见刚才和我一起的那个姑娘吗?——梁云用眼睛说话了。

姑娘算什么,妻子也可以离婚,未婚妻不受法律管制。只要不爱——小牧也用眼睛回答,她又恢复了自信。

爱?我还没有懂得什么叫真正的爱,我正在探索,正在发现——梁云眼睛是坦然的。

那么……没有一丝可能,没有一点希望了——眼睛里渗出了水分,那是真的,尽管世界上有鳄鱼的眼泪。

……也许是这样的……梁云的眼睛有点犹豫,但以果断和坚定打上了句号。

小牧噙着眼泪,强作镇静地和梁云握了一下手。慢慢地,踏着平稳的步子,走了。

小牧曾经把梁云得罪够了,也折磨够了。当初梁云能和小牧结识,真是喜从天降。他曾经百般地讨好她,几乎用尽了男人们能用来讨女人喜欢的所有办法,结果却只能引起小牧的厌恶。她记得梁云不知多少遍问过她,他什么地方使她不快。她回答不出。不是不肯回答,确实是她自己也讲不清。要说缘由,大约只有一个:梁云是梁云,而不是……丁苏。

梁云的心终于凉透了。

小牧很后悔。她不明白自己怎么对梁云低三下四的……

"小向导,你把客人扔下不管了?"

凌棱笑眯眯地出现在小牧眼前。

"您……没有去茶室?"

"没有,我在这儿等你,怎么,还顺利吧……"

小牧勉强地点了点头。

"凌老师,往这儿走,这是……坡仙琴馆……"

"哦,坡仙琴馆……是不是传说园主将苏东坡的一把古琴悬于此地的……"

"是的。"

"哦,这儿有联:'素碧有琴藏太古,虚窗留月坐清宵'……不错……"

"听说,坡仙琴馆又叫石仙听琴……"小牧补充道。

"石仙听琴?为什么又叫这个名字?"

"嗯……"小牧想了一下,走到北窗口朝外一看,用手一指北窗外,"您看,那儿有两个石峰,像两个仙女吧,埋头侧耳,像在听琴……"

"哦,像,像,像极了!"凌梭兴致勃勃,"清风秋夜,赏月听琴,神仙之境也……哎,小牧,你对音乐怎样,感兴趣吗?"

"嗯,喜欢……"

"哦,喜欢古典音乐,还是现代音乐?"

"对现代音乐更感兴趣……"小牧坦率地说,"现代音乐给人一种向上的勃发的东西。"

"不错,我也有同感,不过,在你周围,你的兴趣是'阳春白雪'呢还是'下里巴人'……"

"那……年轻人的爱好看来还是接近的,不过也有例外,比如我哥哥。至于老人们、中年人么……哦,我倒想起一件事。前不久,广州乐团来演出,搞了些打击乐器,全场轰动,全市震惊,小青年们癫狂了,一天到晚'嚓嚓嚓''沙沙沙'。您知道,我们中层领导怎么说？完了，他们这么一来，打击不打击，把我们一年的思想政治工作打击完了，全泡了汤了……"

"哈哈哈哈……"凌棱不可遏止地大笑起来，引得游人纷纷注目。

小牧也忍俊不禁。

小牧和凌棱一起进入远香堂茶室。环顾四周，只有靠近炊茶房那儿有两张空椅子，她们便快步地走了过去。

四

南月跑到办公室抓起听筒……

"妈妈！"

是小叮叮，在电话里，声音那么稚嫩，南月眼睛都红了。

"妈妈，婆婆抱我，你在哪里……"

"小叮叮，妈妈在听你讲话……"

"妈妈，我和婆婆等了好强（长）好强（长）时间，才听见你讲话……"

"嗯嗯！"

"妈妈，婆婆说，今天妈妈过新（生）日……"

"生日。"

南月听见妈妈在纠正小叮叮的发音。

"新日，生日，生日，妈妈生日……"

生日！南月的眼泪控制不住了。

"好吃，大姨姨烧菜，好多好多……"

"小妹……"妈妈接过了话筒,对南月说,"你自己都忘了吧,我们可忘不了,本来想等等晚上回家让你高兴一下的。可是晚上人凑不齐,你姐姐、姐夫有事,就改到中午,你早点回来,啊!"

"嗯,嗯,我回来……"南月的声音都有了哭腔。

"你姐姐还特意去买了色拉油,你姐夫正在做你喜欢吃的奶油色拉。"

姐姐,姐夫,南月心酸了。姐夫也是个教授的儿子,可是对初中毕业的姐姐那么好,为什么啊……

"小妹,你电话打了没有?"妈妈的最终目的还是这个。

…………

"喂,还没打?小妹,听见没有?"妈妈急了。

"嗯……"

"你快打呀,让他中午来家吃饭,我们家不会丢丑的,上得了台面,他一来,就和解算了,听见吗?"

"……"

"你打不打,你要是不打,我就替你打了,叫他中午来!"

"别,别别!妈!你别打,还是我自己……"

"那好,你得快点了,十点多了!啊,就这样……"——"咔嚓。"

南月慢慢地放下电话筒,生日的喜悦很快被长期的痛苦冲淡了,对亲人的感激也被冲淡了。

办公室老李惊讶地望着她,南月掩饰地对他一笑,便走了出来。她曾经读过英国首相撒切尔夫人写的一本书,那里面,女首相曾谈过她对女人和家庭,主要是和丈夫的关系的看法,她认为,血总浓于水,家里的人总比外人亲。撒切尔是幸福的。南月婚后,从未有过血浓于水的感觉。在她和丈夫之间，从来没有能激起爱和感情的交流，甚至没有一般亲人的关怀。让她怎么和他讲和呢？他们从来没有吵过、闹过，无须讲和，需要的是，是重新考虑两人之间的关系！

南月一愣怔，是的，还是这个问题，重新考虑。她一直在想，想什么时候提出，但始终没有勇气，妈妈的从一而终的思想在她身边徘徊着……

从农村回来，她写了最后一封信给丁苏，表示了自己莫大的勇气和志气。不久，为了赌气，在姐夫的一手操持下，她很快就结了婚。丈夫是"文革"前毕业的大学生，地位、家庭、学识……都远远超过丁苏。

可是，从此，更大的不幸开始了。

她嫁了个……

小叮叮的生命刚刚开始孕育的时候，他的本性就暴露出来了。他是教授的儿子，自己也是知识分子，他觉得无法同一个小市民的女儿想到一起去。南月忍住了，最多只是常常搬回娘家住一阵，她怕别人笑话，怕丁苏知道，怕小牧知道。她默默地吞咽着自己摘下的苦果。仓促的婚姻，后患无穷……她努力地生活，爱小叮叮，爱工作，但求心灵的平衡……

南月几乎麻木地搬动着双腿，回到茶室，脑子里一片混乱，像糨糊，黏糊糊的，像乱麻，纠缠不清……

身边有几位老人在闲谈，人手一杯茶，津津有味，不知是茶味，还是话味。这都是些有退休金的也多少有点儿学问的老人，以茶室为家，忘记烦恼，乐不思归。他们才是真正的精力充沛，尽管每人肚子里都有气,对子女、对老太婆、对其他许多人,但大都声如洪钟,气势轩昂。就因为他们是有生活保障的,可以有资格有条件出来聚聚,发发牢骚,不必在家替小辈做牛马。南月曾经为他们祝福过,为他们感到幸运,可她不大理解他们,天天见面哪有那么多话讲,东家长,西家短,儿子不好,媳妇不孝,米饭太硬,小菜无味等等,像长舌妇,像当了八辈子哑巴才会讲话似的,人老话多,人老气也多……南月机械地看着他们,默默地听着他们的谈话。

南月的一位知心好友,曾经暗示过南月:在家里得不到温暖,为什么不到外面去寻求,去找。人是需要平衡的,否则心的负荷会超重,承担不起,要出问题的。到外面去寻找温暖,寻找作为一个人所需要的也是应该得到的感情、温暖。不怕找不到,瘸子、麻子都有人爱。你南月怕什么,当初,你可是全班女生的骄傲,漂亮的女班长!为什么变得这样窝囊……

南月心里动摇过,魔鬼出现过,但很快被她赶跑了。她是不会走这条路的,那样寻求精神的安慰,还不如说是寻求刺激。到外面去寻求家里得不到的东西,不能不说也是一种生活方式,但南月不会采取这种方式生活……

老人们又换了话题,集中精力批评小辈的不孝,南月再也无心去听了。

远远地,梁云连蹦带跳跑过来。

"好消息!"梁云神采飞扬,"刚才我到后面转了一转,你们知道东墙有一段是嵌着各种漏窗、敞窗的走廊,从那些漏窗敞窗往外看,外面是什么?知道吗?一片废球场。那是带梅小学的,学校小工厂的杰作……"

"怎么回事？"小兰嫌他啰唆。

"如果能向带梅小学买下这片废球场，把茶室建在这儿，岂不是两全其美……"

小兰的眼睛里亮了一下。

"这样，你的图纸可以利用的。再改一改，门开在西面，对着荷花池塘，拆掉一段围墙，改装成长玻璃窗，这样，不是和远香堂一样，不会影响品茶赏景。你说呢，行不行？"梁云兴致勃勃。可南月并没有回答，她只看见梁云的两片嘴唇在蠕动，却没有听清他说什么。

小兰推推南月："你怎么啦？他问你，带梅小学的那片废球场……"

南月这才苦苦一笑："好，是好，可是不行，废球场，带梅小学不肯卖地皮的。"

"这个，我也想到过。"梁云沉着地一笑，胸有成竹，"我们可以做工作，给他们讲古典建筑重点保护的意义，方针，方便群众……我想，会说通的，哪怕价钱高一点，由他们讲……"

南月又苦笑了一声。毕竟年轻、简单。但她觉得自己对这个骄傲的大学生的反感减少了，但她又不能不告诉他："两年前，我们就想到了这些，不知和许主任一起去磨了多少嘴皮子，人家可是铁石心肠，那时你还没有毕业呢！这事局里也知道，可没有办法，现在寸土寸金都难买啊！"

梁云怏怏地叹了口气。

"同志，"凌棱端了两只杯子过来，笑盈盈地，"给续点水吧。"

南月给她的两只杯子加满了水。

凌棱却不急于端起杯子走开，倒是颇感兴趣地打量着南月，打量着茶房，显然，她已经听到了南月她们的谈话，半晌，她问："茶房设在远香堂，不可惜了吗，你看，这木头，黑乎乎的……"

南月瞟了那些变了色的房梁、家具一眼，低声说："是可惜，我们正想办法……"

"搬开么？"凌棱饶有兴致，不想中止话题。

"不搬，没地方搬！"小兰接过了话头，她看得出南月懒得和人讲话，没精打采，心事重重。

"哦，"凌棱兴致更高，又挖到一个新题目。当作家，当记者的，似乎从来不会有理屈词穷的时候。

小兰似乎找到了一个发泄的机会，园林的保护，城建的矛盾，事故多发的狭窄马路，自己家的住房……

小兰家住在一个三合小院里。多少年多少代，都是五家人家挤在一堆的，五家住房合用一间堂屋，一角厨房，一个小天井。冬天各家把炉子提进屋子，围炉子取暖。可到了夏天，张家姑娘，李家小伙子全凑在六个平方的天井里，短裤拉衩的，几乎膝盖要碰膝盖，胳膊肘子撞肋骨，闻得见男孩子的汗臭，照得见女孩子的内衣……天井里是晾得很低矮的穿衣竹竿，短裤，内衣，胸罩……还有那容纳不了的年轻人勃发的青春……却因为"重点保护"而不能修复，不能造建，住户们怨声载道……

小兰说着，看见刚才向她打听梁云的那位姑娘也走了过来，扑闪着两只纯净的眼睛，认真地听她讲，她的自尊心得到了满足，好像不那么讨厌这个姑娘了。

小牧和凌棱交换了一个会意的、赞同的目光，对小兰说："你说得太好了,最近,我正想就城市建设中的这个矛盾写一个报告文学……"

小兰略有些吃惊地看着小牧。

凌棱连忙介绍说:"她是市报记者,可是个为民请命的角色啊!哈哈……"

小兰的吃惊慢慢地变成了隐约的羡慕。

"你如果能给我提供材料,那就太好了。"小牧主动向小兰介绍:"我们几个记者已经向市委写过一份报告,希望领导重视这个问题……"

凌棱说:"其实,这不只是一两个城市的事,这是个全国性的普遍问题……只不过在你们这儿矛盾愈发突出……"

小兰迫不及待:"那你们说该怎么办,老这样下去,老百姓日子不好过……"

小牧显得很兴奋:"听说有的地方开始在搞内城外市——"

"内城外市?"

"是的,让现代化的新型城市在郊外矗立起来!那时候,古城还保留着,粗壮的,矮小的,有民族风格,传统的,可是外面就不同了,摩天大楼,现代化住宅,居民不必再受那种罪了,这就是我们的明天,这才是发展方向……"小牧神情激奋,眼睛里闪烁着对美好未来的向往。小兰也被感染了,被熏陶了,她一下子喜欢起这个多才博学又富有朝气的姑娘了。

"那么旧城呢?"

"旧城保留下来,供人观赏,就像我们现在看出土文物一样,许多年以后,人们也会用同样的眼光来看这种保护下来的旧城……"

"那就再也没有使用价值了吧?"

"是呀,给人们带来一些认识作用,提供……"

小兰被说服了,内城外市,多美好的明天……可是,今天呢?她又问:"那么现阶段呢?内城外市不可能很快实现的,在这之前,我们该怎么办呢?"

小牧深有同感地点点头,她回答不出。

凌棱笑起来:"也许,该做点牺牲吧,新旧交替的时期,总得有所付出,而且,难免会干一些蠢事,是了,我想起一件事……"

两年前,凌棱在一个小镇上体验生活,有一位在中学里教书的读者找到他,把自己的一段经历和感受告诉他。这么多年来,凌棱接触过的读者何止一个两个,听到过的各种人生的遭遇,更是不计其数,但这个人的经历却深深地映在他的脑海里……他是乘"末班车"进入大学的老知青,在各种各样思潮的冲击下,他一方面不断地充实着自己,另一方面却迷失了生活的方向。当他决心同在艰苦的劳动、闭塞的生活中培养了纯朴而深厚感情的女友断绝关系,并以全部身心去爱一位和他有着共同情趣、共同思想、共同语言的女大学生时,他并没有过多的自责,觉得这是一种历史的必然,他顺应了新生活的召唤。可是,当他开始考虑和那位女大学生的关系的时候,却发现他爱的不是她本人,而是她身上体现出来的一种崭新的生活,他心目中的形象始终是那个同甘共苦的女子。他给两个无辜的女子带来了无法弥补的心灵创伤。为了逃避自我谴责,仓促之中,他和邻居家一位长相很丑、找不到对象的纱厂女工结了婚。可是,很快他发现自己干了第三件大蠢事,心灵并没有得到安抚,却又给别人带来了痛苦……他简直不敢想象自己的形象,一个多么卑微的弱者!在一个冬天的黄昏,他漫无目的地来到第一个女友工作的地方,却意外地救了一个想投水自杀的年轻姑娘,就在他用自己的双手死死拽住那位姑娘的一瞬间,他觉得自己还有力量……

凌棱深深地吸了一口气:"他说:'在那一瞬间,我突然发现我不是来忏悔,不是来忆旧,也不是来排遣,我是来向昨天告别的。在大交替,大变动的时代,我混乱了,干了蠢事,付出了代价。但是我不能就此毁灭自己,我应该到明天去寻找自己……'说得多好啊,他的名字很普通,我却牢牢记住了,他叫——"

"丁苏!"

南月、小牧、小兰同时喊出声来。

凌棱反倒愣住了。

南月痛苦地呻吟了一声。

是她!是她!

小兰惊愕地后退了一步。

是她!是她!

小兰几乎不敢相信这一切。她又想起了那双有力的手,南月沉重的眉心,小牧纯净的眼睛,怎么也连不起来。

南月有些麻木,她觉得奇怪,就这么见了面?她曾经一百次一千次地想象过,看见这个人,要骂,像泼妇骂街样地骂,她会把这个女人指给大家看,她甚至会……可是,此时此刻,面对面站着,她却不想骂她,似乎也没有那么多的恨,只是……感慨万端。

小牧也曾一百次一千次地想象过,她知道南月会扑上来,不管怎么骂,甚至动手,她都不会感到意外,她早已听惯了这样的指责,再难堪的场合,也能应付。面对愤怒的人群,她可以昂首挺胸地申辩，追求真正的爱情，真正的幸福，是时代的呼声……可是，现在，面对南月那双平淡得看不出怨恨、看不出痛苦、看不出悲伤、什么也看不出的眼睛，小牧慌乱了。

小兰曾经一百次一千次地诅咒抛弃南月的那个臭男人，诅咒那个坏女人。可是，她怎么也没有想到，那个"臭男人"竟是丁苏，那个"坏女人"竟是小牧。

凌棱看着面前这三个姑娘，似乎想到了什么，但她并没有去询问，却是按照自己的思路往下讲："他的这段经历对我太有启发了，昨天的一切，无论是值得留恋的还是不堪回首的，终将成为过去，明天，才是我们所要追求的。是的，小兰说得不错，那么今天呢，处在种种矛盾旋涡中的今天，我想，一方面也许确实需要人们做出一点牺牲，更重要的另一方面，我们要积极地去解决问题，这就要付出一定的代价，有人会干蠢事，犯错误，甚至受法律的制裁。但是我以为，为了明天，是值得的。倘若对此耿耿于怀，喋喋不休，我们还有什么心思去追求明天，奔明天呢……"

南月几乎记不清那场面是怎么结束的。

下了5路车，很快就要到家了。中午时间，街巷里热气逼人，一个人影也没有。南月一件短袖衬衣都汗透了。快要立秋了，天气还这么热，这几年，人们都在埋怨夏天越过越长了，其实，这也许是一种错觉。不管怎样，夏天终究是要过去的，金色的秋天，收获的季节，会到来的。度过夏天，度过一个闷热、烦躁、混乱、不收获的时期，秋天会到来的。

已经看到自己家的大门了，妈妈抱着小叮叮正在门口等她。南月的眉心一下子松弛、轻松了,一阵快感涌遍了全身,很久很久没有这样的舒畅感了。尽管什么也没有解决,丈夫不来吃午饭,妈妈会不高兴,嫂嫂和弟媳妇也会不乐。但是,南月轻松了,结在眉心的那一块沉重的负担解脱了。

她快步走去,小叮叮在妈妈的怀抱里,张开双臂,向她扑来……

春风化雨

一

年脚跟上,玉河村的村党支部书记老张病倒了。

这许多年来大家都知道老张书记是一个不停的转陀,从互助组长做起,一直做到村的支部书记,做了四十多年的农村干部,并没有一点做怨了的感觉,一直是尽心尽力的,对这一点大家都有目共睹。老张书记一病下来,大家就说,像老张书记这样,几十年也不晓得生病是什么滋味的人,要么不病,要病起来恐怕就不是小病。

这话果然就说中了,本来老书记想挨过冬或者就好了,可是到过了冬,过了年,还是爬不起床来,身上只是觉得没有力气,要说什么明确的病也查不出,就是不能起来,张书记心里很急,村里工作一大摊等着他，真是一天也不能歇下来。

刚过了年，就在年头上，初五初六的样子，县里要开三级干部会，每年都是这样，开过这会，一年的忙就算开始。老张书记叫人把支部委员文华叫来对他说，县里开会，你去吧。

文华是半年前才从部队回来的，回来就做了村里支部委员，管些不很重要的杂碎事情，可有可无的人物似的。文华他自己也知道，从没觉得肩上有什么压力。老张书记叫他到县里开三级干部会，文华说村长怎么不去，老张书记说村长的事情你也不是不知道，听说乡里正要查他，这时候叫他去开会，不是触他的霉头么。文华说那好，我去吧。隔日他就到乡里去报到，乡党委刘书记一见是文华，说："你们张书记身体还不行啊？"

文华说了老张书记的情况。

刘书记想了想，说："那你们村长呢？"

文华说："我们村长过了年就出门了，是去谈一笔生意。"

刘书记叹了一口气摇了摇头，走开了。

后来到了县里，开会主要是说要把经济搞上去，人家说话发言的都是乡里村里的第一把手，表个态什么的，说话是算数的，文华只不过是一个支部委员，说话不好算数，所以他就一直拖着没有发言，最后刘书记点到他们玉河村的名。

文华知道不能不说了，想了想说："我们也跟大家一样。"

大家笑起来，说别的东西可以是一样的，可是每一个村的经济指标却是不可能一样的，说得刘书记也笑了。

文华有点不好意思，说："我不是说经济指标一样，我是说我们的那个决心，是一样的。"

刘书记说:"看起来你也不好明确表态,你把大体的数字先报一报,我们要统计的。"

文华想了想,说:"老张书记关照,可以在去年的数字上加百分之三十。"

刘书记帮他算了一下,摇了摇头,说:"恐怕不行,太少了,这个会你也看到了,大家的劲头都这样,都要大上的,要不然我们乡的任务就完不成。"

文华点点头。

刘书记说:"我给你们玉河想了想,这样吧,也不能对你们太紧,别的村都是翻一番的,你们至少要加百分之七十。"

文华点点头,说:"好,就七十。"

会议结束的那一天,县委书记到每个乡的房间看望大家,看到文华他们这个乡,坐下来,说了一会儿话,一一地把那些村支部书记的名字叫出来,大家都很佩服县委书记的记性,一个县有好几百个村,能把每个村的书记记住,那真是很不容易。县委书记后来看到文华,想了一想,说:"你不是村支书。"

文华点头。

乡里刘书记问县委书记:"你怎么看得出他不是支书?"

县委书记笑了,只问文华是哪个村的,文华说是玉河的,县委书记"哦"了一声,随手拍拍文华的肩,说老张书记的身体是怎么回事,回去代我向他问好,又说玉河村过去虽然是农业上的典型,现在发展经济搞工业,相信玉河也能像从前大办农业那样大办工业,一定能够做出很好的成绩。

刘书记介绍说刚才正在跟玉河落实今年的指标,县委忙问是多少,刘书记说加百分之七十,县委书记连连摇头,说:"这哪像是玉河的作风,玉河的作风,就是百分之百。"

文华的脸有点红,一时不知说什么好。

县委书记说:"怎么样,小伙子,有没有决心?"

文华说:"决心是有的。"

县委书记说:"那就好,有决心就有一切,就这样,你回去跟你们老张书记说,百分之一百,是我说的。"

文华说:"好的,百分之一百。"

别的人笑,县委书记也笑,他又看看文华,说:"年轻人,担子就在你们肩上了。"

文华说:"我只是来开会的。"

县委书记说:"怎么样,今年的势头好不好,现在手上有几个三资企业的项目?"

文华连忙说:"有的,有的,有一个正在谈。"

县委书记说:"一个,只有一个,那怎么够,至少再谈一到两个。"

文华说:"好的,再争取一个。"

县委书记放心地点了点头,回头对乡党委刘书记说:"好,有这样的年轻干部,是有希望的。"

刘书记点头称是。

县委书记走后,这一屋子的人都学县委书记的口气说文华有希望,弄得文华很不好意思,直说寻什么开心寻什么开心。

会议结束,文华临走时,刘书记留他下来又说了几句,说是指标是定得高了一些,这几年玉河的步子慢了些,但是再放眼往前看,玉河的前景却是很可观的，正是因为这几年步子慢，许多潜力还没有挖出来，现在别的地方已经把潜力挖了又挖，真是在赤豆里榨油了，但是玉河的油基本上还没有开始榨呢。所以从这个角度看问题，玉河是很乐观的，要比别的村更有前途，所以刘书记认为，虽然指标定得高了一些，相信玉河人只要作出努力一定能够完成。

刘书记一番话真是语重心长，文华听了心里也是很服的，他觉得刘书记对玉河的情况真可以说是了如指掌，对玉河的关心也真是到了家。最后刘书记又问起那个正在谈着的项目，本来抓经济的事是村长负责的，文华在村里只是管些小事情而已，也没有怎么把谈项目这样的事往心上去，现在刘书记问，回答不出来。文华有点后悔，其实只要平时稍稍上一点心，只用耳朵听听许多东西也能听出来的。

刘书记看文华惭愧的样子，也没有再问下去，只是反复对文华说你以后要用心了，以后要挑担子，不用心是不行的。

文华点头称是。

文华回到村里，也没有进自己家门，就到老张书记那边去，把开会的情况向老书记汇报，说到增产指标从百分之三十到七十又到百分之一百的经过，文华一直看老书记的脸色，怕老书记不高兴，老书记却笑起来，说："你也能到外面混混了。"

文华说："这种事情真是第一次碰到的。"

老书记说："以后你会常常碰到，会越来越有经验的。"

文华说："那指标怎么办，照现在的生产情况，肯定是不行的。"

老书记说："你急什么，不是有项目在谈么。"

文华说："呀，那项目，还不知怎么样呢，就算是谈成了，到投资,再到投产,再到有产值,要几时呀。"

老书记笑,说:"会有办法的,还是那句老话,指标是死的,人是活的。这么多年,我们搞农业也是这样过来的,你放心。"

这样文华也放心了,既然老书记叫他放心,他也没有什么放不下的。老书记虽然病着,一切还是由他遥控,这一点玉河村的人都知道,乡里也都是有数的。

过了几天,村长那边也有好消息带回来,谈的项目基本上成了,已经来玉河看过投资环境,还是相当满意的,紧接着论证会也开过了,开过论证会,事情就算牢靠了。

文华跟在村长后面走出会议室,文华听村长长叹了一口气,看村长的脸色很不好看,上前说:"你是不是不舒服?"

村长说:"我也算是交代得过去了,以后玉河的事情就要看你了。"

文华不明白。

村长说:"我不想再在玉河做了,辛辛苦苦,有什么好,还落个不干不净的名声。"

文华说:"谁说你名声不好?"

村长笑笑,说:"反正我是要走了,南边有人请我去承包厂。"

文华有点急,说:"这时候你不能走,老书记又病着,你怎么能扔下一大摊子就走。"

村长说:"你不是在这里。"

文华说:"我怎么行。"

村长说:"反正你是接班人。"

文华说:"你是不是以为老书记叫我去开了会就……"

村长又笑了，说："文华你真是……"

文华还想说什么，村长挡住他，说："你也不要多说了，事情就是这样了。现在你的事情就是弄钱，项目是谈定了，该我们投的六十万，这任务是你的了。"

文华说："我到哪里去弄六十万。"

村长说："我怎么知道，问你自己。"

文华愣了一会儿，看着村长走开了。

开春有些日子了，和往年一样，总是有不少的雨要下，从前说二月里有十八场夜雨，现在看来十八场也是不止的。这一阵来，基本上就没有断过雨，下得人心里也潮潮的，只盼着什么时候能出个太阳来见见。在村长和文华说他要走的时候，天还在下着雨，因为文华觉得他当时心情就像这雨天似的，有些沉闷，还感觉到有些雨丝飘在脸上，凉凉的。文华追上村长，说："天要命了，下不停了。"

村长抬头看看天。说："就是，今年夏里恐怕要干。"

文华说："去年大水，今年又要干，真是的。"

他们一路说说天气什么就各自回了家。文华到家时，他的老婆也在家。文华说："你今天这么早回来？"

文华老婆说："厂里停了，没有活做。"

文华叹口气，厂里常常要停工待料，这产值怎么能上得去，本来文华对这些都是不上心的，反正老书记和村长管着，可是现在情况突然发生了变化，文华这时候想起县委书记拍着他的肩膀说你要挑担子，突然就觉得肩上真的有一副担子。

文华从部队一回来村里就叫他做支部委员，文华当时还客气了一下，老书记实事求是告诉他，不是因为别的，主要是现在村里年轻一点的人都不想做干部，上面又要求在村支部里有一个三十岁左右的，正好文华回来，就叫他做了。老书记说我这样说文华你不会不高兴吧，我说的是实话，文华说我不会不高兴的，文华说的也是实话，他那时候真是不知所以然，农村的发展非常快，村里的许多工作对文华来说都是全新的，也是陌生的。

文华做了这半年支部委员的工作，自己的感觉还可以。当然和老书记和村长的经济工作比起来是不好比的。但是老书记和村长常常说我们三个人是三足鼎立，缺了一脚，工作就要垮。文华知道这是老书记和村长对他的鼓励。

几十年来在玉河村都是老书记当家，大家也都习惯，很难想象有一天老书记不再做玉河村的书记，玉河村会是什么样子。没有人把老书记接班人的事情真正地放在心上。可是时间也真是无情，仅仅只是过了一个年，休了一个年假，这事情就很突然也很突出地放到大家面前。

因为许多年都习惯于由老书记做领导，一下子如果换人，很可能玉河村会有一些不适应，会有些混乱，在接班人人选的问题上，或者会有争执，可是玉河村并没有什么不适应，正如文华老婆回来平平静静地对文华说你要做书记那样，村里的人见了文华都是以这样的口气说话，没有什么特别的反应。一切好像都已经在绵绵的细雨中决定下来。

文华到老书记那边去，老书记说："你听大家的议论，对你是很好的。"

文华说："我真是不行。"

老书记说："现在不要你说什么，事情不是我们可以定，要报上面批。你呢，也不要有什么思想负担，只当是没有这回事，只当是我病了请你代我工作几天。"

文华说："好的。"

老书记说："目前你也清楚，最大的事情就是想办法弄那六十万。"

文华发愣，说："六十万？"

老书记说："也不能说这就是对你的考验，但是至少是有这么一层意思，乡里刘书记也是这样的意思，你自己掌握吧。"

文华说："我知道。"

老书记又说："一年之计在于春，你现在要抓紧去跑，只要跑到那六十万，你就成。"

文华点头，其实他心里根本不知道六十万在哪里，根本不知道他该往哪里去跑。

二

天终于好起来了。

太阳照在脸上，暖暖的，有了春天的意思，文华一早上往乡里去，为了那无中生有的六十万，文华开始活动。他心里没有底，根本不知道应该怎么办，第一步该怎么走，第二步朝哪里跨，第三步又是什么。老书记已经到城里住院，村长也走了，文华除了自己出去瞎闯没有别的办法。

文华经过村里的小山坡，看到一些妇女已经开始摘采新茶。玉河村别的副业也说不上什么，因为有一些小山坡，能种些茶叶，许多年来,名气也有一些。全国十大名茶中的碧螺春就出在玉河,算是很光荣的。只不过现在的茶树也和农田一样,早已经承包给农民,村里干部若是需要用些好茶办事情,也一样要从农民手里去买。承包了茶树的农民,就像天王老子似的,他的茶,想卖给谁就卖给谁,他愿意给村里,或者愿意交到乡的收购站,甚至拿到外面自由市场,你拿他没有办法。当然话虽这么说,一般的农民,对村里的干部还是要卖几分面子的,所以玉河村这些年来,拿茶叶也是办成了一些事情的,村里几家村办厂能办起来,多多少少和茶叶有一些关系,这大家都知道。

文华走过的时候,就有女人和他打招呼,文华过去看看她们的茶篓,采的尽是些嫩头,这是制碧螺春的,文华说:"今年碧螺春又上了,你们又赚了。"

女人笑,说,"赚什么赚,你来试试,手也摘断你的。"

文华说:"这也是的。"

一斤碧螺春,要摘下六万个嫩芽,炒制过程相当烦琐,工艺要求也很高,文华说:"你们不要以次充好啊,今天周师傅开始收茶了,你们弄好了,交到他那里去吧,今年村里需要很多茶。"

女人说,"你想得好,今年我们是不给村里了,我们要交到收购站。"

文华问为什么。

女人笑,说从前我们是看老书记的面子。

文华不知道她们是真话还是说着玩的,他想了想,说:"反正村里收购价和乡里是一样的,你们也省得往乡里跑,有什么不好。"

女人说,"是不好。主要是周师傅太精,压我们的级,扣我们的秤。"

文华说:"周师精,乡里就不精啊。"

女人又是笑。

文华也笑了,说:"说来说去,谁也比不过你们女人家。"

女人说说就下流起来,说你怎么知道我们女人怎么样,你是不是每天研究你女人什么什么,文华听了脸有点红,"呸"了一声,说:"还是从前好,从前一般小姑娘采茶,清清爽爽,不像你们女人家,嘴里不干不净。"

在女人的笑声中文华走开了,他一边走一边想着从前的情景,从前采茶都是小姑娘来采的,现在的小姑娘都到厂里去做工人,日子是和从前不一样了。

文华到了乡里,想看看刘书记,可是刘书记不在。问了几个人,也不知确切的去向,只说是这一阵找不见的,忙得脚也要举起来,到夜里十多点还有人守在家里等着呢。文华想刘书记这样忙,就是找到了他,又能说什么,总不能对刘书记说我没有办法弄六十万,你帮我弄吧。

这样文华在乡里的办公室转了几圈,看大家都是忙着,也没有人有空和他说说话,文华站了一会儿觉得很没趣。来的时候他是充满了信心的,好像到了乡里就是到了娘家似的,什么困难都能排除,什么问题都能解决,哪知过来一看,根本不是这回事。这里的人谁也没有把文华看作是娘家兄弟什么,也没有谁觉得有义务应该帮助文华,好像文华根本就是一个外人,一个与他们不相干的人似的,认识的点个头已经算是很客气,不认识的连头也不点,只是漠然地看他一眼。

文华想走，但是特意来这一趟，就这么一无着落地走，又有些不甘心。他又到几个办公室门口转转，希望和谁说说话，后来总算有人和他说了话。那人看上去还不到三十岁，泡了水进来，看到文华在他办公室门口，问文华找谁，文华说是来看刘书记的，那人说刘书记恐怕不在乡里，这时候要找他比较难的，文华低了头，叹口气，那人可能有些同情文华，说："要不，你先进来坐坐，说不定等一会儿能等到。"

　　文华说："好的。"就跟着进了办公室。

　　这办公室的门上没有挂牌子，文华看看屋里，说："你是做……"

　　那人笑，说："我姓丁，是临时借来搞搞通讯报道的。你喝不喝水？"

　　文华连忙谢小丁，说："我是玉河村的，我叫——"

　　小丁笑了，说："我知道你，你是玉河村的接班人。"

　　文华不好意思地说："哪里。"

　　小丁说："上次县里开三干会，不是你参加的么，刘书记叫我到会上写些材料，我看到你的。"

　　文华点点头，说："我只是代替我们老书记开开会。"

　　小丁一副洞察一切的笑意，说："我知道。"

　　文华又朝四周看看，说："动笔头子，很辛苦，费精劳神的。"

　　小丁说："我也习惯了。从前在部队，就是动笔的。"

　　文华听小丁也是部队回来，更有了几分亲近，说："我也是部队回来的，你是哪个部队？"

　　小丁说了自己的部队，虽然和文华不在一地方，但却属于一个兵种，也算是同部队的战友了，两人年龄也相当，说起话来，更有了些共同语言。他们一起说了些部队的事情，又说了回来后的情形，真是很有同感，小丁最后长叹一声，说："还是你呢，回来不到一年，就弄个书记做做，像我们这样，还不知怎么混法呢。"

文华说："你说的，哪里我是书记呢。"

小丁说："这是早晚的事情么。"

文华说不出话来。

小丁说："说不定过些时，我混不下去，求到你门上，你认不认我呀。"

文华说："怎么会不认。"想了想觉得这样说不好，又补充，"你怎么会混不下去呀。"

小丁笑了。

文华说："你在上面做事，真是耳听八方眼观六路。"

小丁说："我算什么在上面做事，我们这种，算什么呀。"

文华说："反正你比我的路要多一些，你说是不是？"

小丁笑着，不再说什么，也算是承认了，过了一会儿他问文华："你是不是要借钱。"

文华奇怪地说："你怎么知道。"

小丁说："这有什么不知道的，现在乡下最要紧的就是借钱，能借到钱就是能人。"

文华叹息一声，小丁说得一点不错，形势就是这样。要适应这样的形势，否则就会被抛在经济发展的大潮之外。

小丁好像想了一下，慢慢地说："人倒是有几个的，不过关系说不上怎么密切。"

文华说："只要认识就行，关系可以发展的。"

小丁说:"那是。"

文华说:"需要什么你尽管开口。"

小丁说:"需要什么现在还说不上……你们玉河不是有碧螺春么,很吃香的,弄一些备着。"

文华连连点头说:"正是春茶上市的时候,我回去就给你备。"

小丁说:"不是我要的。"

文华说:"我知道,其实就是你要也是应该。"

小丁说:"我也不喝碧螺春,太淡,特别是明前的,名气很好,可是喝两开就没有味,像我们这样的老茶客,也喝不起,一半天,不泡两三次撑不下来呢。"

文华说:"那是。我们平时也不怎么喝碧螺春,主要是招待客人。"

小丁说:"碧螺春待客是最好的。"

文华说:"那是。"

小丁说:"今年的明前,好像已经叫到两百。"

文华说:"两百二。"

小丁说:"吃人了。"

他们说了一会儿茶叶,文华的心思当然不在茶叶上,所以他三番几次总是要把话题拉到正题上来,小丁也知道他的心思,只是叫他放心,叫他回去等消息便是。说到这份上,文华也不能再怎么追,小丁分明是不愿意把他的关系直接介绍给文华,文华觉得这也无所谓,只要能办成事,怎么都行。

文华这一天从乡里回去,总算是有了些收获,虽然并不知下文如何,但毕竟有了个开头。以后的几天文华就安心在家里等着小丁的消息，茶叶的收购正进行，文华抽个空到周师傅那边去看看，告诉周师傅给他这边留一些。周师傅听了文华的话，面有难色。文华问他有什么困难，周师傅说，今年的明前碧螺春收得很少，老书记和村长都是去年的数，几个厂长也都要一些，这都是往年的老规矩，往年因为文华并不需要碧螺春，照例是不留的，现在突然提出来要，周师傅就为难了。又不能扣了老书记或者扣了村长要的，也不能扣厂长他们的，他们都是拿了出去办大事情的。

文华也知道老书记、村长、厂长他们拿了碧螺春多半也不是自己喝，但是现在文华既然已经答应了小丁，总是不能失信于人，文华对周师傅说："你把他们每人头上扣一点下来，我也足够了。"

周师傅说："好吧，不过到时候问起来……"

文华说："问起来你就说是我关照的。"

周师傅说："好的。"

周师傅替文华准备了碧螺春，让文华看，文华看着绿生生，毛茸茸的茶叶，想我的六十万，还指望着从这茶里泡出来呢。

只过了两天，小丁就来了，小丁来的时候正是中午，村里有一个饭局，是请的联营厂的人马。本来这些客人都是老书记或者村长陪的，现在也就落到了文华身上，正在相让着入座，小丁来了，文华眼睛一亮，说："是小丁。"

小丁笑着，看上去情绪比较高，文华说："正好正好，来，入座入座。"

小丁说："你有客人。"

文华说："都是自己人，一样的。"一边说一边就邀了小丁往主位子上坐，厂长见这情形，也不知小丁是何方神仙，只以为是有大来头的,也不好说什么,只是对联营厂的人说随便坐随便坐都是自己人这一类的打打马虎眼的话。

大家入了座,小丁就告诉文华,那边关系已经联系上了,是县农行的一个关键人物,文华却不希望小丁在这个场合说事情,他向小丁暗示,可是小丁好像不明白。

别的人并不很明白他们说的什么,但是听到说话中提到县农行什么的,耳朵都竖起来,一顿饭吃得就像打仗似的,很紧张。后来有人问小丁是不是认识农行什么人,小丁只是笑,看着文华,一副意味深长的样子。

吃过饭,那边厂长把他的客人引开去,这边文华就拉着小丁到办公室坐下来,泡上新鲜的碧螺春,文华说:"你看看,就是这个,明前的,怎么样?"

小丁看看茶杯里的茶,点头笑,说:"好的,好的,色香味。"

文华说:"都准备了。"

小丁说:"我那边也是紧锣密鼓,绕了好几圈才找到点子上。"

文华说:"那是,很辛苦的。"

小丁开玩笑说:"为你们玉河,鞋底也磨破了,到时候事情办成,你不买几双鞋赔我是说不过去的呀。"

文华说:"那是。"

小丁笑了,说:"当真呢,我是说说笑话的,乡里不是号召大家为经济建设出力吗,我也是出一点力么。"

文华点头。

小丁说:"说好了,这个星期就去碰头,到家里去,不要到单位,到单位不好说话,陈科长家的地址我已经打听到了,你定个时间我陪你去。"

文华说："真是太感谢了。"

小丁说："带上茶叶。"

文华说："那是，那陈科长你认识？"

小丁说："我也不认识，不过你放心，反正有很密切的关系人介绍，不会赶出门的。"

文华说："那是，有小丁你出力，我是放心。"

文华一边说着一边叫人去拿了准备的茶叶来给小丁看过，包装都很好，小丁看了也比较满意，说："好的，这就行。"

文华从中拿出两斤交给小丁，说："这是给你的，一点点，不要见笑，今年茶叶实在是不多，雨水多，茶不好弄，你先尝尝。"

小丁拿着茶叶，说："其实我也喝不大惯碧螺春的。"

文华说："你拿着，就算自己不喝，也好派派用场。"

小丁说："其实我也没有什么事要求人的。"

文华说："那是，我知道你这一次全是为了我们，我们的希望全在你身上了，你看看，送些茶叶，是不是太轻了些。"

小丁说："茶叶是轻了些，但是茶叶可以当作一块问路石。他这一次如果很爽气地收了茶叶，下次去，就有数了。你说对不对，这叫投石问路。"

文华说："是这样的。"

后来就说定了哪一天到县里去登陈科长的门，小丁看事情说得差不多，就要走。临走时，提出来还想买些茶叶，他一再声明是买的，坚决不要文华他们送，说如果文华要送他就不买了。

文华过去问周师傅还有没有碧螺春，周师傅说实在是没有了，村长的那些和其他一些干部的都已经拿走,只剩下老书记要留的,也已经比去年少了许多,不知老书记回来会不会说话。文华看实在也不能再从老书记那一份里往外挤,只好回头对小丁说:"实在抱歉,现在拿不出,过一日我给你送去。"

小丁说:"你们很为难,有土特产的地方都是这样,这我知道,其实我也不应该开这个口的,实在也是别人托的我。实在难的话,也就算了,我去回人家,省得以后每年都要来烦一次。"

文华连忙说:"那不行,那不行,千万你不要去回人家,送神容易请神难,得罪了一次就麻烦,人家说起来,玉河村算是产茶的地方,连些茶叶也弄不到,总是要怪我们不讲情义。"

小丁说:"说得是,我也是这样想了才答应人家的。"

文华又一再叫小丁放心回去,过些日他一定亲自送过去,小丁也是一再地道谢又是致歉什么的,说了一大堆的话,走了。

到了约定的那一日,文华到乡里找到小丁,由小丁带着到县里找到了陈科长的家,陈科长倒是很热情,一点没有架子。文华把茶叶放到桌上,还没有开口说什么,陈科长先笑起来,说:"你是玉河的。"

文华一愣。

陈科长说:"看这茶叶就知道,只有你们玉河能有这样正宗的碧螺春,别地方仿冒,怎么也是仿不像的。"

文华说:"陈科长眼睛凶。"

小丁说:"不凶能做科长。"

陈科长说:"玉河去年我还去过,也是这几日,去买茶叶的,结果每人只弄到一两。"

文华看着陈科长的脸色。

陈科长仍然笑着,说:"是你们老书记,人很好的。"

小丁连忙说:"他们老书记现在下了,现在是他……"

陈科长看着文华说:"好,年轻有为。"

文华说:"靠大家帮忙。"

陈科长说:"本来今年又是要到你们玉河去的,没有办法,关系户都想尝尝碧螺春,可是想想去年专程跑一趟一人才弄了一两,今年的形势,恐怕一人只能弄个半两几钱了。"

文华的脸有点红,说:"陈科长说笑,陈科长去,哪能呢。"

陈科长说:"真的?"

文华点头,小丁也说:"那也不用说。"

陈科长说:"那好,我就老着脸皮要一点了,其实也不是我自己要的,我也不喝什么碧螺春,也是别人托的我。我也是没有办法。"

文华说:"没有问题的,隔日给陈科长送上来就是……只是时间上迟了些,明前的恐怕没有了。"

陈科长说:"明后的也行,其实说起来还是明后的有泡头,有味。"

文华说:"陈科长内行。"

陈科长又笑,说:"这几年也不知怎么的,内行越来越多。早几年我还根本不知道有碧螺春,许多人也跟我一样不懂的,现在一个个都是内行了,真是的。"

大家一起笑了笑。

文华朝小丁看看,小丁也朝文华看看,陈科长看出他们有话要说,就问:"你们有什么事情,说好了,现在都是讲互相帮助的,对吧。"

文华见陈科长这样随和，也就不再犹豫，把事情说了。陈科长很耐心地听文华说完，中间一句也没有插嘴。一直到文华说完，和小丁一起眼巴巴地看着陈科长，陈科长才笑着说："你们呀，弄错人了。"

文华说"什么？"

小丁也吃了一惊，说："你不是陈科长？"

陈科长说："我是陈科长，可是我不是你们要找的陈科长。"

小丁很尴尬，说："奇怪了，怎么会呢，老赵明明是叫我来找你的么，要不然怎么正好找到你家里呢？"

陈科长说："当然，要说错也没有全错，你们要找农行的陈科长先找到我也不错，我是认识农行的陈科长的，所以介绍你们来找我也是不错的。只不过从我这里再到农行的陈科长那里，还有两道弯。"

小丁和文华互相看看，说不出话来。

陈科长同情地看着他们，说："其实要找农行的陈科长先找到我这里的人倒是不少，都是像你们这样，乡下出来，走投无路要弄钱的。你们要是真的想见一见农行的陈科长，我是可以帮忙的，但是——"

陈科长说了一半不再往下说，文华和小丁都愣愣地看着他。

陈科长停了一会儿又说："其实我倒是劝你们不一定再找农行的陈科长。我可以告诉你们，找他也是没有用的。"

文华心里一凉。

小丁说："我们已经走到这一步了。"

陈科长说:"再走一万步也是一样,你们不可能从陈科长那里拿到一分钱。你们要是拿得到,他就不会是农行的陈科长,他也许就和我一样,只能做做农业局的陈科长,可以给你们配点优良稻种什么。"

说得文华和小丁也忍不住要笑。

过了半天,小丁问文华:"你看怎么办,找不找真的陈科长?"

文华说:"你说呢?"

小丁有些沮丧,说:"是你的事情,你说。"

文华求助似地又看看陈科长,慢慢地说:"既然陈科长说没有用,那就——"

小丁和陈科长都没有接他的话。

又干坐了一会儿,看看再没有什么可能坐出来的,文华说:"那我们走吧。"

小丁说:"走吧。"

陈科长送他们到门口,也没有再多说什么。

回去的路上,小丁只是怪自己没有弄清情况,说了许多对不起的话。文华看小丁沉闷不乐的样子,觉得有些过意不去,一再说跟你没有关系,现在外面办事是很难的,你能这样为我们出力,我们玉河的人真是很感激的等等,后来在分手地方他们就分了手,回去了。

三

虽然事情没有办成,但是答应了人家的茶叶,文华却是要放在心上的。过了几日文华到乡里办事情，就把小丁要的茶叶带过去。小丁见了，十分感动，说："真是无功受禄，真是不好意思。"

文华说："话不能这么说，虽然事情办不成，但事情不成情谊在是不是，我们不说别的，就算交个朋友，这一点点茶叶不过是一些小意思罢了。"

小丁听文华这样说，也就收下了，小丁要付钱，这文华当然是不能收的，文华告诉小丁，不说小丁这样和他等于是朋友了，就是上次弄错的那个陈科长，他也是要去送些茶叶的。

小丁愣了一下，说："那个陈科长不是农行的，是农业局的，没有什么用。"

文华说："说话要算数，我答应了他的，总不能因为他不是农行的陈科长就赖皮了。"

小丁朝文华看看，说："你这个人，真是的。"

隔日文华又送了些茶叶到陈科长家里，陈科长也和小丁一样的意思，觉得这是无功受禄，和小丁一样说要付钱，当然钱最后是没有付的，文华不可能收他们的钱。

陈科长感叹地说："现在像你这样的村书记真是不多。现在外面的人都是很那个的，是很势利的，看你有用没用，有用的就巴结上来，没有用的，一边靠靠。"

文华说："那算什么，那样的事我们做不出的。"

陈科长说："所以我说像你这样的书记现在真是不多。"

文华叹口气说："也可能我这样是做不好工作的，你们都叫我书记书记的，其实我现在只不过是代理一下，这书记归根到底我恐怕是做不成。"

陈科长说："是不是因为那个项目的投资还不能解决？"

文华说："这当然也是一个方面的原因，但是归根到底我觉得我也不合适做书记。"

陈科长笑起来，说："什么叫合适，什么叫不合适，做起来就是合适，什么事情都没有统一的格式，没有统一的规定，你说是不是？"

文华想了想，点点头："这倒也是的。"

陈科长说："所以我觉得你还是应该振足精神，你一定能够做好的。"

文华说："是的。"

他们又扯了一些别的话题，文华再也没有提贷款之类的事情，陈科长也没有说到这上面。文华走时，陈科长送他到门口，说："有什么事要我帮一把的，你尽管说。"

文华说："好的。"

文华回到家里，小丁正在那里等着他，一见到，小丁就告诉文华，说他想到了一个主意，他认为可以试一试，说不定就能成。

文华连忙问是什么主意。

小丁说："我们这里现在到处都在大上，要从有限的钱里抢出一些来确实很难，不如把眼睛盯到发展慢一些的地区，那些地方，银根说不定比我们这边松一些。"

文华说："这倒是的，可是发展慢一些的地区我们没有人呀，自己找上门去，人家不会理睬吧。"

小丁笑起来，很得意的样子，说："我当然是有备而来，我有人。"

小丁告诉文华,他有一个非常要好的战友在江北一个县里做什么事,很有些小权的,如果找到他,估计没有问题。只是需要到北边跑一趟,光光写信恐怕不行,人去面子就去了,面子去了,事情就好办。

文华听了连连说:"那当然是要去的,那当然是要去的,我们只要有一线的希望,哪怕是天涯海角也是要跑的。"

小丁感叹地说:"就是,你办乡镇企业的这种精神,真是很感动人的。我陪你一起去吧。"

文华看着小丁说:"这怎么好意思,你工作也是很忙的,一直把你拖来拖去,我真是……"

小丁说:"别的人我也是不管他们的,我主要是看你这人够义气。不说别的,我只是随便说了一下要些茶叶的,你就放在心上,还专门给我送过来,我就看出你的为人。倒不是我这人不值几斤茶叶的分量,主要是看你人好,我能帮的就帮一下。"

文华听了很感动,他觉得弄一些茶叶实在也是算不上什么,这些年他们玉河村也不知给人家弄了多少茶叶,要是那些人都像小丁这样,玉河村恐怕早已经发展上去了。

于是说好了日子,由玉河村自己开车子去,这样到那边活动方便一些。村里是有一辆小车的,只是这些日子一直跟着老书记在城里看病。村里商量下来,就派了皮革厂的车子,是一辆桑塔纳,质量很好,跑远路没有问题。

除了文华和小丁,另外还带了村里一个会计,主要是考虑到时候如果谈得顺利,说不定就能直接说到钱的事情。文华不是很精明,小丁也不大懂,带一个懂行的,办起事情来方便一些。

开了车,小丁告诉文华,已经给那战友拍了电报去,虽然电报上不好说具体的事情,但是至少可以让那边有个准备,不至于到时混乱。文华听了心里也定了,一路上大家说说笑笑,到了吃午饭的时候,就停了车,在公路边找了一家看上去干净一点的饭店吃饭。

这已经到了长江边,虽然还是在江南,但是一切都已经有了些北面的味道。包括人的说话的口音、做事情的风格以及这地方的饭菜什么,都和文华他们那一带有了些差别。这饭店老板是一个四十多岁的男人,看上去很精明的样子,店里有两个不到二十岁的小姑娘在门口拉生意,看到文华他们的车子停下来,一起奔了过来,拉他们进去。

小丁看看她们,说:"干净不干净?"

两个姑娘一起说干净干净。

他们就一起进了饭店,看店堂里果然还说得过去,地面桌子都是清爽的,老板闻声从厨房出来,很热情地招呼他们坐下,几个人坐下,就有茶水端上来。

喝着茶,就请他们点菜,有一份菜单,小丁笑着说:"还蛮讲究的,像大饭店似的。"

老板说:"竞争太凶,不想点办法不行的。"

大家笑,点了近十样的菜,小丁说:"太破费了,太破费了。"

胡师傅说:"这叫什么破费,我们新书记的节俭在我们那里是大家都知道的,不信你问问刘会计,他是老会计了,做了许多年,一茬一茬的干部他见得多了,是不是?"

刘会计也笑,说:"那是,现在出来,都是要吃吃的,大家都说吃吃喝喝才能发,不吃不喝就发不成。"

大家又笑。

再上路开不多久就到了江边，等轮渡过江，小丁去上了一趟厕所，回来差点赶不上船，大家虚惊一场，小丁说："肚子不大好。"

文华说："怎么的，昨天好不好？"

小丁说："早上出来还好好的。"

文华说："会不会刚才的菜有什么。"

小丁说："不会的，就是菜不干净也不见得这么快就拉起来。"

大家笑着说是，胡师傅说："是呀，出来跑的人，最要紧的一条是肚子要争气，这出门在外，吃的就不能跟家里比，要是不适应就苦了。"

小丁和文华都说是。

渡船过了江，车子上路，这就行驶在江北的路上了，一路的风光和江南自是不一般，就看看公路两边农民的房子，与江南一些富裕地区真是不能比。还是土坯屋，想想江南地方早已经几楼几底的楼房造起来，用马赛克贴墙也不为稀奇，几个人都很感叹。说起这地方有许多县乡还在吃国家的救济粮什么的，更是感慨万千，对此行的成效也更增加了一份信心。

以后的路程，小丁的话明显的少了，文华看看小丁，小丁闭着眼睛，文华想也许累了，吃过饭是该休息一会儿，也就不再和他说什么，车子开出不多路，经过一个小集镇时，小丁突然说："能不能停一下。"

文华再看小丁时，见他头上都是汗，文华吓了一跳，说："你怎么了，哪里不好？"

小丁说："没有什么，停一下，我下去一下。"

车子停下，小丁下了车，直奔到路边找了个人问什么，又顺着那人的指点奔走了。

文华听刘会计胡师傅他们说大概又要拉肚子，文华有些担心，说："不知要不要紧。"

胡师傅说："我带着药，等会让他吃。"

等了一会儿小丁回来，脸色好多了，上了车直是抱歉，说："怎么搞的，出洋相。"

文华说："胡师傅这里有药，你吃。"

小丁就拿胡师傅的药吃了两片，定了心，情绪也好了，又说起话来，可是过了不多时间，肚子又闹起来，又停车找厕所，弄得很狼狈。小丁不停地说，真是对不起，真是对不起。

文华说："怎么是你对不起，要说对不起，还是我们对不起你呢，把你拖出来，叫你受累。"

胡师傅说："不要紧，我这药，效果很好的，等一会儿起了效用就好了。"

胡师傅的话果然不错，过了大约半小时，小丁肚子里就好多了。

时间很快到了下晚，离目的地还有百十公里路，大概还要走两小时的样子。文华说："到了那边，可能迟了。"

小丁说："不要紧，再迟他会等我们的，我和他的关系，没有话说，保证一桌酒席摆好了。他们那边穷虽是穷，大方却是很大方，我去过一次，真是热情得没有办法。"

文华说："那是，不过，也是要看你的面子。"

小丁笑笑，说："是的。"

正在说着，好像已经到了似的，商量起怎么说话怎么行事，车子却出了些问题。先是文华看到胡师傅不断地朝后面看，他不知道胡师傅是在听后面的声音，以为自己说什么话说得不对，胡师傅在提醒自己。可是想来想去没有什么话是不应该说的，胡师傅却还是往后看。小丁也发现了，问胡师傅什么事，胡师傅一开始不说明白，只是说我听听，我听听。大家也不知他听什么。

又开了一阵，车子就停下来，胡师傅说："出问题了。"

这时候天已经黑下来，车停的地方又是前不搭村后不搭店的。问胡师傅车子是什么问题。胡师傅也不说，只是拿了工具钻到车底下去了。也不知是大问题还是小问题。

一路好几个钟头的颠簸，中午的饭也消化得差不多了，肚子都有些饿，身上有些冷，站在公路边上，是有些凄凉的。

文华看小丁的脸色又有些发青发灰，怕他身体吃不消，一再问怎么样，小丁这时候肚子倒还好，只是心情不知怎么有些不好。也可能人在这傍晚的时候，又是在他乡陌地，情绪上总有些低落吧。

文华看着小丁，很是抱歉，一直说："真是对不起，把你拖累的。"

小丁说："你这是什么话。"

文华说："我想想真是不好意思，车偏又出问题，让你等在半路。"

小丁说："又不是你叫车坏的，你有什么对不起，再说你们不也困在这里么。"

文华说："我们不一样。"

小丁说："有什么不一样。"

文华更是觉得小丁这人很可靠也很实在。

后来胡师傅从车底下钻出来,说是有个什么零件坏了,要另外换一个。于是胡师傅搭了别人的车赶到前边去买零件,买了零件又搭了车再赶回来,总算是把车子修好。时间已经很迟了,车子到了那里,已经是夜里十点多,好容易找到县政府,车子还没有开近,就见有人从政府的传达室里出来,向他们的车子张望,小丁一见,高兴得叫起来,说:"是炳林。"

炳林果然一直在等着。见他们到了,很高兴,连忙迎下来,先领到住的地方,让他们歇一下,说:"到了就好,到了就好,不急,饭菜都准备着。"

文华一看表已经十一点了,对小丁说:"就不麻烦了吧,这么晚了,人家……"

小丁笑着说:"人家已经安排,已经等到现在,总是要请吃的了。"

文华说:"真是太过意不去了。"

几个人洗了把脸,喝了口茶,觉得精神好多了,到底都还年轻,一路的疲劳很快就消除了大半,加上主人的热情,情绪一个个都好了起来。

接着就由小丁的战友炳林引到餐厅,一看,果然一桌的好菜都准备着。

炳林介绍了陪吃的几位,都是县政府里的,和炳林是同事,又说县长本来是来陪他们的,等到九点钟,临时有事情被叫走了,要炳林代他敬一杯酒什么,又说了一些很客气的话。

文华听了心里很是感动,从等级上讲,他只不过是一个村里的干部,到了这里人家县里的干部这么多的人出来接他们,陪他们吃饭，文华真是不知说什么好，他只是对小丁说："真是的，真是的，这么客气，怎么办。"

小丁自踏上这里的地皮，就只是笑，不说话，完全是心中有数的，完全是到了自己家似的，好像在说这没有什么，这里就是这样。

吃饭过程中一边由文华说说那边的情况，一边就由炳林说这边的情形。双方都是很感叹的，话题始终没有涉及此行的目的，不知是炳林还不很清楚，还是另有别的原因。文华几次看看小丁，小丁只是朝他笑，文华看小丁这样子，也比较放心。他想小丁肯定是有底的。

夜里文华和小丁睡一屋子，说起来，小丁说："你看这接待的形势，就说明是有希望。"

文华想这说得有道理，后来他就安心地睡了。

第二天就由小丁单独先和炳林说这事情，文华他们在外面一间屋等着，等着的时候，文华心里真是很急。一直等到里边屋门开了，小丁和炳林他们走出来，文华看小丁的脸色，看不出是喜是忧，想问又不大好当着炳林他们的面问，憋得难受。小丁见他这样子，当然是知道他的心思，把他拉到一边，说："有希望，炳林马上和银行的人联系。"

文华一听要和银行的人联系，说："他们自己做不了主啊？"

小丁说："那是，银行的钱，只有银行可以用的，别人官再大也是不行。但是你放心，炳林在这里是很有点办法的，只要他开了口，一般总是能成。"

文华的一颗心就一直吊着，等炳林和银行那边联系了，说好让文华他们过去谈，文华再和小丁商量送些什么东西，轻重分量希望小丁掌握一下。小丁对这边的情况也不是很了解，想了想，还是要请教炳林，炳林说："我也很难说的，你们自己看着办，我想一开始也不要太凶了，把人吓着，先还是老规矩，弄点好烟好酒试试，以后的以后再说。"

就照炳林说的，到镇上买了好烟好酒，那牌子当然是正宗的，不说大家也有数，蹩脚货是拿不出手的。再加上自己带来的碧螺春，也照样先给了炳林一份，炳林也没有怎么客气，收了，就介绍他们到银行找人。

到银行找到了该找的人，和炳林一样的客气，很谦虚，给人的感觉很朴素很踏实，没有一点花架子，也没有什么势利眼。

正宗的好烟好酒还有些好的咖啡什么送上去，也没有怎么客气说不要，只是道过一个谢就收下了，倒也很爽气的。然后就谈到正题上，银行的同志告诉文华他们，他们已经来迟了，南边的人到他们这边来借钱的事情，从去年就开始了，最早的几批确实是给他们借了些钱去的，现在再来是不行的了。一来那边来的人太多了，哪有那么多的钱往外借，上面知道了要处罚他们的，再说今年开始他们自己这边也要上规模，不可能再把钱放出去，不仅如此，去年放出去的钱今年他们还要想办法收回来。

文华和小丁他们听了，心里就发凉，小丁说："我们千里迢迢赶来，看在炳林的面子上多少给我们一些，回去也好有个交代。"

银行的同志说："我完全理解你们的心情，可是我只能说一声对不起。"

小丁说："我们来之前是和炳林通了气才来的，不会让我们空跑一趟的吧。"

银行的同志说:"看起来肯定是空跑一趟了,我和炳林私交确实很好,他在县政府可能对我们的情况还不是很清楚。"

小丁还想说什么,银行的同志说:"实在是没有办法。"

文华说:"实在不行就算了。"

小丁看看文华,说:"那怎么行。"

银行的同志笑着说:"要不这样,你们的事情我一定放在心上,这边若是松动些,我第一时间就解决你们。"

文华和小丁对看看,都知道这话也是搪塞。但是文华觉得人家有这样的话在,有这样的态度,已经是很不错的了。他虽然有些失望,但是并不觉得很沮丧。

可是小丁觉得很懊丧,从银行出来,一路闷着头不说话,回过来,到县政府看炳林不在,问了,说是家里有什么事情回去了。

小丁说:"他倒好,溜回去了,走,到他家去找他。"

文华说:"这样不好吧。"

小丁说:"有什么不好,走就是。"

又追到炳林家里,进去看到炳林的老婆正在院子里用一个竹匾晒他们带来的碧螺春茶叶。小丁说:"你做什么?"

炳林的老婆说:"也不知他哪里弄来些发了霉的茶,你看看,毛长了这么长,怎么敢吃。炳林还说是好茶,我只好拿出来晒晒。也不知是谁,送这样的东西,真是的,找麻烦。"

小丁和文华对看了一眼,真是哭笑不得,小丁说:"炳林呢,他人在不在?"

炳林已经闻声从屋里出来,小丁指着茶叶说:"你怎么的,连碧螺春你都不懂?"

炳林脸有些红,老老实实地说:"我真是第一次见到碧螺春的。"

小丁长叹一声,没有再说什么,也不想对炳林老婆晒碧螺春的"霉毛"说什么话了。

文华连忙告诉他们碧螺春是怎么回事,好就好在这毛上等等说了一会儿,炳林和炳林老婆才明白过来,连忙把茶叶收起来。

小丁看着炳林说:"炳林,上你的当。"

炳林也许早就知道这个结果,所以听小丁发了火,也不生气,只是说:"走走走,过去吃饭,中午县长来陪。"

小丁说:"怎么吃得下。"

文华拉拉小丁,说:"你怎么这样,炳林对你,真是赤胆忠心的。"

小丁说:"赤胆忠心有什么用。"

文华说:"一个人能有这样的朋友,就是一生做不成什么事情,也够了。"

小丁朝文华看看,说:"你这人,真是的。"

一行人就回到招待所吃饭。一顿午饭吃得很开心,县长是个热闹人,见多识广,嘴又很能说,席间不停地说笑话,把饭前那一些不快全给说光了,不要说文华,连气鼓鼓的小丁也开了笑颜。

后来县长说:"听炳林说你们这次来的目的没有达到,我们也很为你们着急,这是真心话。"

炳林也说:"真的,没有能帮你们解决些困难,我心里也很不安。"

文华连忙说:"快不要这么说,我们这次来,我觉得最大的收获就是感觉到了你们的真诚相待,我们一定不会忘记的。"

刘会计他们也都说是。

县长笑起来，说："以后有什么事，只管来就是，我们穷地方，跟你们不好比的，但是说不定也有些用处呢。"

文华说："那是。"

第三天他们又待了一天，又到别的一些部门想办法，结果也是和银行一样的情况，他们住在这里的几天里，每天有县里的领导来陪他们吃饭，每天都是热情款待，只是到了谈正题的时候，就不行了。到第四天，文华和小丁他们都觉得再待下去，就成了炳林他们一个大负担，怎么说也要走了，由炳林代表县里送了一程，一直送到和另外一个县交界的地方，才停下。炳林下了车，从自己车上搬下送给文华他们的礼物，虽然没有什么特别高级的东西，大都是些当地的土特产，但是那一片真情，实在是让人感动。文华再三和炳林握手，再三地邀请他到他们那边去，炳林答应着，又说了一些抱歉之类的话，这才握手道别，车子掉了头，回去了。

文华他们回来，一路上小丁只是叹气，说自己不行，不是这块料子，又是说自己没有经验等等，说了许多自责的话。文华一再地劝他不要那样想，刘会计、胡师傅他们也说了许多十网打鱼九网落空之类的话，好让小丁宽心，可看得出小丁总是宽不了心。

到了乡里把小丁放下，他的一份礼物也替他搬下去，一直送到他的宿舍，小丁说："再见。"

车子重新上路往家里开，胡师傅说："小丁这人，也是奇怪，好像办事情非得办成似的，办不成就这样。"

刘会计说："我也是没有见过他这样的。"

胡师傅说："他这样真是办不成什么事情的。"

文华说："其实小丁人倒是很好的。"

刘会计和胡师傅都说人好是人好，但是现在办事情靠人好是没有用的。

文华想想这话也对。

回到家，老书记已经回来了，病总算是查清了，不是致命的病，但是医生关照工作是不能再做了，文华去看老书记，把这些天的经过向老书记汇报，老书记听了直是点头。

最后文华说："我不行，我没有能力。"

老书记却说："好，好的。"

文华不知道老书记说的好什么，又说一遍："我真的不行。"

老书记笑着说："我看就这样，你行的，你会办成许多事情的。"

文华有些莫名其妙，他看着老书记，心想老书记有几十年工作经验，说话是不会随便说的，但是他想来想去，实在是不明白老书记从哪里看出来他是能够办成一些事情的。

四

小丁和县里农业局的陈科长一人骑一辆自行车沿着坑坑洼洼的乡间小路摸到玉河来，这真使文华大吃了一惊。他们来的时候，村里正在开发动会，动员大家想办法借钱，要不然，再过些时间如果还弄不到钱，这项目就算完了。人家说，你连这一点点资金都弄不来，还办什么大事业。

村里的人并不穷，家里新楼都造起来，银行也不是没有钱存着，但是要叫他们拿出自己的钱来办集体的事情，却是不大愿意。说起来农民们对自己的家乡其实是有些感情的，也希望自己的村能够好起来，这样一方面农民自己能得利，另一方面走出去脸上也有些光彩。但是现在村里既然还没有发起来，虽然干部是有决心，谁知道这决心能不能实现，过去玉河的干部也对许多事情有过决心，但是也是有许多事情不能实现的，所以他们绝不会轻易冒着风险把自己的钱先借给村里用。

文华正在给大家做着动员，他也不是一个很会讲话的人，说话的感染力也不强。大家听了，有的说没有什么钱，也有的说钱已经造了房子，或者说钱已经被别人借走了等等，反正是没有钱拿出来借给村里用。

文华反反正正的道理也都说了，下面也不知该再说些什么，这时候就有人来叫文华，说是乡里有人来看他。

文华出来一看，是小丁和陈科长，文华说："你们怎么来了？"

那一天刚下过雨，乡间的路都是泥泞，文华看小丁陈科长他们的自行车上都是泥，很不过意地说："真是的，真是的，这路一直没有弄好，早就应该把路铺起来了。"

陈科长笑着说："快的快的，有了钱，眨眨眼睛的事情。"

小丁也说是。

文华吩咐别的干部先主持会议，他陪着小丁和陈科长到隔壁办公室先坐。坐下后，泡上茶，文华说："你们也是的，要来也不先告诉我一下，也好让我们有个准备。"

陈科长说："就是不要你做什么准备，我们说来就来，说走就走，很方便的。"

文华又说："你们都是忙人，怎么有空下来看看。"

小丁看看陈科长,说:"你的事情,我是一直放在心上的,一直挂记着的。那天到县里办事情,碰上陈科长,说起来,他也和我一样,对你的事情很关心。"

文华看着他俩。

小丁说:"就是资金呀。"

文华听了真是很感动,说:"呀,你们还记着呀。"

小丁说:"你以为我们已经忘记了呀。"

陈科长说:"那天正好碰上小丁,要不然,我一个人也是要来看看你的。资金的事情很难,我们都知道,但是你的事情真可以是说迫在眉睫,我们想能不能再帮你一把。"

小丁说:"难虽是难,但也不是没有办法,对不对,陈科长?"

陈科长笑,说:"是呀,事在人为。"

文华点点头,心里十分感慨。想想陈科长和小丁,玉河的事情跟他们真是没有什么关系,却是这样的关心,真是叫他不知说什么才好。

小丁看看陈科长,又说:"我和陈科长专门商量了一下,我们觉得你这样的情况,既然银行方面有困难,还不如搞集资。"

文华听了,叹息一声,说:"正在搞着呢,可是他们不肯把钱拿出来。"他说着朝隔壁的会议室方向看看,又说,"也是难怪,村里没有实力,他们不相信我们,怕以后还不出来。"

小丁和陈科长又对视一眼,小丁说:"这要看工作怎么个做法了。"

陈科长也笑着说:"就是。"

接着不再容文华说什么,小丁和陈科长就把他们商量好的一套集资方案一一地说出来，文华听着，那真是环环紧扣，滴水不漏的。陈科长负责银行担保等，小丁包下宣传舆论，他们商量得很细很具体，甚至连宣传文章小丁也已经写好，准备发哪些报纸小丁也已经把该做的工作做到家了。一切都不用文华再操半点心，好像文华只是坐等就能等来那一大笔款子了。

等小丁和陈科长把商量的结果一一说了，最后他们问文华，这样行不行，文华真是有些发愣，他说不出话来。

陈科长看文华不说话，又解释说："当然，这只是我们的初步设想，你要是觉得不可行，我们再想办法。"

文华又愣了一会儿，才说："我不是觉得不可行，我只是觉得，事情都叫你们帮我做了，我说什么好呢。"

小丁说："客气话你就不要说了，你如果觉得这样可以试一试的，我和陈科长就去办。"

陈科长也说："是的，我们就替你去办。"

最后小丁说："你就在家里等着好消息吧。"

文华就在家里等着消息，过了几天，忽然乡里派了人下来叫文华到乡里去一下，说是刘书记有事情找他谈。文华看乡里来的人脸色不是很好，问刘书记找谈什么话，那人说你去了就知道。文华就跟了到乡里刘书记的办公室，看到小丁也在，文华走进去的时候刘书记正和小丁说着，小丁的脸很红。

刘书记看文华到了，说："坐吧。"

文华坐了，看了小丁一眼，小丁朝他摇摇头，一脸的苦相，说："是集资的事情。"

文华听了心里一跳，想一定是集资的事情办得不好，也可能违反了什么，如果是这样，那责任说什么也要由他担起来，不能让小丁吃批评的。小丁完全是为了玉河村的事情，完全是出于一片好心，再让他承担什么，那是实在说不过去的。文华想着，正不知怎么开口，刘书记泡了一杯茶给他，顺手从桌子上拿了一张报纸递给文华，说："你看看。"

文华一看报纸，登了玉河村集资的消息，还有一篇专门介绍玉河情况的文章，文华大体上看了一下，总之是把玉河吹得比较厉害，文华看了，尴尬地一笑。

刘书记说："你还笑，这样大的事情事先怎么也不跟我们通个气，弄得我们现在很被动。"

文华看着刘书记。

刘书记说："你知道的，我们这里报纸迟到一天，县里，还有市里，昨天就看到报纸了。昨天晚上就有电话打到我家里来，问这事情，今天一早，到现在电话还没有停过，我叫小李专门守着电话呢。"

文华看看刘书记，又看看小丁，他不知该说什么。

刘书记说："你看什么，你们为什么事先不和我商量商量。"

文华说："怪我。"

小丁说："怪我。是我出的主意。"

文华说："不能怪小丁的，他是一心要帮助我们，是我叫他弄的。"

刘书记说："我现在并没有追查你们的责任，但是你们知道不知道这事情是要闯祸的？"

文华摇摇头。

小丁说:"这又没有违反政策,闯什么祸。"

刘书记说:"我不是说你们在集资上有什么错,现在只要是能弄到钱,就是你对,而且你们的手续也确实是没有漏洞,但是,为什么非要上报纸,非要大张旗鼓?"

小丁说:"不宣传一下怎么行,不要说外面的人,就是玉河自己的人,也不肯买的,村里开过几次动员会了,有谁肯拿钱出来,再说,我们这样做,反正有银行担保。"

刘书记说:"不是有没有人担保的问题,你的文章怎么能这样写。"

小丁的脸又有点红。

文华连忙说:"文章是我叫小丁写的。"

刘书记看看他,说:"不管是你叫他写还是他自己要写的,文章署名是谁就是谁的文章。而且我敢说这文章你根本就没有看过,事先恐怕连商量也没有商量过的,是不是?"

文华很难堪。

小丁说:"文章是有些夸张,但是——"

刘书记说:"说得轻巧,有些夸张,我看很多地方失实,玉河不是一般的村子,虽然这几年工业没有上去,但玉河是从前农业上的老典型,县里市里许多领导知道玉河的,由不得你乱说。"

小丁吐了吐舌头。

刘书记说:"再说,就算别人都不知道玉河,你也不能乱写乱吹,我们要讲实事求是。"

小丁咕了一声:"真的实事求是,这六十万到哪里去弄。"

刘书记张了张嘴,想说什么,可是又收回去了。

文华说:"现在怎么办?"

刘书记说:"还能怎么办,自己出的错自己改,再登报,纠正一些失实的地方。"

小丁说:"那怎么行,自己打自己耳光这不要说了,人家看你玉河这样子,谁还来买股票,功夫全白做了。"

刘书记说:"白做也要做的,今天叫你们来,就是要你们商量一下,这改正的文章怎么做。"

小丁说:"怎么做?"

刘书记说:"怎么做,实事求是地做。"

于是把那文章拿来,一句句地看过,凡是失实的地方都要改过来,改好后,刘书记吩咐小丁重新抄一遍,再寄到报社去,小丁尽管十二分的不情愿,但是给刘书记逼着,没有办法调皮,只好照办。

这一日文华回去,报纸也已经到了村里,村里有人把报纸拿来给文华看,文华简直不敢看那报纸,他想下次的报纸来了还不知怎么叫人脸面下不来呢。

到这一日的下晚,文华正在家吃晚饭,听得外面有人叫他的名字,出来一看,是同村同族一位兄长正华,在县里哪个部门工作的,因为妻子孩子都跟着在县城住,所以平时也难得见他回老家,文华说:"你怎么有空回来?"

正华说:"还不是被你引回来了,你到底是有办法。"

文华不很明白,看着他,正华从身上拿出一张报纸,说:"你看看,吹得。"

文华红了脸,实事求是地说:"是吹得,失实了,已经想办法弥补了。"

正华朝文华看看,说:"你说什么呀。"

文华说:"说这篇文章呀,失实了不是,所以已经另外写了文章去纠正。"

正华说:"嘿,谁跟你说文章的事情,我是说你们的集资,你给我这个数,怎么样?"

文华看他两个手指伸开,是个二的数,文华说:"你买两万?"

正华说:"你也说得出,为买两万钱,我还专门跑一趟呀。"

文华吓了一跳,说:"你要买二十万?"

正华笑笑。

文华很感动,说:"你真是很关心自己家乡的。"

正华朝文华看看,说:"你以为这钱是我自己的,我要是有二十万,我也在家里坐吃了。这钱又不是我的,你这报纸上一宣传,我们单位的人都想要,你看看,昨天下晚才看到的报纸,今天就集了这么多,逼着我赶回来,说迟了就被人家买去了。"

文华听了很意外,说:"不会的,我们定的发放时间还有两天呢。"

正华说:"谁不知道那是骗骗人的,有后门的谁还不走后门先来了,不过我跟他们说,不要急的,我到底是玉河的人,不管怎么说,哪怕再迟,文华这点面子总要给我的。"

文华说:"那是。"

正华说:"我那里很忙的,明天一早要赶回去,这钱就先交给你了。"

文华愣了一下,说:"还是找过会计再说吧。"

正华说:"也好,钱的事情还是三打六面说清楚的好。"

文华叫人去找了会计来，会计一来就告诉文华，他那边也已经有人找上门了，开口都很大的，加上这边正华的数，六十万真是眨一眨眼睛的事情。

文华听了也很振奋，说："宣传的作用真是很大的。"

会计说："那是，大家都看了报纸才知道的。"

文华嘴上不好说，心里却想着小丁寄到报社去纠正的文章，想那文章要是真的登出来，事情还不知道怎么麻烦呢，这些人会不会赶过来又把钱要回去呢？如果真是这样，文华也是没有办法可想的。钱先放着，他们如果一定要讨回去，也只好由他们，因为理是亏在自己这边，那文章的失实，只能怪自己。

正华走后不多久，乡里也来了几个人，都是得了消息来认购的，文华告诉他们刘书记对这事情很感冒，已经叫小丁写了文章去纠正。他要他们再重新拿主意，到底是买还是不买。乡里那几个笑起来说，文华你也学会了这一套，是不是看我们几个在乡里没有实力，不想给我们这些数。

文华连忙解释，可是越解释人家越不相信，说我们又不是冲着文章来的，我们是冲着玉河的信誉来的，我们才不看报纸上的文章呢，文章写得如何，和我们不搭界。

话说到这样的份上，文华也不好再多说什么了，就让会计给他们先登记了，那几个人才放心地回去。

外人走后，会计对文华说："事情看起来很顺利啊。"

文华说："顺利什么呀。"他把刘书记批评他和小丁的事情告诉会计，会计听了笑起来，说："你当真呀，刘书记也是说说而已。"

文华说："怎么会，刘书记一本正经的，脸色都变了，很严肃的。"

会计又笑笑,也不多说,只是说一句你等着看好了。

文华心里却不能踏实。正要说什么,门外又有人声,好像人还不少,文华和会计出去一看,都是玉河自己的人,围着文华家的门,见文华出来,大家七嘴八舌,但是听得出他们是要认购,说文华你不能先让外人买,忘了自己村里人什么的。

会计说:"你们这些人,真是猪头三,原先求你们认,你们不认,现在倒起劲了。"

村里人说:"原先我们怎么知道你们村里能还出来,万一到时候还不出来,我们倒霉。"

会计说:"那现在你们怎么就相信了呢?"

村里人说:"人家外面的干部都来买,我们怕什么,别的人能吃亏,做干部的是不会吃亏的,他们不怕,我们也不怕。"

会计朝文华看看,说:"我说麻烦倒在这里呢。我们只要六十万,现在你看看,还没有开始呢,已经超过了,明天还不知来多少人呢,你准备怎么办?"

文华说:"你说呢?"

会计摇摇头,说:"这大事情我说不来,还是要你做主。"

文华说:"让我再想一想。"

第二天一大早,文华刚起来,小丁就来了,还带着两个人,介绍说是报社的。文华连忙让了座开口就说起文章失实的事情责任在他什么什么,小丁只是笑,报社的人也笑。后来他们说,什么文章不文章,你还挂在心上做什么,文章失实,说起来这也是难免,谁还能保证新闻稿篇篇百分之一百准确真实,总会有些差错的,这样的问题并不算很严重，关键只要以后的工作中注意一些，不再出错也就行了，文华听了半天，也不知小丁后来写的那篇纠正文章到底是发还是不发了，也不好直接地问，看小丁的神情很振奋，文华心里当然也放松了一些。

小丁告诉文华，报社的同志也是来认购的，不仅来认购，还给玉河带来许多可以商谈的关系，报社和外面的接触很广很多。

报社的人也说了些客气话，后来又说到玉河的茶叶碧螺春他们今年又尝到了，谢谢文华给他们带去上好的茶叶，文华看看小丁，知道是他带去的，或许文华前次带给小丁那一点点茶叶，小丁都已经拿来用作铺路什么，一切都又用归于玉河，文华真是很为小丁的这种精神感动。

他们一起到村里办公室，文华又叫人去拿了些茶叶来，因为时间已经是明后好些日子，那茶叶看上去当然是不如明前的嫩绿，但是毕竟还是属于高档次的好茶，泡出来，也还是碧绿生青，大家一边喝着一边说些赞赏的话，说得也是句句实在，没有一句虚头滑脑的。报社的同志又说到其实不妨利用这独特的茶叶来做做文章，现在到处都在做××搭台经济唱戏的事情，玉河也可以来个茶叶搭台经济唱戏，正喝着茶说着一些话，乡里的刘书记也来了，是陪同市里的和县里的领导来的，文华真是有些诚惶诚恐。

坐下来，一一介绍过，市里和县里的人看报社也有人在，更是高兴，说，看来玉河这翻身仗是打成了，报社的人是最灵敏的，哪里有戏就会到哪里，如果玉河没有戏，报纸是不会来的。

刘书记听了很开心，说："哪里，玉河这几年是落了伍的，不过最近决心很大，是不是文华？"

文华点头,觉得有点不好意思。

市里和县里领导都说决心大就好,有决心就有一切。

大家都说是。

然后市里和县里领导说起玉河集资的事情,都是十分地感叹,说一个并不很发达的村,经济还没有实现腾飞的村,能有这样大的气势在报上登消息,这真是很了不起。不要说在全县,即使是在全市范围,恐怕也是第一家。那些亿元村做这样的宣传是不稀奇的,但是对玉河来说确实需要胆量,也需要科学精神,现在玉河已经走出了这一步,从这里可以看到玉河的干劲也能看玉河的希望等等说了许多鼓励的话。

领导说话的时候,大家都很认真地听着,当市里的领导说到报纸上那篇文章时,文华说:"那上面有一些是失实的。"

市里领导笑了,说:"只要你们有这样的认真精神,文章失一点实,也不是什么大问题,报社的同志也在,你们说是不是?"

报社的同志说是。

市里领导又说:"从另外一个角度看问题,在这些失实的背后,真正的东西就是玉河的精神,玉河的希望也就在这里,你们说能不能这样理解?"

大家点头。

文华老老实实地说:"我们也想不到宣传能有这样大的作用,报纸一出来,大家都要来买了。"

市县领导都说,你们要趁这机会扩大,有多少买多少,有新的项目也可以大胆地谈起来。

于是几个人就一起为玉河出谋策划,报社的同志那里有项目,市领导和县领导也都有些关系在手里，一起说了，都愿意介绍给玉河，文华听他们认真商量，真不知这些领导还有报社的人怎么这么关心起玉河来。他把小丁拉到一边，问小丁这是什么意思，小丁说："我也不知道哪根神经搭错了，你管他呢，人家愿意帮助你，你乐得发财。"

文华说："那是，只不过我心里总是不踏实。"

小丁说："你有什么不踏实的，这么些领导都踏实，你不必担心。"

文华想想，确实是这样。

过了一会儿，市领导说得高兴，站起来，走近文华，拍拍他的肩，说："你们玉河的老书记我知道的，他是有一股子劲的，你是玉河的新书记吧。"

文华说："没有，我只是临时代代的。"

刘书记在市领导耳边说了几句，市领导笑了，看看文华，说："好，小伙子，有干劲，还没有到任就拿出行动来了，这在全市范围宣传宣传也是可以的。"

大家都说是。

文华红着脸不知说什么好，刘书记说："文华任玉河村支部书记的任命已经下来了，就算是到任了。"

文华说："我真是，我真是，不行的，我的能力，大家知道。"

刘书记看着他笑。

市县的领导都说，看得出文华是个有魄力的年轻人，如果没有魄力，做事情不可能有这样的气势，又说文华也看得出是比较谦虚比较踏实的，现在就是需要这样的干部，既要有腾飞的决心，又要有踏实的精神，有了文华这样的当家人，相信玉河一定能在短时间内真正地腾飞起来。

文华听他们这样说，直是朝小丁看，看得出小丁在忍住笑，文华想想也真是有些好笑，他也只能忍着，可是后来小丁好像忍不住，"咕"地一下笑出了声，这一"咕"，弄得文华也忍不住了，笑起来就控制不住。

市县的领导，还有刘书记和报社的同志，看他们笑得畅，也都跟着笑了起来。